CU00666139

"En *Zahara y los libros de la*
protagonista, Alienor Crespo
través del tiempo, moviéndose fluidamente entre un pasado
ficticio y un presente autobiográfico. El relato de Yarrow
sobre la pérdida personal, la búsqueda del yo y su determi-
nación de rescatar el pasado (o lo que Alienor cree que pudo
haber sido un pasado mejor) es un viaje que ofrece una visión maravillosa y esclarecedora de la vida de la protagonista, así como una vívida descripción de una época lejana.
En este atractivo libro no solo se recuperan los "libros perdidos"; también nos confronta con las muchas posibilidades disponibles para todos nosotros en el intento de comprender el mundo. Son las posibilidades de cooperación
que surgen entre diversas tradiciones religiosas e intelectuales. El significado se puede encontrar tanto en el pasado
como en el presente cuando entra en juego el entendi-
miento mutuo; son las posibilidades que resultan de abrazar los legados intelectuales y el conocimiento de aquellos
que estuvieron antes que nosotros. Un libro maravilloso y
profundo".

> Teófilo F. Ruiz, distinguido profesor e investigador
> emérito de historia, de español y de portugués,
> galardonado con la Medalla Nacional de Huma-
> nidades por el presidente Barack Obama.

"Disfruté verdaderamente de este libro. Yarrow avanza y retrocede ingeniosamente a través de tres períodos históricos
de una manera natural y fácil de seguir a través de las *vijitas* de Alienor: "visitas" con sus ancestros femeninos. Cada
período presenta sus propios desafíos para sus personajes
(especialmente femeninos), creando una combinación
bien equilibrada entre narrativa histórica y suspenso".

> Linda Jiménez Glassman, Radio Sefarad, España

"Una historia convincente sobre una mujer en busca de su identidad, su ascendencia y un pasado de prohibiciones. Yarrow presenta una amplia gama de temas históricos y contemporáneos con un estilo muy atractivo".

Sweta Vikram, autora del superventas *Louisiana Catch.*

"*Zahara y los libros de la luz* es una entrada extraordinaria a otro mundo, convincente, misterioso y mágico. La historia se sitúa en la España de hoy, pero los fuertes ecos de Andalucía durante el período del levantamiento de las Alpujarras y la Guerra Civil aportan una realidad y una viveza a la narrativa que resulta muy auténtica".

Stephan Roman, exdirector de los programas culturales del British Council en Europa, América del Norte y Asia del Sur y autor de *The Development of Islamic Library Collections in Europe and North America.*

"Alienor Crespo, la valiente protagonista de *Zahara y los libros de la luz,* es una periodista estadounidense que viaja a España para explorar sus orígenes y encuentra un tesoro: cientos de volúmenes salvados de los fuegos de la Inquisición. Gracias a su conciencia clarividente, Allie aprende de sus ancestros femeninos cómo salvaron estos preciosos libros, prueba de un pasado glorioso cuando judíos, musulmanes y cristianos vivían en armonía y sus mejores pensadores produjeron obras clave para el desarrollo de nuestra civilización. Era la época de la Convivencia a la cual Joyce Yarrow le rinde homenaje en esta fascinante novela. En el siglo XXI, Allie se enfrenta a los enemigos de Zahara de la misma manera que sus predecesores, musulmanes y judíos sefardíes, se enfrentaron contra un fanatismo extremo durante la Edad Media, cuando la Inquisición destrozó la convivencia y, nuevamente, durante el terror de Franco. La autora ha creado una ficción anclada en la realidad histórica con mucho atractivo, especialmente en la polarización política y el fanatismo ideológico de hoy. *Zahara y los libros de la luz* es un libro interesantísimo que atrapará a los lectores".

> Rita Wirkala, autora de *El encuentro, Cuentos para El Soñador, Huellas del sufismo en el Libro de Buen Amor,* y compilaciones de relatos.

"El mejor arte es aquel que nos acerca a nuestro yo más profundo, donde reside el Uno, en su forma más querida, graciosa, vulnerable, compasiva, tierna, auténtica y sincera. Gracias por llevarnos allí, Joyce Yarrow".

> Sura Charlier, fundadora y directora del Sufi Universalist Kalyan Center.

"Joyce Yarrow ha resuelto el enigma del viaje en el tiempo con un artificio simple, elegante y completamente creíble. Alienor está dotada de la gracia de sus *vijitas,* que la transportan a otros tiempos, experimentando momentos clave en la vida de sus antepasadas. La mayoría de las veces suceden en un momento de crisis, escapando de los nazis, los inquisidores o los guardias de Franco. También se vislumbra un siglo de oro durante la convivencia, antes de 1492, cuando judíos, musulmanes y cristianos convivían en armonía. Yarrow claramente ha hecho su investigación y los detalles que dan color a la narrativa se suman al realismo de las visitas de Alienor. Un relato emocionante que teje el pasado y el presente en un viaje de aventuras y descubrimiento".

Jim Metzner, autor de *Sacred Mounds*.

Zahara y los libros de la luz

Zahara y los libros de la luz

Novela de

Joyce Yarrow

All Bilingual Press™
2022

Zahara y los libros de la luz
De Joyce Yarrow

Título original: *Zahara and the Lost Books of Light*
Publicado por Adelaide Books, 2020
Traducción: Rita Sturam Wirkala
Consultoría lingüística: Lupe Rodríguez Santizo

All Bilingual Press™
Seattle, WA, U.S.A.
www.allbilingual.com

ISBN: 978-1-7368488-3-8

Personajes

Abraham Abulafia (1240-1291), fundador de la Escuela de la Cábala Profética.

Alienor Crespo, periodista de Seattle.

Carlos Martín Pérez, primo segundo de Alienor.

Celia Martín Pérez Crespo, prima segunda de Alienor.

Eduardo Martín Sánchez, padre de Celia y Carlos, político.

Hasdai el Vidente, místico del siglo XVI que diseñó Zahara.

Ibn al-Arabī, filósofo y visionario Sufí del siglo XII.

Idris al-Wasim, tintorero de la seda del siglo XVI.

Ja'far ibn Siddiqui (alias Mateo Pérez), guía de Luzia Crespo en la Ruta de la Liberación durante la Segunda Guerra Mundial.

Jariya al-Qasam, bandida del siglo XVI.

Luis Alcábez, abogado de Alienor.

Luzia Crespo Laredo, tía abuela de Alienor, quien se casa con Ja'far Siddiqui y se queda en España al terminar la Segunda Guerra Mundial.

Mico Rosales, notario de Alienor.

'Nona' Benveniste Crespo, abuela paterna de Alienor y su maestra de todo lo ladino.

Patricia Rubio de Martínez, jueza.

Pilar Pérez Crespo, hija de Luzia y Ja'far y prima segunda de Alienor.

Razin Siddiqui, compañero de armas de Jariya y eventualmente su esposo.

Rodrigo Amado, colega de Eduardo.

Stephan Roman, representante de la Unesco.

Todd Lassiter, editor de Alienor del *Seattle Courier*.

Los bibliotecarios de Zahara

Celia Martín Crespo, Tif'eret y Jamal. Biblioteca Poética.

Saleema al-Garnati, Biblioteca de Khalud (Profecía). Libros sagrados musulmanes.

Malik al-Bakr, Biblioteca de Ciencias Islámicas.

Reinaldo Luz, Biblioteca Eterna de Babel.

El Sufi Rabbi Reb Hakim, Biblioteca de Hokhmah. Misticismo y sabiduría de todas las religiones.

Abram Capeluto, Biblioteca de Netsah, libros hebreos sagrados.

Suneetha bint Hasan, Biblioteca de Filosofía y de las Artes.

Rushd al-Wasim, Biblioteca de Artesanía y Cría de animales.

Prólogo

Granada (España), octubre de 1499

Las ventanas que dan a la Plaza de Bib-Arrambla están herméticamente cerradas a la luz de la luna. Un alud de libros, códices con tapas de madera y páginas sueltas arrancadas sin piedad de sus encuadernaciones asfixian los adoquines. Escritos a mano en árabe, arameo y hebreo, muchos de ellos iluminados con pan de oro o escritos con exquisita caligrafía, se hallan ahora arrojados como cadáveres a una montaña de despojos. Miles de tomos yacen esparcidos por la plaza, apilados tan alto como los estantes que alguna vez ocuparon en las bibliotecas de Al-Ándalus. La poesía de Mohammed Ibn Hani, obras de filosofía de Moisés Maimónides, los comentarios sobre Aristóteles de Averroes, tratados científicos de Abu Nasr al-Farabi, libros sagrados musulmanes y judíos, todos considerados heréticos y en igual peligro. El olor de la violencia incipiente contamina el aire.

Las obras prohibidas deben quemarse a la vista del público con el propósito de infundir miedo: quien insista en practicar su religión y no se convierta correrá la misma suerte.

Dos formas etéreas flotan bajo el Arco de las Orejas

1

que conduce a la plaza. Sobre ellos, una docena de lóbulos cercenados y cubiertos de sangre cuelgan de la piedra angular, trofeos de las ejecuciones del día.

Ibn al-Arabī, el filósofo y visionario sufí, lleva una túnica bermeja. Su mirada penetrante es la de un devoto escéptico. A su lado se desliza el rabino cabalista Abraham Abulafia envuelto en una túnica blanca de mangas anchas y vaporosas que se parecen a unas alas. Figuras barbudas y con turbantes ajustados flotan sobre el suelo en una niebla diáfana, incorpórea e invisible al ojo inexperto. Conversan en árabe, aunque las palabras no son estrictamente necesarias para los teletransportados místicos que se demoran en un mundo más allá de su propio tiempo, trecientos y pico años más tarde.

—Mañana, cuando se ponga el sol, prenderán fuego a un millón de tomos—lamenta Ibn al-Arabī—. Innumerables copias del Corán, canciones de amor, inmortales poesías, obras escritas por eruditos judíos y musulmanes sobre filosofía, medicina, religión, historia, botánica, astronomía, matemáticas y geografía, pronto rendirán su sabiduría al fuego. Me temo que *La luz del intelecto* estará entre ellos.

Abulafia observa el caos en la plaza, como si buscara su obra maestra.

—Te preocupa mi trabajo, noble amigo, cuando el tuyo también puede estar destinado a arder.

Ibn al-Arabī hace un gesto a los obreros que erigen el terraplén de madera sobre el que pronto perecerán las palabras de sus hermanos.

—Dime, Abraham, ¿no hay forma de que podamos salvar estos tesoros de la Inquisición? ¿Debemos quedarnos de brazos cruzados y ver cómo el fuego brutal del tribunal del diablo incinera los últimos vestigios de una época gloriosa?

—Por desgracia, llevarlos a un lugar seguro está más allá de nuestras posibilidades—dice Abulafia, cabizbajo—. Sin embargo, no tengo ninguna duda de que fuimos convocados a este lugar con un propósito.—En busca de una señal, mira hacia la luz del amanecer más allá de la aguja de la catedral cercana. Cuando ninguna se revela, el rabino inclina la cabeza—. Quizá hayamos fallado en nuestra misión.

—Espera—dice al-Arabī, notando que un trabajador se les acerca.

De camisa deshilachada y pantalones anchos y rotos, el joven, sin embargo, se conduce con nobleza. Por la forma en que entrecierra los ojos, las dos formas frente a él le son vagamente visibles. Se arrodilla antes de hablar:

—Mi nombre es Tahir y recé para que los genios vinieran a ayudarnos.

—No somos ni espíritus ni seres humanos terrestres, joven, pero necesitamos tu ayuda—Ibn al-Arabī recupera una hoja rígida de pergamino de piel de oveja entre los restos esparcidos de un códice y, utilizando un bolígrafo de metal de punta fina, dibuja un mapa detallado en el reverso—. Tahir, querido amigo, serás nuestras manos. Reúne todos los libros que puedas en el poco tiempo que nos resta hasta el amanecer. Yo los esconderé bajo un manto de invisibilidad y mañana, cuando regreses, podrás transportar la carga a un lugar seguro.

—¡Así lo haré!—Tahir toma el mapa y lo oculta cuidadosamente debajo de su camisa.

—¡Oye, tú, vuelve al trabajo!—le grita, caminando hacia el trío, un guardia que solo ve a un esclavo musulmán hablando solo. Abulafia rápidamente susurra un hechizo y Tahir y la pila de libros desaparecen de la vista del soldado.

3

—¡Santa Madre de Dios! ¿Qué fue eso?—el centinela se frota vigorosamente los ojos antes de encogerse de hombros y reanudar sus rondas. Con el camino ya despejado, Tahir vuelve a sus labores. Febrilmente, recoge los libros y manuscritos condenados y los oculta en un lejano rincón de la plaza. Al regresar nota que al-Arabī sostiene un grueso tomo encuadernado en cuero y madera.

—¿Me llevo ese también?

—Después de nuestra partida.

El sabio sufí pasa la mano amorosamente sobre la palabra 'Zahara', grabada con ornamentos en la pesada cubierta. Abre el libro y encuentra gruesas páginas escritas en arameo y otro idioma más antiguo que ni siquiera él reconoce.

Se oye un sonido de agua corriendo y, mientras Tahir mira con incredulidad, el texto iluminado se desdibuja en ondas doradas. Una página entera ha desaparecido, reemplazada por un rectángulo oscuro, misterioso y llamativo.

—Debemos irnos—susurra Abulafia con urgencia— Está amaneciendo.

Entona unas palabras ininteligibles y los visitantes se transforman en dos haces constantes de luz que fluyen a través del portal con un leve zumbido. La tapa del libro se cierra de golpe y Tahir lo deposita con reverencia sobre la pila a su cuidado. Los sabios continúan conversando en el éter, viajando en el tiempo a un ritmo deliberado.

—Aún nos queda mucho por hacer para que los libros sobrevivan. Necesitaremos más ayuda—observa al-Arabī.

—No te preocupes, amigo—responde el rabino Abulafia—, he encontrado el instrumento perfecto. Si todo va según lo planeado, ella se pondrá en contacto con nosotros a su debido tiempo y desempeñará su parte.

Capítulo 1

Febrero de 2019

Era solo otro día hábil, o eso pensé. Me encontraba trabajando en la Universidad de Washington, revisando una historia que había escrito sobre Judith Talavera, la primera
mujer sefardí de Seattle en solicitar la ciudadanía española.
Pensé que sería simple, tan solo la información sobre la
nueva ley de España, presentada por un abogado de Granada. Esto fue antes de que un señor de edad, sentado a
mi lado en Kane Hall, murmurara, mientras se acomodaba
la kipá de color azul oscuro encajada en su cabeza:

—¿Y cómo es que nos quieren de regreso ahora?

Una mujer situada en la fila detrás de la mía respondió:

—¿Y eso qué importa? Nada de lo que su Gobierno
ofrezca nos compensará por haber sido torturados y expulsados.

Me giré en mi asiento para encontrarme con sus ojos
de obsidiana y me pregunté en nombre de cuántos otros en
la sala de conferencias estaría hablando. Seguramente no
de todos, ya que más de un centenar de personas ocupaban
las butacas escalonadas.

Aunque algunos habían traído a sus hijos adolescen-
tes, no se escuchaban las bromas y las risas tan habituales
en las reuniones sefardíes. Allí se ofrecía algo valioso.

Habría beneficiados y para ellos el tiempo ya estaba corriendo. En ocho meses, España dejaría de aceptar nuevos solicitantes.

Algunos amigos de mi familia estaban presentes, gente buena que yo había decidido mantener a distancia. No lo hice con intención de herirlos, sino para evitar que nuestra historia compartida me abrumara aún más. ¿Cómo explicar que en cualquier momento yo podía ser arrastrada al pasado aun viviendo en el presente, obligada a compartir las mentes de aquellos que estuvieron antes que nosotros? Este alterado estado de clarividencia, que mi abuela Nona consideraba un "regalo", yo lo vivía más como una plaga que me acechaba de continuo. Convencida de que nunca sería aceptada por la comunidad, oculté mi aflicción y me desterré por completo de su acogedor e íntimo círculo. Si mi ausencia había ofendido a alguien, no había forma de saberlo.

Dejé de lado mis lamentos y, junto a las tres generaciones de sefardíes allí presentes, escuché absorta a Luis Alcábez. Vestido con un impecable traje gris de tres piezas, el entusiasmo del abogado era fascinante cuando pasaba de una a otra diapositiva en su presentación. Explicó que se les estaba otorgando un "derecho de retorno sin precedentes" a los judíos que, después de vivir durante siglos en un país al que amorosamente llamaron Sefarad, habían sido brutalmente desterrados por el rey Fernando y la reina Isabel en 1492.

—El solicitante deberá aprobar un examen de idioma y proporcionar alguna prueba de su herencia sefardí. Después de eso, el único requisito es un viaje a España, donde un notario determinará si cumple con los requisitos y le ayudará a presentar su solicitud formal.

Cuando llegó a la última diapositiva, el señor Alcábez abrió la sesión de preguntas y una mujer con un collar de grandes cuentas turquesas apretado al cuello como un collar de perro preguntó:

—¿Podemos pasar la ciudadanía española a nuestros hijos?

—Sí. Con sus pasaportes, podrán viajar y trabajar en cualquier país de la Unión Europea.

—¿Y si alguien es judío solo a medias?

—¿Y si uno habla ladino y no español puro?

—¿Puedo contratar a mi propio abogado?

Las preguntas se multiplicaban y rodaban hasta el escenario. Alcábez respondía a cada una con la paciencia de quien las había escuchado todas.

Pasada la avalancha, levanté la mano:

—¿Fue difícil conseguir que el gobierno español aprobara la ley?

—En la última década ha habido un sentimiento generalizado de que el mal cometido al expulsar a los judíos debe corregirse. La Federación de Comunidades Judías, a la que represento, comenzó a luchar por la ley en 2012. Fue aprobada tres años después.

Tenía curiosidad por el asunto, pero había algo más que me interesaba: el nebuloso pasado de mi familia y la seductora sensación de ver venir una historia de mayor calibre. Al final de la noche, esperé en la fila para concertar una cita. Después de presentarme, Alcábez repitió mi nombre en voz alta, dos veces:

—Alienor Crespo. Me suena familiar, pero no puedo ubicarlo.

Me pidió que lo llamara Luis y me gustó su genuina calidez.

Nos encontramos al día siguiente en la casa de Judith Talavera, cerca de Seward Park. Judith trabajaba como agente inmobiliario, pero sus rebeldes rizos grises y su peculiar sonrisa parecían discordar con la falda de punto, el cárdigan y el collar de perlas. El árbol genealógico bordado que exhibía en la pared de su sala atestiguaba su fuerte sentido de identidad sefardí. Cuando un año atrás la había entrevistado, ella no estaba tan segura de la mía.

—Crespo es un nombre inusual—observó.

—La familia de mi padre vivió en Bélgica hasta mediados de la Segunda Guerra Mundial—le respondí.

—Ah, eso lo explica. La mayoría de los sefardíes de esta región del noroeste llegaron de Turquía o de la isla de Rodas.

—Sí, lo sé. La familia de mi madre emigró de Rodas en la década de 1930.

—Entonces eres descendiente de rodesianos—me dijo, dándome un abrazo cálido.

Esa mañana, Judith nos saludó a Luis Alcábez y a mí como a viejos amigos y nos convidó a zumo de naranja y magdalenas de arándanos. Dijo que había ido recientemente a España a tramitar la solicitud y esperaba pronto la aprobación. Cuando Luis la felicitó, Judith no se veía tan feliz como se esperaba.

—Me tomó más tiempo de lo imaginado la interminable burocracia. Pero valió la pena. Pronto seré una ciudadana con plenos derechos.

—¿Te mudarás a España?—le pregunté.

Ella sacudió la cabeza.

—Lo importante es reclamar lo que se me debe a mí y a mi familia.

Alcábez tomó otro sorbo del zumo y añadió:

—Alienor, ¿has pensado que podrías tener parientes en España? Puedo investigarlo. Quién sabe, puede que te esté esperando algo especial.

No se me había ocurrido convertirme en ciudadana española. Me sentí como una guionista a quien le piden que interprete un papel protagonista en su último guion. Antes de poder expresar mis dudas, Alcábez continuó con su toque de vendedor.

—Con un pasaporte en mano podrás trabajar en cualquier lugar de la UE. Una perspectiva emocionante, me imagino.

Tenía toda la razón. Se trataba de una oportunidad real, aunque a miles de kilómetros de mi zona de confort. Cuando el *Post-Intelligencer* tuvo que rendirse a la blogosfera y acabó con el periódico impreso, los periodistas de Seattle nos convertimos en una especie en vías de extinción. Es cierto que tuve la suerte de trabajar como colaboradora del *Seattle Courier*, el único periódico sobreviviente. Pero los ingresos no eran suficiente para llegar a fin de mes, situación agravada por el precio de los alquileres, que se habían disparado más rápido que el número de jóvenes técnicos que llegaban de California con sus tarjetas-llave colgándoles del cuello. Me preguntaba cómo sería trabajar para varios medios de comunicación en Europa. Mi español estaba un poco oxidado, pero llegué a hablarlo con fluidez cuando trabajaba para el proyecto *Honey Bee* en Perú. Quizá era hora de hacer un cambio.

Antes de separarnos, Alcábez se ofreció a conectarme con un notario en España.

—Mico Rosales te ayudará con los formularios cuando llegue el momento. Avísame cuando estés lista— dijo. Sonaba como si ya fuera un hecho.

Afuera de la casa de Judith Talavera, el viento invernal encrespaba de blanco el agua de la bahía de Andrews, garantizando hacer rodar el kayak del temerario que se animara a remar con este clima. ¿En qué me había metido yo?

Volví al centro, al edifico Courier, y encontré a Todd Lassiter en su oficina. Su teléfono sonó mientras revisaba los trabajos de varios escritores y docenas de historias. La ventana situada a sus espaldas se abría a un horizonte siempre cambiante que rara vez él tenía tiempo de contemplar. Todd garabateó unas notas en un post-it azul y me indicó que me sentara.

—¿Qué se te ofrece, Allie?

Sus ojos azul grisáceo se abrieron grandes al levantar sus pobladas cejas. Su tez rojiza no era por exceso de bebida, como algunos sospechaban, sino el resultado de semanas en el mar en un velero de madera que él mismo había construido. En un campo cada vez más dominado por superblogueros que reducen todo a doscientas cincuenta palabras o menos, el interés genuino de este editor de la ciudad en el reportaje de historias relevantes y tratadas a fondo había ganado mi respeto.

Las visitas con Todd conseguían fortalecer mi compromiso con lo que los periodistas hacemos mejor: la descripción de la complejidad, sin hacer juicios de valor.

Le damos el mismo tiempo al salmón y a la hidroeléctrica, al lobo y al ganadero, al policía y al criminal. Se puede simpatizar con uno u otro, pero no cambiar los hechos por complacencia. Y si tu editor te presiona para que veas las cosas de manera diferente, siempre puedes dedicarte a trabajar por cuenta propia, como hice yo.

Hace tres años, el día que Todd me contrató, habíamos almorzado juntos en el 13 Coins, ahora condenado a

11

la demolición para dar paso a más urbanizaciones despersonalizadas, todas iguales.

Nos sentamos lado a lado en mullidas sillas giratorias frente a la barra de roble macizo, y él me preguntó qué era lo que más me gustaba de ser periodista.

—Seguridad en el trabajo—bromeé, provocando un bufido de mi posible empleador. Los indicios de la avalancha de despidos que se veían venir ya circulaban. Todd levantó su vaso de agua:

—Por el Cuarto Poder. ¡Y sálvese quien pueda!

Él había apreciado mi honestidad en el pasado y yo esperaba que aprobara mis planes ahora.

—¿Te acuerdas de Judith Talavera, la mujer de Seward Park sobre la que hicimos una nota?

—Sí, me acuerdo. Ibas a darle seguimiento al caso, ¿no?

—Tengo algo más jugoso para ti. He decidido seguir los pasos de Judith y solicitar la ciudadanía española.

—Allie, siempre has sido una escritora que se vuelca en su tema, pero ¿esto no es un poco extremo?

—¿Por qué? ¿Soy tan diferente de la señora Talavera? El año pasado dijiste que te gustaría tener los fondos para enviar a alguien para reportar su viaje a España. Yo me ofrezco a ir y crear mi propia historia a una precio mucho menor del que pagarías a un escritor.

—Está bien, está bien—rezongó—, ya lo dejaste claro, y lamento que no paguemos dietas a los colaboradores como tú. Pero admito que es el tipo de odisea que los lectores pueden apreciar, la búsqueda de identidad y todo lo que eso implica. Y en vista de la calidad de tu trabajo en el pasado...—Todd hizo una pausa. No era de los que repartían cumplidos, no sea que eso alentara a un profesional independiente a pedir un aumento.

—Lamento no estar disponible para ninguna tarea antes de irme, Todd. Te enviaré la historia de Mario Flores esta noche. Tal vez genere suficiente protesta pública para convencer al Ejército de que intervenga y revoque la deportación de su familia mientras él esté en el extranjero. También necesito refrescar mi español y ponerme en contacto con un rabino que pueda dar fe de mi ascendencia.

—Solo a ti se te podía ocurrir una cosa de esas.

Lo miré alarmada. ¿Había adivinado Todd finalmente mi tan bien guardado secreto? Nunca le había confiado que escribir noticias era todo lo que existía entre mi yo y la confusión interna que amenazaba con hundirme. Pero Lassiter ya estaba en el teléfono con otro escritor, hablando de fechas límite mientras me decía adiós con la mano. Desde la infancia me había enfrentado a un lado oscuro de mi psique, uno que jugaba con el espacio y el tiempo de forma más instantánea y suelta que los atajos espacio-temporales de Stephan Hawking. No tenía idea de dónde me había venido ese don ni por qué. A veces le echaba la culpa al simple hecho de no haber visto nunca bailar a mi madre. Al menos, no mientras ella estuvo viva.

Capítulo 2

Al salir del edificio Courier y bajar la empinada cuesta de Denny Way hasta la parada del tranvía en Westlake, todo el trayecto pude oír a mamá tarareando una canción en ladino, el idioma de los judíos españoles exiliados, tan claramente como si hubiera vuelto a la vida con el vestido ceñido de terciopelo negro de sus clases de baile andaluz. Mi trabajo había consistido en ponerme de puntillas y tirar de la cremallera hacia arriba, cuidando de no engancharla en su exuberante cabello. Luego se ajustaba los cordones de sus zapatos de baile rojos de tacón grueso, recogía su oscura cabellera en un rodete y me lanzaba un beso desde la puerta al salir. Yo me quedaba despierta bien pasadas las nueve, hora de dormir, atenta al sonido de la llave en la cerradura de la puerta en la planta baja antes de rendirme al sueño. Todavía hoy me perturba. La única noche que no pude mantener los ojos abiertos y en vigilia, mi madre también me falló. Por la mañana, papá reunió valor y me dijo que había ocurrido un accidente de tráfico fatal en el puente de Ballard. Mi hermosa madre se había ido.

Mamá siempre me había colmado de afecto, alentando cada pequeña curiosidad mía. Si al caminar por el centro de la ciudad yo le preguntara: "¿Por qué construyen los edificios más altos aquí?". Ella decía: "Algún día, serás una gran arquitecta". Si me llevaba a patinar por Greenlake y me llamaba la atención un águila posada en un alto cedro, ella me llamaba "naturalista nata". Una vez, me dejó quedarme despierta hasta tarde para ayudarle a coser un nuevo traje de baile. A veces se la veía triste y cuando en una ocasión quise saber el motivo, me confió su deseo, que ocultaba de mi padre, de viajar por el mundo y tocar las castañuelas en un café español. Su ausencia me quitó la música del alma y la esperanza del corazón.

Durante los siete días después del funeral, recibimos a familiares y amigos cercanos que venían a guardar shivá con nosotros. Con sus ropas rasgadas, parecían más refugiados que vecinos comunes. Sentados en cojines en el suelo, alababan la bondad de mi madre y leían en voz alta textos de un libro místico, *El Zohar*. Estos sefardíes del este del lado materno eran más numerosos que los europeos del lado de mi padre, y habían emigrado a Seattle desde la isla de Rodas en la década de 1920. Algunos de los viejos amigos de mamá trajeron *sheshos*, guijarros de las playas de la isla, para que los pusiéramos junto a la lápida con una oración cada vez que la visitáramos.

Mi pobre padre, siempre muy sensato, estaba ahora perdido ante el dolor abrumador de su hija. Como profesor de inglés que buscaba consuelo en los libros, Elías acostumbraba a decir que me veía como un alma vieja y madura, sin darse cuenta de que yo tomaría este cumplido como una reprimenda por mi fracaso de actuar como niña. Si mi madre era una nube tormentosa cuyas lluvias torrenciales me alarmaban y me alimentaban, mi padre era la nieve, tranquila y profunda. Después de su muerte, sugirió que tratara de imaginarme a mamá bailando en el cielo. Por mucho que lo intenté, todo lo que pude conjurar fueron los restos del vestido de terciopelo que había usado la noche en que murió, desgarrado, ensangrentado y esparcido por el puente.

Cuando papá retomó su trabajo en la Universidad de Seattle, la abuela Bella, a quien llamábamos con cariño Nona, vino a quedarse con nosotros. A pesar de mi depresión, insistió en que volviera a la escuela. "Amanece justo cuando está más oscuro", era su dicho favorito. Sabía que la resistencia era inútil. Ese primer día, caminando a casa desde la primaria John Hay, la diversión de engañar a la maestra sustituta del segundo grado para que nos dejara salir al recreo una hora antes se disolvió en una dolorosa pérdida. Me detuve para secarme los ojos y ajustar mi mochila. Al momento siguiente, mamá estaba allí, bajando ligera los escalones hacia la playa al pie de un acantilado en Discovery Park. Y su yo joven no estaba solo.

Una versión juvenil de papá tomaba la mano de mamá en la suya mientras dejaban alegremente sus zapatos sobre un tronco y echaban a correr. Las olas rompían sobre sus pies descalzos golpeando al unísono sobre la arena compacta. El rostro de mamá relucía a la luz del sol, al igual que su lápiz labial rosa brillante. Sentí que todo mi ser se acercaba a ella. Mis manos hormigueaban de anhelo. Y de la misma manera en que ella supo hacerme entrar en el cuerpo de un pez encantado que nadaba en sus cuentos antes de dormir, mis propios pensamientos y sentidos se fusionaron en increíble transmutación con los de ella y me convertí en mi madre.

Miro hacia el sur a través de la bahía de Magnolia, admiro el reflejo de una reluciente torre de oficinas en el centro de la ciudad ondeando bajo el agua, donde no llega la brisa salada que acaricia mis mejillas.

—¡Eleanora, vamos a nadar!—me grita Elías.

Sin esperar respuesta, me mete en el agua hasta las rodillas. En unos segundos, los dedos de los pies se me vuelven azules.

—¡Estás loco! Nos vamos a agarrar una hipotermia y morir aquí justo el día antes de nuestra boda. ¡Cómo vamos a decepcionar así a los invitados, y cuántos regalos desperdiciados!

—¡Qué aguafiestas!—finge estar enojado y me alza, llevándome de regreso a tierra firme.

Alguien ha dejado unos trozos de madera a medio quemar en un hueco y prendemos una pequeña hoguera, suficiente para calentarnos las piernas heladas sin llamar la atención.

—No soy tan aburrido como crees—bromea Elías.

Temblando de frío, tomo su brazo para rodear mi cintura.

—Eres mi hombre del mar, con una profundidad insondable.

Es nuestro momento mágico. De nadie más.

Ensayo algunos pasos de baile en la arena, sin gracia al principio, hasta que la música gitana que palpita en mi cabeza se hace más fuerte y se adueña de mis miembros. Entonces no hay nada que me detenga.

***

Finalmente, ver a mamá bailar fue una experiencia arrobadora. Solo más tarde mi yo adulto se encogía ante la idea de haber suplantado su identidad durante un interludio romántico. Quizá ella había querido que yo viera el lado más demostrativo de papá.

Qué inocente era, con el pelo largo y rizado por la imaginaria agua de mar, brincando por la avenida Taylor en un arranque de euforia, vislumbrando los rápidos destellos de la corona del Space Needle asomándose por los tejados como un ovni.

Llegaba a casa cuando mi dolor se duplicó, agudo como los cristales de un parabrisas roto, incrustados en las pesadillas que siguieron a la muerte de mamá. Me quedé como un zombi frente a nuestro bungaló de dos pisos, cautiva de la fuerza que me impulsaba a un juego cruel en el que perdía a mi madre una y otra vez, y cada vez más dolorosa que la anterior. No podría soportar otra repetición. Decidí allí mismo apagar la parte de mi cerebro que me estaba jugando una mala pasada. Y lo haría pronunciando las palabras mágicas que mamá me decía cuando me moría de miedo por un mapache enorme que nos acechaba al llegar a la entrada, convencida de que me llevaría. "Me pertenezco, me pertenezco", recitaba, mientras ella me veía cruzar el asfalto donde había visto al monstruo.

Esa tarde me detuve en el mismo lugar en el camino de entrada a casa y entoné otra vez las cuatro poderosas palabras.

Pasaron dos semanas sin señales de que mamá volviera a perseguirme. El alivio fue tan intenso que me sentí obligada a expiarlo besando su foto todas las noches a la hora de dormir. Desde entonces ella mantuvo las distancias y yo traté de volver a ser una niña. Lamentablemente, la *vijita* que experimenté ese día fue la primera de muchas que soporté, algunas de las cuales me arrastraron a reinos aterradores. Pronto supe que las palabras "Me pertenezco" eran incapaces de evitar que estas visitas locas, como comencé a llamarlas, irrumpieran en mi vida. Las *vijitas lokas* robaban mi identidad y eran exactamente lo contrario de las visitas de Alhad, las dulces visitas dominicales que mi familia hacía a nuestros parientes, llevando orejones y otras delicias azucaradas para compartir. Un viernes por la noche, poco antes del atardecer, la abuela Nona me dejó colocar las velas de Shabat en los candelabros antes de encenderlas.

—¿Sabías que nuestros antepasados en España escondían las velas de Shabat dentro de vasijas de barro?— me preguntó.

Sí, lo sabía, lo había escuchado muchas veces.

—Tenían miedo de que un vecino los denunciara a las autoridades como cristianos—dije.

—Correcto, Alienor. Los perseguían, pero no por eso abandonaron su fe.

Papá se sirvió una alcachofa rellena y la voz de Nona se desvaneció en el fondo, reemplazada por una sensación de hormigueo que recorrió de arriba abajo mi columna vertebral.

***

Me escondo debajo de la cama.

—Ana, quédate aquí—sisea mi hermana Raquel.

Mi corazón late furioso en su ausencia. Un momento después, coloca al pequeño Chaim en el suelo y él gatea hasta mí. Mi hermano y yo nos agarramos el uno al otro, como ramas temblando de miedo de ser arrancados de un árbol. La turba irrumpe y vislumbramos piernas con botas de cuero, sandalias gastadas, pies descalzos y sucios, todos pisando fuerte. Los dueños de estos amenazadores miembros llaman a mi hermana mayor con nombres terribles que no entiendo.

—¡Blasfema! ¡Apóstata! ¡Sucia conversa! El vecino te vio encender velas y rezar oraciones el viernes por la noche. ¡Finges comer jamón, pero en tu mesa hay cordero!

Algunas piernas desaparecen y otras quedan. La cama encima de nosotros comienza a temblar. Cubro los oídos de Chaim con mis manos, sin atreverme a visualizar

19

lo que mi estómago apretado ya sabe que está sucediendo. Después, un terrible silencio. Los pasos regresan. Unas manos rudas voltean la cama y nos agarran a los dos. Me retuerzo, trato de luchar, de resistir, de liberarme. Me aferro con desespero a la mano de Chaim. Todo se vuelve negro.

***

Me tomó unos momentos convencerme de que estaba de vuelta en el presente, con papá y Nona cenando en nuestra casa de Queen Anne. Me concentré en aquietar mis manos mientras papá, sereno como siempre, me pasaba una fuente de verduras asadas. *¿Será así como se siente uno cuando está demente? ¿Tener los pensamientos de otras personas enloquecidos en tu cabeza? ¿Sentir el mismo frío y calor que sienten sus dedos, ver a través de los ojos de un total extraño o de un familiar perdido, experimentar sus emociones más profundas?* Me sentía atrapada entre mi deseo de saber quiénes eran estas personas y el resentimiento por verme obligada a conocerlas.

Desde entonces me esforcé en fingir que mis *vijitas* no eran más que vívidos sueños diurnos, ensoñaciones, y juré desterrar cualquier indicio sobrenatural de mi vida. Definí como pura fantasía cualquier cosa que la razón no pudieran explicar por completo. Esperaba de mis amigos el mismo cinismo a riesgo de desterrarlos de mi vida. "¿Por qué pretender que tu vida tiene algún significado cuando no hay pruebas de que lo tenga?", le reproché una vez a una de mis compañeras más sensibles, haciéndola llorar.

Desarrollé una tartamudez y fui blanco de burlas en la escuela. Tampoco ayudaba el que adoptara un lenguaje arcaico y prefiriera el "deja de parlotear" en vez del directo "cállate la boca". Sin embargo, mi lenguaje florido, que me esforcé por simplificar cuando me hice periodista, no me convirtió en un debilucha. En el quinto grado, cuando a Kenny Spader le dio por terminar una de mis oraciones dolorosamente incompletas con "dum da dum dum", lo abofeteé sin miramientos. Mis mal controlados impulsos no molestaron a papá. Al contrario, se puso de mi lado y dijo que una buena bofetada de una niña podría ahorrarle a un chico varios años de crecimiento. Me inscribió en clases de defensa personal, algo que le agradezco hasta el día de hoy.

Cuando ya no pude soportar más guardar en secreto mi trastorno, me arriesgué y le conté a Nona sobre mis *vijitas lokas*. Se reprochó el haberme expuesto a tantos cuentos fabulosos, a tantas historias de psíquicas prodigiosas de pelo salvaje que se apropiaban de alfombras voladoras o colaboraban con profetas bíblicos para manipular el clima.

—No existe el mal de ojo. Esas tramas están llenas de símbolos y arquetipos psicológicos que entenderás cuando seas mayor.

Aún empapada como estaba en lo fantástico, Nona trazó la línea: no creía literalmente en todo aquello. Pero ahora, su nieta imaginaba que podía entrar en la conciencia de uno o dos ancestros.

—Eso te pasa por enterrar la cara en los libros en lugar de disfrutar de la vida con tus amigas—declaró.

Nona, no tenía ni idea de que mis viajes a otros tiempos eran tan tangibles para mí como los pellizcos que le encantaba darme en las mejillas. La única forma de convencerla fue mostrándole mi diario, en el que había registrado descripciones completas de mis experiencias extracorporales. En las primeras entradas había unos errores ortográficos y mi caligrafía era terrible. Sin embargo, la expresión de sorpresa de Nona me dijo que había entendido cada palabra. Después de eso, me habló de manera diferente:

—Algunas mujeres de nuestra familia han tenido ese don clarividente y, a veces, era lo opuesto a una bendición. Sé que tus visiones son aterradoras e incómodas, pero trata de verlas como una carga molesta que deberás soportar hasta que se te revele la razón que ocultan.

Para ayudarme a aclarar la mente, Nona me enseñó una docena de cadenciosas canciones ladinas que ella había aprendido de niña en la isla de Rodas antes de la Segunda Guerra Mundial. Sílaba por sílaba, aprendí minuciosamente las letras. Las notas fueron más fáciles. Deslizándome hacia arriba y hacia abajo por los microtonos, me escurría de una a otra en las apretadas cuentas de esa cuerda, sin peligro de caer en aquellos espacios de silencio que me atormentaban cuando intentaba hablar. Este logro me proporcionó algo de alivio, incluso algo de confianza. Aun así, no me libré de la idea de que siempre sería un raro fenómeno de la naturaleza, viviendo en dos mundos a la vez.

No es de extrañar que yo eligiera el periodismo como refugio. Transmitir las historias de otros me sustraía de mí misma. Día a día conocía y entrevistaba a personas en situaciones mil veces peores que la mía: padres que perdieron a sus hijos ante el dios de la adicción, soldados cuya confusión de posguerra resultó más fatal que los disparos y las bombas, esposas dedicadas que confiaban en sus maridos hasta que se despertaron temiendo por sus propias vidas. Se podría pensar que alguien con mi temperamento sería un pésimo miembro del llamado Cuarto Poder. Están equivocados. Hay mucho más en la vida que meros hechos fríos. Cuando llegaban a percibir mi receptividad, la gente estaba dispuesta, a veces ansiosa, a abrirse y compartir sus historias.

Después de completar mi licenciatura en periodismo en la Universidad de Washington, salí de casa y alquilé un estudio en Columbia City, un barrio situado al sur de Seattle, manteniéndome en general alejada de las reuniones familiares. Nunca le conté a mi padre sobre mis *vijitas lokas,* no sea que pensara que estaba sufriendo algún tipo de crisis nerviosa. Perder a su esposa y tener que criarme solo ya era bastante estresante. Con cierta aprehensión, fui hasta su casa para contarle mi decisión de ir a España. Lo encontré corrigiendo trabajos de sus estudiantes en el ático que había convertido en estudio. La ventana ovalada sobre su escritorio se abría a la vista de las empinadas colinas que iban a morir al oeste del lago Unión y pude ver algunos barcos en el puerto. A los sesenta y ocho años, el espeso cabello castaño de mi padre delataba pocos signos de canas. Me recibió con un abrazo y un "me alegro de que hayas venido". Esto me ayudó a relajarme y en poco tiempo nos estábamos riendo de algunos errores imperdonables en los textos de inglés 102 de sus alumnos.

—Así que vas a ser una periodista internacional con un pasaporte de la UE—dijo al enterarse de mis planes—. ¡Eso es estupendo, hombre!

Usar un léxico correcto era parte de su profesión; pero cuando estaba feliz, prefería el lenguaje coloquial. Dejé escapar un suspiro de alivio.

Capítulo 3

Cuando papá tomó la desgarradora decisión de enviar a Nona al Hogar de Ancianos de Kline Galland, me prometí visitarla con regularidad. No fue fácil presenciar su retirada del mundo y sus episodios de demencia, y a los ochenta y cinco años su situación empeoraba. Cuando alguien a quien hemos conocido y amado toda la vida nos mira a los ojos y encontramos un vacío en su mirada, el sentimiento es terrible. Y no solo por el ser amado. Lo lamentamos también por nosotros, por aquella parte que solo esa persona conoce, y tememos que todo lo que hemos compartido con esa persona desaparezca.

En sus días lúcidos, Nona se había reído cuando me quejé de que los verdaderos periodistas se estaban volviendo obsoletos. "Más vale poco ke nada", fue su respuesta en ladino. Y pronto no habría nada. Al final papá se vio obligado a reconocer la realidad: el discurso de su sensata e ingeniosa madre era un galimatías. Pronto se iría a la tierra de los desconocidos, guiada por aquellos que sabían por experiencia cómo llevar a la gente a su destino. Mantenerme alejada de Nona me dio permiso para temer, en lugar de aceptar, lo inevitable. Visualicé su habitación en el Hogar como un ataúd con muebles baratos, mirando hacia un acantilado, y el resultado de mis visitas sería doblemente trágico: la pérdida combinada con un fatal desbarranco. Me mantuve a distancia. Y luego no pude más. Fue a finales de abril cuando crucé la puerta de hierro forjado, con una culpa tan densa como los gigantescos setos de laurel que bordeaban la calzada. Nona había estado ahí para mí siempre, y yo no la había visitado en seis meses.

La palaciega mansión, con su chimenea en el vestíbulo y sus ventanales que ofrecen una amplia vista del lago Washington, no era lo que yo había imaginado. Quizá todas mis aprensiones acerca de los malos olores y horribles sonidos de la sección Alzheimer habían sido infundados. Con la ayuda de Anita, una asistente de uniforme rosa y un suave acento guatemalteco, encontré a mi abuela en la terraza, envuelta en una manta de colores en medio de un mar de flores caídas de un cerezo. Sus párpados arrugados estaban cerrados, absorbiendo la luz. Anita levantó una mano delgada como un papel del brazo de la silla y la apretó suavemente:

—Una de sus admiradoras está aquí para verla, querida.

Los penetrantes ojos castaños de Nona tenían ahora un desvaído y vago color marrón. Su rostro, enmarcado por una típica nube de rebeldes cabellos blancos, se veía pálido e inexpresivo.

—Nona, soy yo, Allie.

—Alienor, mi niña, has venido...

¿Era posible que estuviera lúcida? ¡Qué regalo sería! En nuestra familia, solo Nona usaba mi nombre completo. Me incliné hacia delante, ensayando algunas preguntas que esperaba poder hacerle. Empecé con una fácil:

—¿Cómo estás, Nona?

—¡Por fin has llegado! Necesito tu ayuda. Tienes que sacarme de aquí. Aquí hay hombres que hacen cosas malas.

Traté de no acobardarme, recordando lo que me había recomendado papá: "No la escuches si ella se vuelve paranoica contigo. Los empleados son geniales, pero ella se confunde y los acusa de cualquier cosa. Si te lo menciona, cambia de tema". Eso no iba a ser difícil, pensé. No con todas las noticias que le traigo.

—Nona, me voy a España el viernes. Ya completé mi solicitud y pasé el examen de español en el Instituto Cervantes.

Su mirada confusa me hizo detenerme en ese punto, por mucho que quería decirle lo impresionados que habían quedado con mi fluidez verbal. Tampoco tenía sentido mencionar que me reuniría con un notario en Granada para firmar una declaración jurada en persona.

—Quería contarte que estaré en España unas semanas y que cuando vuelva vendré a visitarte otra vez.

Sus ojos nublados se aclararon levemente y se enfocaron.

—Sabes, la vio por última vez...

Para mi abuela, en unos minutos podían transcurrir décadas, tanto hacia atrás como hacia adelante.

—¿Vio a quién, Nona?

—Tu abuelo me dijo que la vio por última vez en el Albaicín, justo después de la guerra.

El abuelo Aharon había muerto hacía quince años. Siempre sospeché que faltaba algo en la historia de mi familia, quizá un secreto que el abuelo compartió con Nona, ahora atrapado en su errática memoria. La insté de nuevo a hablar.

—¿A quién vio el abuelo?

—A su hermana Luzia. Habían quedado separados durante la guerra. Su tío Emile los reunió en un café del antiguo barrio musulmán de Granada. Luzia le pidió a

Aharon que convenciera a su padre de que aceptara su matrimonio con un musulmán... y al bebé.

Nona había dicho esto lentamente y ahora cerró los ojos. Por miedo a que se durmiera en medio de estas revelaciones, le toqué suavemente el brazo. Cuando volvió a su relato, lo hizo en ladino. Las palabras volaban tan rápido que me era difícil descifrar todo el griego y el turco entrelazados con el hebreo y el español. Tomé algunas notas y, recomponiendo las partes, pude entender que la hermana del abuelo Aharon, Luzia, por algún milagro se salvó del sufrimiento infligido a su hermano y a sus padres, Miriam y Jaco, durante su internación en Auschwitz. Miriam no sobrevivió.

Toda esta narración le supuso un gran esfuerzo. Nona se hundió más en su silla y se colocó el chal. Yo me sentía como un monstruo por hacerla revivir esos desgarradores recuerdos, pero antes de que pudiera cambiar de tema, juntó fuerzas para continuar, afortunadamente en inglés:

—Después de lo que pasaron en el campo de concentración y de la muerte de Miriam, Jaco no pudo aceptar que su hija se casara con un gentil. Él repudió a Luzia y le prohibió a Aharon mencionar el nombre de su hermana. Se embarcaron para América y Aharon me dijo que su padre no volvió a hablar hasta que llegaron a Nueva York. Más tarde, vinieron en tren a Seattle, donde tu abuelo y yo nos conocimos.

—Entonces ¿nadie sabe qué pasó con Luzia?

—Durante años, envió tarjetas y cartas. Pero Aharon quería olvidar la guerra. No se atrevía a leer las cartas de su hermana. Después de su muerte, las encontré sin abrir. ¡Qué terrible habrá sido para Luzia pensar que a él no le importaba!

27

Algo aquí no encajaba.

—Papá me dijo que su tío abuelo Emile sobrevivió a la guerra y llegó a Nueva York, pero que su tía Luzia murió allí a la edad de dieciocho años. Para él es la verdad.

Nona sonrió con tristeza:

—La mentira no tiene cabo. No hay límites para la mentira.

Una ayudante se acercaba lentamente, para ir al paso de una frágil mujer que avanzaba poco a poco por el pasillo con su andador. Nona me apretó la mano.

—Sálvame, Alienor.

—Estás a salvo aquí, lo prometo.

Ella hizo un gesto para alejar mis palabras tranquilizadoras con ambos brazos, que se me hicieron sorprendentemente vigorosos.

—Escucha, *me hija*, debes utilizar ese don que posees con cuidado, especialmente en España. Tu segunda visión será más poderosa y te pondrá en peligro. Vas a tener que ser muy fuerte, por tus amigos y tu familia.

—¿Qué quieres decir? ¿Hay algo sobre mis *vijitas lokas* que no me hayas contado?

—Dile a tu padre que me lleve de vuelta a casa. Hay gente aquí que quiere nuestras camas vacías para poder reemplazarnos por sus familiares.

Nona estaba confundiendo mis problemas con los suyos. Tenía miedo de seguir presionando y arriesgarme a destruir su ya débil dominio de la realidad.

—Por favor, no te preocupes, Nona. Te veré de nuevo pronto.

La besé en la frente y fui a buscar a Anita.

—¿Siempre es así tan... temerosa?

—Va y viene. Ella se alegró de verte. El resto..., bueno..., no está en nuestras manos.

Cuando papá me preguntó: "¿Cómo te fue con Nona?", le conté casi todo, pero no mencioné nada sobre el peligro que me aguardaba. Aunque era un racionalista, se pasaría la vida viendo cómo se cumplían las predicciones de su madre. No quería preocuparlo.

—Papá, ¿alguna vez hablaste de tía Luzia con tu padre?

—Tu abuelo Aharon, bendita sea su alma, nunca mencionó a su hermana, ni una sola vez. Odiaba hablar del pasado. Si le hacías preguntas, todo lo que comentaba era: *Aboltar cazal, aboltar mazal*. A cambio de escenario, cambio de fortuna. Siempre creí que mi tía Luzia murió en el Holocausto.

—Nona mencionó algunas cartas provenientes de España.

—Cartas de los muertos. Me suena algo que Nona dijo—añadió papá con un suspiro—. ¿Por qué no las buscas tú misma? Todo está como lo dejó.

Subí las escaleras hasta la antigua habitación de Nona. Su cama estaba pulcramente hecha y en la mesita de noche había una copia de *Ladino Reveries*. Le pediría a papá que le llevara el libro la próxima vez que la visitara en el Hogar, aunque las posibilidades de que ella volviera a leer eran mínimas.

Busqué en los cajones de la cómoda. No encontré correspondencia alguna, pero sí una foto. Una mujer joven de cabello claro acunaba a un bebé en una mecedora sin brazos. Su beatífica sonrisa no se veía empañada por los tonos sepia de la foto. Un hombre de cabello oscuro, presumiblemente el que hizo que el padre de Luzia la repudiara, se inclinaba sobre los dos, con los ojos obnubilados por la tristeza de quien desea lo imposible. Estaban en un jardín o un huerto. Detrás de ellos había unos árboles en

29

flor y, a lo lejos, una cadena de montañas cubiertas de nieve.

Volví a la planta baja, entré sigilosamente en el estudio de papá y encontré la copia del *Zohar* que él tenía siempre a mano. Lo abrí y examiné el árbol genealógico dibujado con tinta china en la cubierta interior. Había numerosas notas debajo de los nombres y me tomó varios intentos y muchos borrados en un papel blanco antes de quedarme satisfecha con mi copia. "Me alegro mucho de haberte conocido", susurré, antes de agregar al registro familiar a mi tía abuela Luzia, a su amante Ja'far y al bebé sin nombre de la foto, junto con algunas notas sobre quién se casó con quién y cuándo.

A la mañana siguiente, grapé en mi cuaderno el trabajo—aun incompleto— antes de tomar un taxi al aeropuerto.

¡Qué contenta se pondría mi madre si supiera que me he armado de valor para visitar a Nona antes de mi partida! Más brillante que un tubo de led, el recuerdo de la sonrisa de mamá iluminó el pasillo junto a mi asiento. Estaba a bordo de un vuelo de la compañía Delta, de Seattle a París con conexión a Málaga, hacia el país que ella había anhelado visitar, pero al que nunca fue. Durante el despegue, sentí que el pulso se me aceleraba, en un primer momento, por la emoción de una anticipada aventura y, en el siguiente, por el pavor ante la perspectiva de lo que podría estar esperándome al llegar.

"Tendrás que ser fuerte por tus amigos y tu familia." Las palabras de despedida de Nona resonaron en mi interior. Pase lo que pase, ya estaba comprometida. La mujer que mascaba chicle en el asiento de al lado buscó otro en su bolsa de cocodrilo rojiza.

—Le ayudará a destapar los oídos—dijo. Su inglés estaba ligeramente salpicado de inflexiones españolas.

—Le agradezco, pero no hace falta—respondí, temerosa de que eso iniciara una conversación de nueve horas. Me fijé en su jersey de cachemira y sus vaqueros. ¿Era una maestra de vacaciones? ¿Una actriz? ¿O, mucho menos probable, una periodista como yo, con la esperanza de prosperar en otras latitudes? Ella sonrió y cerró los ojos.

Árbol Genealógico de la família Crespo

Jaco CRESPO Malka (n. 1898, Bruselas) Casado con **Míriam LAREDO Gomez** (n. 1899) en 1922. Ella toma el nombre de Míriam LAREDO de Crespo

Emíle CRESPO Malka (n. 1901) hermano de Jaco

Notas

La família de Solbella **BENVENISTE Levy** huye de España para Rhodes en 1530 y escapa a Seattle (vía Tanger, Marruecos) durante la Segunda Guerra Mundial.

La família **GALANTE** emigra de Rhodes a Seattle en 1917.

Aharon CRESPO Laredo (n. 1936 Bruselas) y **Noma Solbella BENVENISTE Levy** (n. 1937, Rhodes) casados en Seattle en 1958. Ella se llamará Solbella BENVENISTE Crespo.

Elías CRESPO Benveníste (n. 1960, Seattle) y **Eleanora GALANTE Santangel** (n. 1962, Seattle) se casan en 1983. Ella toma el nombre de Eleanora GALANTE Crespo

Luzía CRESPO y **Ja'far** _____?

Afienor CRESPO Galante n. 1984 Seattle, E.E.U.U.

Capítulo 4

Unas horas después de la salida, la asistente de vuelo llegó a la fila dieciséis con su carrito. Al igual que las alas de titanio del avión, su tranquila apariencia exterior parece haber sido diseñada con miras a la máxima eficiencia; y su sonrisa, para suavizar la realidad de encontrarnos atrapados con cientos de extraños dentro de un tubo de metal.

—¿Algo de beber?—ofreció.

Mi compañera de asiento bajó su bandeja.

—Vodka y tónica para mí—pidió. Se volvió hacia mí y preguntó—: ¿Cuál es tu veneno?

Yo tenía una lista larga. Editores que cortan la última frase de un artículo para ahorrar espacio. Amigos que publican vídeos de gatitos callejeros adoptados. Agentes del gobierno dedicados a deportar a toda la familia de un soldado mientras él arriesga su vida por su nuevo país.

—Para mí un *bloody Mary*.

Hojeé las páginas de mi cuaderno y saqué la foto que había encontrado en la habitación de Nona. No importaba con quién se hubiera casado, mi tía abuela Luzia no merecía el repudio de su padre.

Los vuelos largos tienden a adormecer mi cuerpo en una especie de estasis sanguínea, abriendo espacio en mi mente para moverse entre recuerdos vívidos, sueños crípticos y fantasías de vigilia. Mientras sorbía la bebida y pasaba el índice por lo poco que restaba del brillo de la foto, el zumbido de la conversación y el ronroneo de los motores se desvanecieron en el trasfondo de mi conciencia. Vi a Luzia caminando por las calles oscuras de una ciudad europea, pasando frente a casas de estuco marrón, con las contraventanas cerradas por el mandatorio apagón. Parecía unos años más joven que en la foto. Sus rasgos finos y precisos y su corte de pelo al estilo paje, típico de la guerra, daba una idea de cómo podría haber sido la apariencia de Nona, su eventual cuñada, en su mejor momento.

Cruzando el callejón estrecho, extendí una mano para tomar la maleta algo maltrecha de Luzia. En el siguiente momento, también ocupé su lugar.

***

Miro a través de las ventanas mojadas por la lluvia de un café desierto. Es bien pasada la hora de cierre y el camarero, todavía con su delantal de cuero, abre la puerta y rápidamente examina la calzada antes de dejarme entrar. No es necesario que me presente. Todo ha sido arreglado de antemano. Señala una mesa frente a la barra y pregunta:

—*Avez-vous faim?*

Hago un gesto afirmativo, aunque no tengo apetito, y él me trae pan y sopa junto con un vaso de cerveza.

—Esto le va a venir bien.

Busco algo de cambio en el bolsillo de mi agrietada chaqueta de cuero, pero él sacude vigorosamente la cabeza calva.

—Guárdalo. Lo vas a necesitar.

El camarero sube las escaleras y regresa pronto, seguido por un joven que camina hacia mí sin titubeos. Me dieron su nombre para que lo memorizara, pero no una descripción. Con su camisa de lino tosco y pantalones de pana, fácilmente podría confundirse con un campesino francés. Pero al acercarse observo una tez morena, resaltada por rizos negros debajo de su gorra que sugieren el norte de África.

Se sienta a la mesa.

—¿Te encanta viajar?

Sus ojos intensamente marrones combinan a la perfección con la cerveza ámbar de mi vaso.

— Sí, especialmente en compañía de amigos—digo, pronunciando la frase clave en un francés vacilante, tan diferente al holandés con el que crecí en la Bélgica flamenca—. Soy Luzia Crespo Laredo. Y tú debes ser Ja'far.

Hace una mueca de disgusto ante mi uso de nuestros nombres reales y se vuelve hacia el camarero con un gesto que significa: "¿Qué clase de novata me has traído?". La vista de una cicatriz en su cuello me estremece. Él ignora mi mirada compasiva y se atiene a su tono empresarial, preguntando, esta vez en español:

—¿Tienes papeles?

—Sí, por supuesto—respondo, agradecida de que mis padres insistieran en que aprendiera su lengua. Del bolsillo interior de mi chaqueta saco algunos papeles arrugados para que Ja'far los examine, primero con aprobación y luego con aprensión.

—No muestres tus documentos a nadie. Te pueden matar y robar por mucho menos—dice.

—¿Cuánto por cruzar a España por las montañas?

—Solo dos mil francos, ya que estás sola. ¿Cuántos años tienes?

—Dieciocho.

—¿Dónde está tu familia?

Sé que Ja'far espera que sus clientes tengan cierta compostura, pero no puedo evitarlo. El labio inferior comienza a temblarme. Tomo un largo sorbo de cerveza y espero hasta poder hablar.

—A mis padres y a mi hermano menor, Aharon, de siete años, los arrestaron—le cuento a Ja'far cómo, después de la invasión nazi de Bruselas en 1940, mi familia se vio obligada a abandonar nuestra casa en el centenario barrio sefardí. Cómo nos despertaron a mi hermano y a mí y huimos a Francia en medio de la noche con solo la ropa puesta. Cómo nos obligaron a escondernos cuando los alemanes tomaron París, y luego, afortunadamente, nos acogió el tío Emile, que había vivido en el distrito cuarto durante décadas.

—Mi padre había hecho arreglos para pasarnos de contrabando a Montauban, en la Zona Libre. La mañana que íbamos a partir, me envió al mercado a comprar provisiones para el viaje. No me demoré mucho. Cuando regresé, el apartamento estaba vacío. Pensé que lo había entendido mal y debía encontrarme con mi familia en la estación de tren, pero el equipaje aún estaba allí. Supe que algo terrible había pasado. No me animaba ni a pensarlo...

Ja'far no responde, solo se inclina hacia adelante, atento. Espera pacientemente a que me recupere y continúe.

—Me escondí en la trastienda todo el día, demasiado asustada para salir, hasta para tomar un trago de agua. Cuando el tío Emile finalmente vino a buscarme, me dijo la verdad: "Tu padre, tu madre y tu hermano están detenidos en Compiègne y los van a deportar a Alemania en una semana. No tengo más amigos con conexiones que puedan intervenir. Será mejor que te vayas mientras puedas". Me dio algo de dinero y me metió en un coche con una amiga que iba para el sur.

Ja'far pide una cerveza al camarero y se la toma en unos pocos tragos rápidos. Seguro que ha escuchado historias como la mía más que un sacerdote en un campo de batalla. Me sorprende verle los ojos húmedos.

—Después de que nuestra madre muriera de cólera, mi padre nos crio a mis dos hermanos y a mí en el Marruecos español. En 1936, Franco y los nacionalistas dieron un golpe de estado y tomaron el control del Protectorado. Ejecutaron a doscientos oficiales que permanecieron leales a la República y, con la ayuda de Mussolini, transportaron por aire a los soldados restantes para que lucharan de su lado, de regreso a casa. Mi padre no quería que sus hijos fueran enviados a España para pelear por los golpistas, así que nos trasladó de Tetuán a la zona de Marrakech, controlada por los franceses.

—¿Y cómo acabaste en Francia?

Se encoge de hombros como si alguien le pidiera que explicara lo obvio.

—Sin tierra para cultivar, nos moríamos de hambre. Me fui a París a buscar trabajo y cuando los alemanes lo invadieron, me quedé atrapado. Tuve la suerte de encontrar una forma de sobrevivir, primero comerciando en el mercado negro y ahora como contrabandista de personas como tú, a España, a través de los Pirineos.

—Tienes suerte de dominar el español y el francés. Muy valioso para un guía.

Ja'far aparta la silla unos centímetros de la mesa. Parece que le he recordado que soy un cliente al que le presta servicio.

—Salimos mañana por la mañana a las cinco, cuando termine el toque de queda.

Me da indicaciones para llegar al lugar de encuentro, al otro lado de St. Girons, donde Le Chemin de la Liberté— El Camino de la Libertad— comienza su ascenso por las montañas.

—Espero que estés en forma para el viaje—añade.

—Llegué hasta aquí por mi cuenta. No tienes que preocuparte por mí.

Ja'far me lanza una mirada dudosa. Me despide con un breve gesto de asentimiento y eso me tranquiliza.

***

Cuando salí de la *vijita loka*, el avión entró en una zona de turbulencias e instintivamente me agarré a los apoyabrazos, respirando hondo. Parecía que Luzia Crespo tenía más coraje que yo. El avión se estabilizó y yo me quedé pensando. *¿Qué hace que mis vijitas elijan ciertos momentos para llegar o irse? ¿Terminan cuando mi subconsciente me dice "¡basta!"? ¿O soy una narradora loca cautivada por mi propia ficción, una ilusionista que periódicamente pierde fuerza?*

Durante la escala de tres horas en el Charles de Gaulle, una taza de expreso me reconectó con los placeres de la vida real. Disfruté de estirar las piernas en medio de los escaparates relucientes y el paso rápido de los viajeros. Como prefiero el papel a las imágenes electrónicas de Google, en una tienda de regalos compré unos mapas plegables de Francia y España. Fue fácil localizar St. Girons en las estribaciones de los Pirineos, cerca de la frontera española. Seguí la ruta que habían tomado Luzia y su guía Ja'far a lo largo del Camino de la Libertad. Y al rato ya estaba pensando sus pensamientos y caminando calzada en sus resistentes zapatos.

***

Una familia de cuatro se ha unido a nosotros esta mañana inusualmente clara. Muriel y Ernesto Pardo viajan con una visa de salida falsificada que, según Ja'far, va a funcionar. Nos ponemos en marcha y el sendero se vuelve plano por un tiempo. Muriel habla en voz baja, para que no la oigan sus dos hijos.

—Ernesto tuvo que sobornar a un oficial para salir de Rivesaltes. Tuvimos que salir rápido porque ya están enviando regularmente a los judíos a Alemania.

Con una oleada de esperanza, se me ocurre que así hicieron mis padres y mi hermano pequeño, Aharon. Me veo extendiendo la mano para tocar la de mi madre y la imagino gritando mientras corre hacia mí: "¡Luzia!". Lamentablemente, es la voz de Ja'far la que ha entrado en mi fantasía, recordándome que tenga cuidado. El ensueño se desvanece antes de que pueda infectarme con un más lastimoso optimismo.

El camino se hace más empinado y nos detenemos a menudo para permitir que los débiles refugiados recuperen el aliento. Al principio, los Pardo intentan llevar a sus críos, pero estos devotos padres están demasiado desnutridos después de su encarcelamiento. Alzo a la niña y la llevo en brazos, mientras Ja'far coge al niño de la mano. Desde el sendero densamente boscoso se ven hacia abajo varias aldeas, y una fuerte brisa nos trae el humo de sus chimeneas invisibles. El aire húmedo puede transportar el sonido por kilómetros y nuestro grupo de seis avanza en silencio en este tramo del camino, conscientes de lo fácil que sería para un pastor, o peor aún, para una patrulla alemana, oír nuestros pasos.

Es extraño cómo, independientemente de la tensión y el esfuerzo físico, la escalada y el aire fresco me ponen eufórica, así como la perspectiva de llegar a España. A medida que avanzamos hacia la libertad, me desconcierta pensar cómo este país devastado por la guerra, gobernado por un dictador que prohíbe estrictamente a judíos y musulmanes practicar abiertamente su religión, ahora ofrece refugio o, al menos, una ruta segura para salir de Europa. Mis antepasados judíos y los antepasados musulmanes de Ja'far habrían viajado a través de un paso de montaña similar a este, refugiados al revés, expulsados de su tierra natal hace siglos. ¡Qué ironía!

Después de largas horas trepando colinas cada vez más empinadas, nos detenemos para pasar la noche en una cabaña enterrada tan profundamente en el bosque que, sin las cintas rojas que Ja'far ha atado a las ramas de los árboles, seguramente no la habríamos encontrado. La cabaña, de una habitación, tiene solo tres paredes que sostienen el techo hundido y cubierto de musgo. Mientras los Pardo y sus hijos se acomodan en el piso de tierra cubierto por finas mantas, nuestro guía vigila afuera. Me uno a él, rechazando la oferta de un cigarrillo.

—Tengo muchos—insiste—. Yo sé que te mueres por un cigarrillo.

Me contento con fumar en silencio a su lado en un tronco caído, escuchando el peligro en la oscuridad.

Ja'far parte un trozo de preciado chocolate para compartirlo conmigo y, cuando me lo entrega, nos sobresalta un crujir de hojas. Animal o humano, imposible saberlo. Apagamos de inmediato nuestros cigarrillos y esperamos unos tensos cinco minutos.

—¿Falsa alarma?—me atrevo a susurrar.

—Eso espero—murmura. Nos acercamos para darnos calor. Algo más se está fraguando. Me quedo dormida. Cuando me despierto, tengo la cabeza apoyada en su hombro. Avergonzada, me alejo un poco.

—¿Cuánto tiempo dormí?

—Sin luna es difícil de saber.

—¿No tienen socios los contrabandistas para turnarse en la guardia?

Ja'far gruñe:

—Tengo buenos ojos y oídos y todavía no he perdido a nadie. ¿Y quién te contó eso?

—Cristelle, la mujer que contrató mi tío para que me llevara a St. Girons. Me criticó por haber aceptado el dinero de mi tío. Me dijo: "Necesitamos que la gente se quede y luche". ¿Por qué tú no?

—Cada uno hace lo suyo. Hoy tú llevaste a una niña en brazos...

La voz ronca de Ja'far está mezclada con dulzura y siento unas repentinas ganas de llorar.

Aunque hay mucha agua de los arroyos cercanos, nuestro suministro de salchichas ahumadas y pan es apenas suficiente. La segunda noche, pillo a Ja'far reduciendo su propia ración para que duren las nuestras. Su comportamiento es una extraña mezcla de generosidad espontánea y vigilancia egoísta. Como él dice, sin rodeos: "No soy, como tú dices, altruista. Pero si el dinero fuera mi única motivación, más me valdría ser informante. Todo el mundo sabe que los nazis pagan bien".

Quisiera preguntarle si ha adquirido este conocimiento a través de la experiencia personal, pero, realmente, no importa. Hoy está arriesgando su vida por unos desconocidos.

La tercera noche es la peor. Todos están exhaustos y mareados de lidiar con las pendientes empinadas, seguidas de interminables descensos en zigzag. Mucho antes del amanecer, un amigo y colega de Ja'far envía mensajes en forma de piar de pájaros antes de aparecer en el sendero, para informar sobre la presencia de patrullas en el área. Tenemos que desviarnos del refugio. Esto significa soportar un fuerte aguacero mientras intentamos dormir bajo los árboles.

Por suerte, el sol sale al cuarto día cuando cruzamos la frontera y llegamos a nuestro destino, en las afueras de Esterri d'Aneu.

La falta de sueño empaña un poco mi alegría.

—No te preocupes, tienes suficientes papeles—me anima Ja'far, tal vez confundiendo mi cansancio con el temor de ser deportada a Francia—. Ve con los Pardo a la comisaría del pueblo y diles que eres judía. Llamarán a The Joint y desde allí te cuidarán bien, aunque no seas una Rothschild.

Según Ja'far, el llamado *Jewish Joint Distribution Committee* estadounidense, más conocido como *The Joint*, se ocupa de sacar refugiados de las cárceles españolas con o sin el permiso del Estado. Es difícil de creer, pero me asegura que es así.

Los Pardo se despiden y mientras se dirigen hacia la ciudad, Muriel mira hacia atrás y me hace señas para que me apresure y me una a ellos.

—Será mejor que te vayas, a menos que prefieras arriesgarte a trabajar conmigo...—me dice Ja'far, riéndose para disimular su malestar, ya que ambos sabemos que debería rechazar su oferta.

Recuerdo mi viaje hacia el sur con Cristelle y la cínica valoración que hizo de mí. Aquí tengo la oportunidad de demostrar que está equivocada. Y tal vez, con suerte, mi tío Emile podría aparecer algún día en el Camino de la Libertad, como prometió.

—Entiendo—dice Ja'far con una mirada resignada—, no hay necesidad de decir nada. ¡Qué egoísta por mi parte haberte preguntado!

Todavía estoy buscando las palabras adecuadas y no he encontrado ninguna que exprese completamente cómo me siento.

—Comienza la temporada de lluvias, voy a necesitar botas y un impermeable—dice. Agarra mi mano y se la lleva al corazón.

***

Esta vez volví a la realidad con más suavidad. Me había unido tan estrechamente con Luzia que las limitaciones de tiempo y espacio ya me resultaban irrelevantes. Fue un pensamiento luminoso, hasta que un hecho inevitable lo apagó. Si Luzia tenía dieciocho años cuando conoció a Ja'far en 1942, hoy tendría noventa y seis, casi con toda seguridad estaría convertida en polvo. Sentí una profunda sensación de pérdida. La enfermedad de Alzheimer no solo destruyó mi conexión de toda una vida con Nona, sino que tampoco podría abrazar jamás a mi valiente tía abuela de Bélgica. Aturdida, fui a unirme a la fila de control de pasaportes antes de tomar el vuelo a Málaga.

Mientras volábamos sobre el sur de Francia, a través de delgadas nubes a baja altura, las granjas de techos rojos y las verdes laderas me recordaron el norte de California. En cuanto nos acercábamos a España, los Pirineos iban tomando formas más definidas. Los mismos rincones oscuros y picos iluminados por el sol que Luzia y Ja'far atravesaron me llamaban de vuelta a casa. En Seattle, mis *vijitas lokas* subvirtieron mis esfuerzos por lograr la normalidad. Aquí en Europa, donde el pasado vivía mucho más cerca de la superficie, existía la posibilidad de que estos episodios comenzaran a tener sentido. Quizá podría dejar lo de *lokas* y quedarme con las *vijitas.*

Capítulo 5

Al acercarnos a Málaga, atravesamos un banco de nubes y emergimos a la luz del sol sobre una bahía turquesa. Altos hoteles y urbanizaciones festoneaban la costa, impidiendo la vista del centro de la ciudad. Llamé a papá desde el aeropuerto para avisarle de mi llegada y luego tomé un taxi hasta mi hotel, situado cerca de la Plaza de la Merced.

Era por la tarde, temprano, y la temperatura rondaba los veintisiete grados. Me puse una camiseta sin mangas y bermudas y salí a dar un paseo por el casco antiguo. En contraste con los amplios bulevares y los rascacielos recién construidos que había visto desde el aire, las calles eran estrechas y agradables para deambular, muchas eran peatonales. Era un barrio encantador y modesto en el que Picasso vivió de niño. Me prometí que, de regreso a Seattle, visitaría el Museo Picasso y compraría algunos grabados. Como papá había comentado en una visita a mi apartamento completamente funcional: "Si tus paredes fueran niños, estarían llorando por atención".

Seguí las indicaciones hacia la playa de la Malagueta, donde el turquesa del Mediterráneo me invitó a quitarme las zapatillas para correr y dar a mis pies el fresco placer de juguetear en el agua. Después, me senté con las piernas cruzadas en la arena y me quité los granos finos con los dedos, observando las rayas rojizas a través de la niebla anunciando el ocaso. Mi mirada recorrió el agua en dirección al norte de África y evoqué los cientos de barcos transportando a los judíos desterrados de su tierra natal a fines del siglo XV. Me imaginé a los antepasados musulmanes de Ja'far, exiliados en masa cien años más tarde. ¡Qué extraordinario que él conociera y se enamorara de mi tía abuela Luzia en la Francia de la Segunda Guerra Mundial! Y qué extraño que me eligiera a mí para revivir sus recuerdos. Otra vez, siento que mi yo se desliza.

***

Estoy desempacando mis cosas en la habitación de Ja'far, que está encima del café. Dice que haciéndonos pasar por pareja atraeremos menos la atención. Ambos sabemos que hay más que eso. Encuentro un espacio en la estantería que él se ha construido con trozos de madera. Los estantes ya están abarrotados de volúmenes abandonados por refugiados que no pueden cargarlos un paso más.

—¡Tienes una copia de *El silencio del mar*! Lo leí en la casa del tío Emile, en París. Me dijo que la Resistencia está publicando sus propios libros. ¡Qué increíble!

—Lo increíble es que tú y yo nos hayamos conocido, Luzia.

—Pienso lo mismo. Pero si vamos a vivir juntos, tendrás que decirme tu apellido—bromeo.

—¡Lo siento!—Ja'far suena de veras mortificado—. Nunca me lo preguntaste y después supuse que lo sabías. Pero, claro, cómo ibas a saberlo, con el cuidado que debemos tener con esas cosas.

Hace una pausa, supongo que su lengua, acostumbrada a guardar secretos, se resiste a obedecer.

—Siddiqui—dice al fin.

—Me gusta cómo suena. ¿Tiene algún significado?

Ja'far sube mi maleta vacía al estante superior del armario.

—Siddiqui significa 'verdad'. No siempre es fácil vivir de acuerdo con este concepto, pero lo intento.

Esta es una de nuestras raras noches libres durante un verano ajetreado y la atracción mutua es fuerte. Yo estoy decidida, pero Ja'far, que es cinco años mayor que yo, sugiere que esperemos.

—No hay mucho lugar para el romance en un corazón dolorido. Démosle tiempo—añade, plantando un beso en mi mejilla—. No estoy muy seguro. ¿Y si nos pasa algo a alguno de nosotros? ¿Lo lamentaríamos?

Ja'far se ofrece a dormir en un catre que guarda en el armario. Yo acepto, pero solo si nos turnamos. Nos quedamos despiertos hasta tarde, hablando de los buenos, es decir, mejores tiempos, antes de la guerra. Tomo un sorbo de té medio aguado que preparamos con nuestras menguadas existencias.

—Si nunca has probado el café belga, tu vida está incompleta.

—Ya te veo, socializando en los cafés con amigos, todos inocentes y despreocupados—dice Ja'far en tono celoso—. Muchos admiradores, imagino.

—Era demasiado joven para darme cuenta... hasta ahora—le respondo—. ¿Y qué me dices de tus días en la Ciudad de la Luz? Apuesto a que las chicas se desmayaban...

Ja'far se pone tenso y yo lamento mis palabras. No le gusta hablar de su pasado en París. Dice que hay demasiados recuerdos de sus amigos del Ejército del África que murieron luchando en la Batalla de Francia. Consigo que me mire a los ojos.

—Tú estás cumpliendo con tu parte aquí.

—No se puede comparar.

Como la mayoría de nuestras conversaciones, esta se ha vuelto seria.

—Luzia, creo que deberíamos hacer solo un viaje más por los Pirineos, y luego quedarnos del lado español de la frontera. Los alemanes han ocupado todo Vichy, incluso St. Girons. Han colocado guardias fronterizos a lo largo de toda la cadena montañosa y ahora hay mil veces más peligro que antes. Se han infiltrado en muchas organizaciones para escapar y están enviando a decenas de guías a morir a los campos de concentración. Me temo que se nos acabe la buena suerte.

Deslizo mi maleta vacía debajo de la cama.

—Hay más refugiados que nunca. ¿Cómo vamos a abandonarlos? A pesar de la "zona prohibida", muchos llegan a St. Girons. Sin nosotros, nunca podrán cruzar.

Hasta ahora hemos guiado a media docena de tripulantes derribados de líneas aéreas británicas, estadounidenses, polacas y hasta francesas libres que intentan llegar a Gibraltar, refugiados judíos de toda Europa y una avalancha de jóvenes franceses que intentan evitar ser deportados a centros de trabajos forzados de los nazis. Nuestra vida es un delirio de encuentros apresurados y excursiones peligrosas. Quizá Ja'far tenga razón y deberíamos considerar nuestras opciones. Estoy sirviendo más té cuando un golpe hace vibrar la puerta y una voz familiar resuena desde el pasillo.

—Hay alguien aquí que dice que debe verte de inmediato.

—Ya bajamos, Phillipe—Ja'far grita al generoso camarero que siempre nos da una mano para todo.

Abajo, el recién llegado espera en el café. Klaus, como él dice llamarse, lleva un maletín y está vestido de civil. Es la mochila de estilo militar lo que lo delata. Rubio y de ojos azules, el suyo es el rostro del enemigo, imposible de ver aquí y pidiendo nuestra ayuda. A diferencia de la pareja que se vio obligada a acoger al soldado alemán en *El silencio del mar*, Ja'far y yo tenemos que tomar una decisión.

—Puedo pagar más si me llevas solo a mí, por favor— suplica el joven.

Es solo uno o dos años mayor que yo y está claramente aterrorizado. Entiendo por qué Klaus quiere evitar compañía. Hay muchos franceses que estarían felices de clavarle un cuchillo. Y si es un desertor, como afirma, los alemanes lo ejecutarán en el acto. Me llevo a Ja'far a un lado.

—¿Cómo sabemos que este hombre no es un informante que nos va a traicionar?

—Si fuera así, tú y yo habríamos sido arrestados por su gente cuando acepté el pago. Lo vigilaré de cerca, te prometo—Ja'far mira su reloj—: El sol saldrá en una hora— anuncia.

Los tres salimos por separado, con cinco minutos de diferencia, tomando diferentes rutas por la ciudad para reunirnos en el sendero. El tiempo es aceptable y avanzamos bien en la subida, deteniéndonos para pasar la noche en el lugar habitual. Klaus duerme agarrado al maletín.

—Si robó de sus jefes lo que sea que hay en ese maletín, es posible que lo hayan seguido—le susurro a Ja'far.

—Todos nuestros refugiados tienen secretos.

—Hasta ahora, ninguno ha sido un soldado nazi.

—El tío nos ha pagado en oro, y ahora podemos comprar más suministros para continuar la operación. No te preocupes. No le sacaré el ojo de encima. Intenta dormir un poco.

***

Mi total inmersión en la Francia de la Segunda Guerra Mundial se esfumó cuando sentí que una mano me agarraba el codo con fuerza. Salté de la arena, con un reflejo automático y lista para atravesar la playa corriendo hasta el bulevar cercano lleno de paseantes de la tarde.

—Alienor, perdón, no quise hacerte daño...

Me arriesgué a echar un vistazo rápido a este hombre que me llevaba una cabeza y sabía mi nombre. De pantalones negros y camiseta, complexión sólida, rostro estrecho y barbudo coronado por rizos de color negro azulado con algunos mechones plateados, parecía andar por los cuarenta y tantos años.

—Por favor, acepta mis disculpas por haberte asustado.

—Tienes cinco segundos para explicarte antes de que grite pidiendo ayuda.

—Aro.

Su acortamiento de la palabra *claro* confirmó mi sospecha de que el acento que matizaba su inglés con frases extrañas era andaluz. Parecía suponer que yo hablaba poco español y eso podría funcionar a mi favor.

—Escuché que mañana vas a consultar con el abogado Luis Alcábez—continuó.

¿Cómo lo sabía? Me estremecí. Un leve gesto en la comisura izquierda de su boca traicionó a mi interlocutor y denotó su placer al haber dado en el blanco.

—No es seguro aquí. Debes volverte a tu casa—dijo, señalando en dirección al aeropuerto para enfatizar. Por primera vez desde que llegué a España sentí el toque frío de la extrañeza.

—¿Por qué?

— Vamos a un café y te lo explico.

Estábamos cerca de la gente que caminaba por el paseo marítimo y esto me tranquilizó. Después de enjuagarme los pies en una ducha cerca del baño público y calzarme, lo seguí a La Chancla, un pequeño café con vistas al mar. Pidió unos pasteles y dos cortados con poca leche en el mostrador, sin molestarse en consultarme, y cuando saqué mi tarjeta de crédito de mi bolso, la rechazó. Elegí una mesa junto a la ventana y él sostuvo la silla mientras me sentaba, con una cortesía anticuada que no esperaba. El expreso estaba fuerte, la leche casi invisible. Rodeada de gente conversando y tomando café, me sentí bastante segura como para quedarme y escucharlo.

—Siento no poder decirte mi nombre. Trabajo para una organización que tampoco tengo la libertad de identificar. Te puedo decir que nos dedicamos al bien público. Tengo un consejo importante y te sugiero encarecidamente que lo sigas. Debes irte. No hay nada para ti aquí. Toma el primer vuelo que salga de Málaga esta noche .

En mi experiencia, quienes dicen que trabajan por el bien público suelen hacer lo contrario.

—¿Renunciar a mi solicitud de ciudadanía? ¿Y por qué?

—Hay mucha gente que no quiere que los de tu clase regresen a España. Algunos de ellos incluso pueden pertenecer a tu propia familia. Hay fuerzas operando de las que no sabes nada y es mejor para ti que así sea.

Su inglés había mejorado misteriosamente. También me había tomado por sorpresa, contando con la expectativa de rechazo e intolerancia que prevalece entre el Pueblo Elegido. Seguramente pensó que con eso activaría la automática respuesta de alarma y huida por mi parte. Y, sí, se me aceleró el pulso. Pero fue por ira, no por miedo. Me concentré en no levantar la voz.

—Me han dicho que, a diferencia de ti, hay muchos españoles que dan la bienvenida al regreso de los sefardíes. Sin el apoyo de la población, la nueva ley no se habría aprobado en primer lugar. No me intimidas, si eso es lo que buscas.

Echó hacia atrás su silla.

—Has confundido mis intenciones.

—¿De veras?

—Si no reconoces a un amigo en su propia ropa, ¿cómo vas a reconocer a tu enemigo disfrazado?

Eso me dio que pensar y, por un momento, dudé de mi rápido juicio sobre él. Cuando se dio la vuelta para irse, agarré mi teléfono y tomé una rápida foto, capturando su perfil. Siguió caminando, sin dar indicios de que se hubiera dado cuenta.

De camino a mi hotel me di cuenta de lo tonta que había sido. Si este hombre sabía que le había tomado una foto, era muy probable que intentara recuperarla. O tal vez no le importaba. Sería mi palabra contra la suya y ¿qué daño podría haber en una conversación pública?

Segura en mi habitación, subí la foto al iCloud para guardarla. Eran cerca de las nueve de la noche y traté de llamar a Luis Alcábez. Supuse que trabajaba hasta tarde en la oficina, como hacen muchos españoles, después de largos descansos por la tarde. Cuando respondió su contestador, dejé un mensaje: "Habla Alienor Crespo desde Málaga. Ha ocurrido algo extraño. Supongo que lo hablaremos mañana cuando lo vea. Haré todo lo posible por llegar a las once y acudir a nuestra cita con el notario al mediodía".

Era mediodía en Seattle y papá cogió el teléfono después de sonar dos veces.

—Tu segunda llamada en un día, debes estar extrañándome. ¿Cómo te va por ahí?

—Ahora sé por qué la gente deja todo para ir al Mediterráneo. Es encantador.—No iba a decirle que me sentía asustada y sola y que había llamado para escuchar su voz.—¿Cómo está Nona?

—Hablé con ella por teléfono anoche y me pidió que te diera un mensaje. Por supuesto, tiene poco sentido.

—¿A ver? ¿Qué dijo?

—Dile a Alienor que una buena batalla trae una buena paz, dijo.

Las palabras de Nona me provocaron ansiedad. ¿Qué era lo que me esperaba aquí? Pero... ¿no era eso justamente lo que necesitaba, que algo pasara, para sacudir mi vida y empezar de nuevo? Era natural que sintiera punzadas de duda, incluso pavor. Como la premonición que sentí la primera vez que intenté dar una voltereta y arrojarme de espaldas en la piscina de Rainier Beach. Estuve a pocos centímetros de estrellarme la cabeza contra el cemento. Lo importante es sobrevivir.

—Papá, te dejo ahora porque me muero de hambre y necesito comer antes de acostarme. Cuídate. Te llamo pronto.

Bajé y pedí una tortilla en el restaurante del hotel, abierto las 24 horas. La decoración era medio sosa, pero los huevos estaban deliciosos y también la sangría. La camarera me atendió con una sonrisa comprensiva, viendo a otro cliente que cenaba dos veces en dos zonas horarias. De vuelta en mi habitación, volví a mirar la foto de Luzia, Ja'far y su bebé. Conocerla tan íntimamente a través de nuestras *vijitas* compartidas le dio a la imagen de Luzia una calidad luminiscente, como vista a través de un visor tridimensional. Después de firmar ante notario mi solicitud en

Granada, intentaría identificar dónde se había tomado la foto. ¿Quizá a la sombra de los Pirineos o tal vez más al sur? En lugar de alejarme de mi don, lo invité a que me brindara algunas respuestas. Habiendo tomado esta decisión, fue fácil escapar de mí y meterme en la piel de mi tía abuela.

***

Se acerca el ocaso en la segunda noche de nuestro viaje con Klaus, y el bosque explota con gritos en un indiscutible alemán, rebotando en las laderas empinadas, lo que dificulta saber la distancia o la dirección de la que viene el sonido. Sin dudarlo, Klaus arroja su maletín lo más lejos que puede en la maleza y echa a correr. Mantenemos la calma, como nos hemos entrenado. Ahora estamos seguros de que la fuente del ruido está delante de nosotros. Nos volvemos y tomamos un atajo apenas visible, que eventualmente nos llevaría de vuelta a Saint Girons.

Pasa un minuto de caminata enérgica, los disparos resuenan por donde ha huido Klaus. Ja'far me indica que pare.

—Lo que sea que haya en esa maleta, debe ser extremadamente valioso o incriminatorio, o ambos.

—Te prohíbo que regreses—le digo, sabiendo que hará lo que considere.

—Tú sigue adelante. Me tomará unos minutos.

De vuelta en nuestro cuarto, mi imaginación es cruel y no hay vino que ahogue mi miedo de perder al hombre que he llegado a amar. Después de una espera interminable, escucho el sonido de bienvenida de los pasos de Ja'far en las escaleras. Con las manos vacías y arrepentido, comienza a disculparse y se detiene en seco cuando me ve sentada en la cama con mi camisola, con los brazos extendidos para recibirlo. Nuestra unión amorosa parece ser la única cosa natural que queda en el mundo, lo que hace que sea doblemente dolorosa y no pueda controlar los sollozos que después me sobrevienen.

—Es egoísta ser feliz en medio de tanto sufrimiento. Ni siquiera sé qué fue de mi familia...

Ja'far me acaricia el pelo y murmura:

—Ahora yo soy tu familia.

***

Una sensación agridulce me invadió cuando regresé a mi solitaria habitación del hotel. Nunca me había puesto en una situación tan vulnerable y descarnada como lo fue la de Luzia con respecto a Ja'far. Durante los dos años que viví con mi novio, Joel, que sabía aplicar ingeniería inversa a cualquier código informático conocido por el ser humano, me las arreglé para mantener oculto mi don clarividente. No me di cuenta, hasta que fue demasiado tarde, de lo mucho que mi secretismo había envenenado nuestra relación. Cada vez que rechazaba mis insinuaciones sobre las posibilidades de estados alternativos de conciencia y me acusaba de ser poco científica y hasta irracional, se producía en mí una lenta pero progresiva fuga de esperanza. Si alguna vez me volvía a enamorar, tendría que ser de alguien capaz de aceptar mis "excentricidades". Era difícil de imaginar, teniendo en cuenta todo lo que aún me costaba lidiar y hacer las paces con ellas. En cuanto al hombre que me buscó en la playa, si su propósito era disuadirme de desenterrar secretos del pasado, se llevaría una decepción. Mi madre me había enseñado a usar la cabeza cuando me amenazaban con violencia en el patio de la escuela. "Recuerda, eres más inteligente que ellos. Por eso te temen y te intimidan. Puedes usar palabras para controlar la situación. Para defenderte, utiliza lo que has aprendido en las clases de artes marciales. Y recuerda, no hay vergüenza en usar las piernas que Dios te dio para correr".

Agotada de estar viajando entre dos reinos, me dormí.

Capítulo 6

A la mañana siguiente, preparándome para mi partida, revisé la habitación para asegurarme de no dejar nada antes de cerrar la cremallera de mi maleta. Conté los euros que tenía en mi bolso y retorné la billetera a su lugar en el compartimiento con mis documentos de viaje. Fue entonces cuando me di cuenta de que me faltaba el pasaporte. Respiré hondo y me aboqué a un registro minucioso de todas mis pertenencias, sin éxito. ¿Cómo pude haber sido tan descuidada? ¿O no fue descuido? Recordé cómo mi compañero del día anterior se había parado detrás de mí con una inusual cortesía para sostener mi silla.

Perder un pasaporte cuando uno está viajando pertenece a esas pesadillas de caminar desnudo por la calle. Excepto que yo estaba bien despierta y, a pesar de ser una viajera experimentada, me sentí furiosa, violada. Por suerte, en mis viajes por Sudamérica había aprendido un truco para proteger mis documentos, y antes de partir de Seattle había escaneado las dos primeras páginas del pasaporte y me las había enviado por correo electrónico. Si no lo encontraba en el café o en el taxi que tomé de regreso al hotel, llevaría una copia impresa al consulado estadounidense en Málaga para solicitar un reemplazo. Tanto el café como el Consulado abrían a las 10 de la mañana, lo cual me impediría tomar el autobús de las 9 para Granada. Esto no me molestó mucho, era un inconveniente menor. Lo que sí me inquietó fue la idea de que alguien primero me hubiera advertido que abandonara el país y luego robara mi pasaporte.

Cuando entré a La Chancia a la mañana siguiente, el hombre corpulento de detrás del mostrador me reconoció de inmediato.

—¡Sí! Tenemos su pasaporte, señorita Crespo. Iba a llevarlo yo mismo al consulado esta tarde si no lo reclamaba.

—¿Dónde lo encontraron?

—En el baño de las señoras, al lado del lavabo. La señora de la limpieza lo encontró anoche después de cerrar.

Esto no tenía sentido, ya que no había usado el baño del café. ¿Por qué robar el pasaporte solo para devolverlo de inmediato? ¿El ladrón, que ya me había advertido que me fuera a casa, recurrió a esta táctica para retrasar mi viaje a Granada? Si era así, sabía mucho más sobre mis planes de lo que me convenía. Reflexioné sobre estas inquietantes especulaciones mientras le agradecía profusamente al gerente y aceptaba con gratitud el café y los pasteles que él insistió en que me llevara, sin cargo.

Afortunadamente, los autobuses de Málaga a Granada pasaban con frecuencia. En el taxi de camino a la estación le dejé otro mensaje telefónico a Alcábez diciéndole que llegaría cerca de las 2 de la tarde. Estaba ansiosa por volver a conectar con mi abogado y saber su opinión sobre lo que había sucedido, antes de que siguiéramos adelante con los planes de ciudadanía. Alcábez había sido contratado por las Comunidades Judías de España para viajar por el mundo, allanando el camino para los sefardíes que deseaban solicitar sus pasaportes. Seis meses atrás, cuando nos conocimos en Seattle, le pregunté si le gustaba su trabajo, y me brindó una amplia sonrisa.

—Son mis hermanos. Trabajo *ad honorem* y es un honor buscarlos en sus lugares de exilio, de Turquía a Ámsterdam, de Venezuela a Brasil, de Nueva York a Los Ángeles y ahora Seattle. En todo el mundo he conectado con personas que comparten mis raíces. Es cierto que hay mucho papeleo, pero *el que come la carne debe roer el hueso.*

Hoy lo encontré en su oficina, inclinado sobre su escritorio frente a una ventana que da a la prestigiosa Calle Recogidas.

—Siento mucho haberme retrasado, señor Alcábez.

—No hay problema. Y llámame Luis. Me alegro de que hayas tenido un buen viaje.

Nos dimos la mano y me sirvió una taza de té de jengibre.

—Es todo lo que bebo ahora. El café me agita, casi tanto como algunos inquietantes mensajes telefónicos. Dime, ¿qué pasó?

Le describí cómo aquel sujeto me había abordado en la playa y le mostré la foto borrosa que había tomado.

—El hombre que camina hacia la puerta, ese es.

—¡El descaro de este imbécil! Que haya podido obtener tu nombre y paradero es muy preocupante.

—Puede que también me haya robado el pasaporte. Pero, si es así, lo dejó en el restaurante para que lo encontrara.

Luis tomó un sorbo de té y me indicó que no olvidara del mío.

—Si tiene tu número de pasaporte, no puede hacer mucho daño siempre que tú tengas el documento original en tu poder. Aun así, es desconcertante.

—Estoy de acuerdo. ¿Es posible que pertenezca a algún grupo antisemita que se opone al regreso de los judíos a España?

Luis hizo una mueca ante esta desagradable idea.

—Mico Rosales, el notario que certificará sus papeles, pertenece a una organización llamada Basta de Odio. Él sabrá exactamente a quién llamar. Haremos el informe tan pronto como lleguemos a su oficina, que está justo al final de la calle.

Luis marcó algunos números en su móvil, esperó un poco y luego frunció el ceño.

—No atiende. Probablemente Mico se haya ido a su casa por la tarde y no regresará hasta las seis. Si hubieras llegado a tiempo...—dijo, pero enmendó sus palabras—. Perdón. Es tu primera vez en España y aquí estoy yo regañándote por llegar tarde, que fue inevitable, cuando debería estar invitándote a mi casa para comer con mi familia. No es lejos de aquí. Tomaremos el metro desde la plaza. Ni se te ocurra decir que no.

Todo esto fue dicho en un español rápido, que puso a prueba mi fluidez. Gracias a mi reciente curso de repaso, apenas me perdí una palabra. Alcábez cargó mi equipaje de mano y me indicó la puerta. Al salir, volvió a probar con Rosales y dejó un mensaje:

"Hola, soy Luis. Te llamo para disculparme. La señorita Crespo se retrasó y acaba de llegar. Espero que no sea un inconveniente. Iremos esta tarde cuando regreses a la oficina. Además, hay más solicitantes que te necesitan; una de Marruecos, más o menos de tu edad y, según me dijeron, guapísima."

Me sonrió con picardía.

—Mico acaba de cumplir sesenta y tres años y a veces bromea sobre tener "una última aventura".

Afuera, el calor de la tarde llegaba a su máximo. Las tiendas cerradas tendrían que esperar a que los clientes regresaran al fresco del atardecer. Caminamos por las calles estrechas y empinadas que conectan los amplios y elegantes bulevares y subimos al metro. Luis aprovechó el tiempo para tomar notas sobre un caso que, según dijo, estaba pendiente en la Audiencia Provincial de Granada, mientras yo observaba a la gente, igualmente fascinada por el parloteo alegre de los escolares, la manera preocupada de los comerciales con su atuendo formal, y las caras arrugadas de la gente mayor que viajaba en la línea SN1. Ya en la parada, cerca de la casa de Luis, entramos en un mercado. Me encantó la forma en que hablaba de cómo los "chismes de las abuelas" le enseñaron a comprar bien. Escogió un buen pollo y unos tomates frescos.

—Voy a preparar pollo con pimentón, el favorito de mi hijo Diego—dijo esto con palpable orgullo—. Algo positivo de estos dos años de distanciamiento de Felicia es que aprendí a cocinar.

Luis continuó contándome sobre él mientras empujaba su ya desbordada cesta de la compra por los pasillos bien surtidos.

—Hace tres años, cuando Diego tenía nueve, mi esposa y yo vivíamos vidas separadas y estábamos a punto de divorciarnos. Cuando Felicia no asistía a una conferencia internacional, andaba buscando manuscritos medievales en subastas en toda Europa para la biblioteca de la Universidad de Granada. Mientras tanto, yo me dedicaba a dar impulso a la promulgación de la nueva ley de ciudadanía en España. El pobre Diego pasaba tanto tiempo con sus abuelos que empezó a llamar Papá a mi padre. Luego, a nuestro hijo le diagnosticaron leucemia.

—Debe haber sido horrible.

Luis probó la firmeza de la berenjena que sostenía en su mano, su superficie brillante sin duda reflejaba recuerdos dolorosos.

—Felicia se tomó un año sabático y yo recorté drásticamente mi jornada de trabajo. Prácticamente vivíamos en el hospital, durmiendo uno al lado del otro en sillas junto a su cama mientras la vida del niño pendía de un hilo. Nos enamoramos de nuevo.

Su franqueza y sensibilidad me pareció tan refrescante como lo había sido en nuestro encuentro en Seattle, y en total contraste con el estereotipo del español machista. Luis sonrió mientras escogía una papaya madura, dándome esperanzas de un final feliz para su relato.

—Ya no hay señales de cáncer y Felicia ha estado hablando de darle un hermanito a Diego. Todo está bien, por ahora.

La familia Alcábez vivía en un edificio de apartamentos de ladrillo de color amarillo pálido en la calle El Calar, frente al río Genil. Tomamos el ascensor hasta el quinto piso y caminamos a lo largo de una estrecha galería decorada con macetas de colores brillantes. Desde detrás de la barandilla de hierro pude ver la fila de terrazas sobre el patio interior, una versión moderna de la arquitectura morisca de siglos pasados. En los balcones había de todo, desde cestas de ropa hasta bicicletas y barbacoas.

El piso de dos dormitorios del abogado tenía un aire anticuado, con techos altos y ventanas dobles que daban a un mar de tejados. Me instaló en la sala de estar con una copa de vino y se puso a trabajar en la pequeña cocina bien equipada. Una mujer rubia, de pelo rizado y aspecto enérgico entró acompañada de un niño de rostro delgado y ojos inquisitivos. La recibieron los aromas de pimentón, pimienta y ajo.

—¡Estupendo! ¡Hiciste mi pollo!—Diego gritó, balanceando su mochila en el aire camino a su habitación.

—¡Tú eres la americana! ¿Cómo te fue hoy?—dijo Felicia, sin la menor timidez.

Me preparó aquella segunda taza de café expreso que yo había estado deseando todo el día, y los cuatro nos sentamos a saborear un almuerzo tardío servido en porcelana fina. Me asombró el mantel de encaje blanco y me cuidé de no derramar nada. Al ver las miradas cariñosas que ambos se intercambiaban mientras Diego escarbaba en su plato, sentí una punzada de tristeza al recordar que Joel y yo nunca habíamos llegado a una relación similar. Envié una oración en silencio por la salud de Diego a quienquiera que pudiera estar escuchando y apresuradamente comí un bocado de pollo para disimular mi confusión. Había pasado mucho tiempo desde que intenté invocar un poder superior en nombre de otra persona.

Frente a un tiramisú increíblemente delicioso, Felicia continuó su charla:

—Me han invitado a ampliar mi tesis y publicarla en un libro. ¿No es una locura? ¿Quién querría leer una antología de literatura árabe y hebrea de la Alta Edad Media? Además, pocas personas creen ya en la Convivencia.

—Yo sí creo—dije. —¿De veras?

—Mi abuela cantaba canciones en una mezcla de hebreo, árabe y español, melodías compuestas en la época medieval, según decía, cuando los poetas musulmanes y judíos competían por el reconocimiento. ¿Es eso lo que quieres decir con convivencia?

Felicia lanzó una mirada entre intrigada y sorprendida.

—Sí, eso es, exactamente.

—¿Y es esa tu principal área de investigación?

Su sonrisa se disolvió en un ceño fruncido.

—Lo intento. Pero con toda la violencia sectaria de estos días, se ha puesto de moda negar que las tres religiones abrahámicas hayan convivido en paz alguna vez. Es un asunto controvertido, incluso para los profesores universitarios, discutir la Convivencia en clase, y muchos de ellos son viejos falangistas.

—¡No me digas! ¿Franco sigue teniendo seguidores en España?—Tan pronto como hice la pregunta, me di cuenta de lo ingenua que sonaba—. Me encantaría leer tu libro, Felicia.

—Me temo que no soy una gran escritora.

Luis intervino.

—No seas tan modesta. Tú eres capaz de hacer que un expediente judicial suene como un poema.

Un toque de sonrojo subió a las mejillas de Felicia mientras se apresuraba a quitar los platos de la mesa. Nos trasladamos a la sala donde el ritmo de la conversación se hizo más calmo, y esto junto a mi desfase horario me dejó aplastada, dormitando en el sofá. Me desperté brevemente, avergonzada, hasta que pillé a mis compañeros también durmiendo la siesta. Fue muy dulce de su parte tratarme como a un miembro de la familia.

La oficina de Mico Rosales estaba en un lujoso edificio de piedra rojiza ubicado en el límite entre el centro histórico de Granada, donde el río Darro fluye por debajo de los castillos y jardines de la Alhambra, y el brillante y moderno distrito financiero que ofrece un sabor más contemporáneo. Mientras esperábamos el ascensor, Luis seguía preocupado porque Rosales no había respondido a sus llamadas. En el tercer piso, al final de un pasillo largo y lujosamente alfombrado, la puerta con la placa de "Notario" estaba abierta. En el interior sonaba una voz en la radio. Ninguno de los dos escuchó una palabra. Nuestros sentidos se enfocaron en el hombre que yacía en el suelo con los brazos abiertos y enmedio de una brillante mancha de sangre roja esparcida como una prueba de Rorschach desde su hombro y cubriendo el lado derecho de su camisa.

—¡Mico!—Con un grito de angustia, Alcábez se agachó junto a su amigo y le tocó el cuello para comprobar el pulso—. Aguanta, aguanta—murmuró, quitándose la chaqueta y, con una mano, aplicándola con presión firme contra el hombro del notario para detener la hemorragia, mientras con la otra marcaba el número de emergencia en su móvil—. Soy el abogado Luis Alcábez llamando desde la oficina de Mico Rosales, en Gran Vía de Colón, 47. Ha recibido un disparo, está herido de gravedad. Envíen una ambulancia. Sí, está vivo. Será mejor que se den prisa. Estamos en el tercer piso.

Me arrodillé y tomé la mano de Mico. En ese instante se convirtió para mí más que un extraño. Parpadeó. Se notaba que era incapaz de permanecer con los ojos abiertos y enfocar.

—¡Gracias a Dios que está vivo!—le dije a Luis. Y esperamos. Solo después de que llegaron los médicos me levanté y vi las palabras garabateadas en pintura roja en la pared: *¡Que no vengan más judíos!*

Se me entumeció el cuerpo. Sentí frío y un fuerte latido en el pecho. Una sensación de terror me atornilló los pies al suelo durante varios minutos, hasta que la periodista que acompañaba a los paramédicos se recompuso y comenzó a hacer un inventario. Parecía que cada papel en la oficina había sido examinado apresuradamente y lanzado al aire. Habían volcado y vaciado los archivadores y esparcido su contenido por el suelo. También habían arrancado las fotos de las paredes, incluido el título de notario de Mico Rosales, que quedó colgando de la parte superior de una estantería: una red de vidrio quebrado dentro de su marco dorado.

Por un momento me vi en el asiento del copiloto del coche de mi madre, mirando impotente una lluvia de fragmentos afilados del parabrisas que se estrellaban contra su cara. Alejé esta visión de pesadilla cuando los médicos colocaron a Mico en una camilla con una máscara de oxígeno que cubría su rostro y le inyectaron algún medicamento por vía intravenosa para mantenerlo con vida. Aparecieron dos hombres con uniformes negros y camisas blancas.

Uno se presentó como el inspector Fernández de la Policía Nacional de Granada. Esbelto y con una actitud inquieta y nerviosa, como quien está perpetuamente preparado para la acción, parecía demasiado joven para su rango hasta que sus ojos experimentados se encontraron con los míos.

—Lamento que hayas tenido que presenciar esto— dijo, y sentí que lo decía en serio. Y luego, dirigiéndose a Alcábez—: ¿Eres tú quien llamó?

Luis asintió con tristeza.

—Mico Rosales es un colega y buen amigo mío. Soy abogado y hemos trabajado juntos durante muchos años.

Luego explicó por qué habíamos venido a ver al notario.

—¿Tiene alguna idea de quién ha podido hacer esto?

Luis miró hacia la puerta por donde se llevaban a su amigo, gravemente herido.

—Mico trató de no llamar la atención con sus actividades, pero no es de los que se dejan intimidar por las amenazas.

—¿Qué tipo de amenazas?—Fernández sostenía la pluma sobre una pequeña libreta.

—Como notario, él certifica las solicitudes de ciudadanía para muchos judíos sefardíes. Y esto lo llevó a ser miembro activo de una organización contra el odio racial. Si yo fuera usted, empezaría por hablar con la Federación de Comunidades Judías por si falta alguno de los archivos que enviaron. Todos los solicitantes deben ser avisados si estos nazis han robado su información personal.

Fernández parecía sombrío.

—A juzgar por el grafiti y por lo que me dice, esto se ajusta a los criterios para ser calificado como delito de odio y debe ser denunciado a la Fiscalía Provincial.

El inspector escaneó con su teléfono mi pasaporte y la identificación de Luis, pidió nuestros datos de contacto y, en mi caso, alguien en los Estados Unidos que pudiera responder por mí. No queriendo alarmar a mi papá, le di el número del oficial Todd Lassiter, en el Seattle Courier. Luego le mostré a Fernández la foto que había tomado en Málaga, contándole sobre el hombre que probablemente me había robado el pasaporte. Por su lado, nos proporcionó su número de móvil y me pidió que le enviara la foto en un mensaje de texto, lo cual hice.

—Tenemos planes de agregar reconocimiento facial a nuestra base de datos en unos años. Por el momento, me gustaría pedirte que vengas a nuestra sede para veas algunas fotos impresas. Si se te ocurre algo más, por favor, contáctanos—agregó, dándonos a cada uno de nosotros una tarjeta de visita.

Luego se dirigió a mí directamente:

—Nuestra sociedad es libre y progresista y respetamos los derechos de todos. Quiero que sepas que haremos todo lo que esté a nuestro alcance para llevar a este criminal ante la justicia y protegerte.

Luis y yo salimos del edificio en un confuso y compartido estado mental y caminamos en silencio en un tácito acuerdo de que ambos necesitábamos un poco de aire fresco.

—Lamento mucho lo de tu amigo—dije.

Alcábez me dio una breve palmada en el hombro, como si fuera yo quien necesitara consuelo.

—Mico estaba deseando conocerte. Pensó que podrías estar relacionada con una mujer que conoció hace unos años.

—¿De veras? ¿Dio algún detalle?

—No muchos. Dijo que era hija de alguien que escapó a España durante la Segunda Guerra Mundial. Él andaba inmerso en la investigación de ese período.

¿Estarían mis dos realidades en proceso de colisión? ¿Y si Mico Rosales hubiera planeado ponerme en contacto con los descendientes de mi tía abuela Luzia? Si sobrevivía, podría preguntárselo. Otra razón, aunque egoísta, para desear que siguiera vivo.

—No perdamos la esperanza—dijo Luis, como si hubiera leído mis pensamientos—. Mico es más fuerte que un roble.

Alcábez me guio a través de una intersección concurrida hasta la estación de metro.

—Va a ser un choque para Felicia. Adora a Mico. Ha sido muy generoso con ella al autenticar sus manuscritos medievales y también le ha hecho algunas traducciones. Es su afición y nunca cobra un céntimo.

Tomamos el metro lleno de gente y me agarré a un poste. Me imaginé al notario siendo llevado en una ambulancia al hospital, luchando por su vida mientras yo transitaba por la ciudad, ilesa. Personas como Mico, que rastreaban a grupos extremistas, siempre estaban expuestas al peligro. ¿Habría yo, de manera inadvertida, contribuido al suyo?

Dejé a un lado esta inquietante idea por un momento y consideré el otro lado profesional de la ecuación. Si el equipo de prensa de Granada sigue los escáneres de la policía como lo hacemos en Seattle, pensé, seguramente estarán muy interesados en el asunto. Especialmente cuando se corra la voz de que se ha cometido un crimen de odio.

No contaba con escribir sobre esto, pero la historia merecía cobertura. Y como Todd diría, yo ya sabía más de lo que probablemente era bueno para mi salud.

Capítulo 7

Tan pronto como entramos en el piso, Luis llevó a Felicia a su dormitorio. Podía oírla sollozar cuando le dio la noticia. Ella salió con los ojos enrojecidos y húmedos.

—¡Qué terrible habrá sido para ti verlo... de esa manera!

—Sí, lo ha sido—le dije. Me conmovió su preocupación por mí.

—Claro, tú has visto este tipo de cosas antes. Tal vez estés acostumbrada... ¡Oh, no!, eso no es lo que quería decir.

—No te preocupes, Felicia. Mucha gente piensa que los periodistas estadounidenses tenemos la piel curtida porque vivimos en un país tan inundado de armas.

Luis terminó su llamada al hospital.

—Lo han llevado a cirugía. La enfermera prometió llamarme cuando haya noticias—dijo.

Los Alcábez insistieron en que me quedara a dormir, por razones obvias. Luis y yo éramos potencialmente sospechosos en el caso de Mico.

Felicia me llevó de la mano a la habitación de su hijo.

—Diego dormirá en el sofá. No te preocupe, le encantará estar cerca de la televisión.

Me empujó suavemente hacia la cama e insistió en que descansara un poco. Agotada emocional y físicamente, me acurruqué bajo la colcha de Batman y Robin de Diego.

Era curiosamente reconfortante estar rodeada de carteles de sus ídolos musicales, que incluían a David Bustamante, Natalia e, impredeciblemente, Pink Floyd. Me dejé llevar, no hacia el sueño, sino hacia el turbulento mundo de Luzia.

***

Es pleno invierno y esto nos ha obligado a tomarnos un tiempo libre, ante los inevitables peligros de congelarnos de frío o de la ceguera por la nieve. El sentido común nos dicta que abandonemos nuestra peligrosa vocación antes de llevar la buena suerte a los límites, especialmente ahora con un bebé en camino, que vendrá en menos de cinco meses. Nuestras escasas pertenencias ya están empaquetadas en la bolsa de lona de Ja'far, junto con un grueso manuscrito medieval lleno de exquisitas ilustraciones de un mundo sobrenatural. El texto del códice está escrito en latín y la cubierta de cuero repujada está decorada con cierres de filigrana. Ja'far me confesó que había recuperado este libro sagrado cristiano del maletín de Klaus y que lo había escondido en el sótano la noche en que murió el pobre soldado. No me puedo enojar con él. Podríamos vender este tesoro y usar el dinero para comenzar una nueva vida.

Debemos ir a la planta baja para despedirnos de Phillipe. Las voces flotan desde el café y nos detenemos en el rellano para escuchar.

—¿Y está Luzia aquí o no?

—¿Qué es lo que quieres tú?—Phillipe está usando la voz irritada que reserva para los extraños curiosos.

Bajo unos escalones para poder ver al visitante. Un hombre alto, delgado, de barba canosa y aire profundamente cansado está de espaldas a la barra. Se rasca el escaso cabello de la cabeza, alza la mirada hacia las gruesas vigas transversales, pulidas por la edad, mira la mesa de billar y las acuarelas de estilo campestre que decoran las toscas paredes. Me lleva unos minutos reconocerlo. Ha adelgazado y la barba me resulta desconocida.

Desciendo de mala manera y corro hacia él, extendiendo los brazos:

—¡Tío Emile!

Nos abrazamos tan fuerte que puedo sentir cómo sus pulmones sueltan profundas bocanadas de alivio por haberme encontrado. Su delgada figura tiembla de emoción.

—¡Mi querida Luzia! ¿Por qué sigues aquí? Cristelle me dijo que te dejó a salvo en St. Girons. Pensé que ya estarías en Barcelona. Yo dejé el apartamento en París tan pronto como te fuiste. Era demasiado peligroso.

La siguiente pregunta lógica es una que hago solo con mis ojos, por miedo a que, al pronunciar los nombres de mis padres y de mi hermano en voz alta se rompa el hechizo que los ha mantenido vivos en mi corazón.

—Mi *Trezóro*, me temo que les he perdido la pista.— Nuestras miradas se encuentran en un pacto de tristeza. Algún día habrá tiempo para dejar fluir las lágrimas—: Solo podemos rezar—dice el tío Emile—. Mientras tanto, tú y yo debemos hallar la manera de llegar a los Estados Unidos.

Ja'far se acerca en silencio y toma mi mano. Al vernos uno al lado del otro, el tío Emile parece confundido. Luego se da cuenta del bulto debajo de mi vestido y muestra una sonrisa de triste aceptación.

—Nos vamos a casar en España—dice Ja'far en respuesta a la pregunta obvia—. Soy el primero de mi familia en regresar desde que los moros fueron exiliados por decreto en el siglo XVII. Pero, como otros de nuestra estirpe, permanecieron y legaron la casa y la tierra a las otras generaciones, nosotros tendremos un lugar seguro para vivir con nuestro bebé.

Ja'far no menciona que, para evitar el exilio, aquellos antepasados se vieron obligados a adoptar identidades cristianas, a costa de su verdadera religión y sin garantía de éxito. Al ver al tío Emile encerrarse en sí mismo, lo imagino pensando: "Ella nos está abandonando, dejando su fe judía después de todo lo que hemos sufrido. Si mi hermano está vivo, ¿cómo sobrevivirá después de perder a su hija también?"

Está decidido que cuando mejore el tiempo, escoltaremos a mi tío por los Pirineos, acompañándolo hasta el desvío a Barcelona. Después de eso, Ja'far y yo continuaremos hacia el sur en busca de los familiares que, según me dijo, viven en La Alpujarra, a las afueras de un pequeño pueblo llamado Almendrales. Ja'far insiste en que Emile coja una de las monedas de oro que Klaus nos pagó y la aprieta en la mano de mi tío.

—Sé que nos deseas lo mejor, y nosotros también queremos que estés a salvo.

¡Tantas palabras tácitas, sobreentendidas! Intento leer la expresión del tío Emile. Veo una resolución amable. Déjalos ser felices, estarán diciendo. Quedan tan pocas posibilidades.

***

Volví en mí en la habitación de Diego, muy contenta al darme cuenta de que el bebé de Luzia Crespo, nacido en la década de 1940, bien podría estar viviendo en las estribaciones de Sierra Nevada, en el sur de España. La Alpujarra estaba a solo una o dos horas en coche de Granada. Sin embargo, mi alegría duró poco, borrada por las visiones de la escena del crimen y el cuerpo maltrecho de Mico Rosales. Con la mirada perdida y mi cerebro desbordado de preguntas sobre el pasado y el presente, supe que necesitaba descansar. Conté cada respiración, de treinta para atrás hasta cero, bloqueando el ruido del tráfico que entraba por la ventana del dormitorio. Tuve una sensación de caída y mi siguiente estado de conciencia fue que había llegado mañana y Felicia me miraba con una sonrisa en los ojos.

—Estabas durmiendo tan profundamente que no quisimos despertarte. Hay un artículo en el periódico matutino. Luis quiere hablar contigo.

Abrí la cremallera de mi bolso, encontré una blusa limpia y fui a vestirme.

Luis esperaba en el comedor. Sobre la mesa había un ejemplar del *Ideal*, el diario de Granada. "¡Notario víctima de un crimen de odio!", resplandecía en la primera página. Aunque la historia no me mencionaba a mí ni a Luis Alcábez por los nombres, implicaba que Mico Rosales había sido atacado por su asociación con los sefardíes que regresaban a España. Si quien había marcado a Mico tenía mis datos...

—Creo que deberías volver a Seattle—dijo Felicia—. Eso es lo que yo haría. No hay vergüenza en querer salvar el pellejo.

De pronto recordé mi promesa de llamar a papá. No podía arriesgarme a que se enterara del tiroteo en las noticias de la televisión y le diera un ataque de ansiedad. Ya tenía que tomar unas pastillas para bajar la presión arterial.

Por privacidad, salí al balcón para llamar.

—Hola, soy yo. Hay algo que tengo que contarte.

Tan pronto como le di la noticia, papá repitió esencialmente lo que Felicia había dicho, con una advertencia:

—Sé cuánto esfuerzo has puesto en esta búsqueda de la identidad española y cuánto habría significado para tu madre. Pero puedes esperar en Seattle hasta que atrapen a este maníaco y regresar a España cuando sea seguro obtener tu ciudadanía. ¿No te parece?

—Sí, claro. Voy a considerar todos los aspectos del asunto y te llamo mañana, ¿de acuerdo?

Esto no había sido del todo honesto. Me inclinaba por quedarme en España. Si había alguna posibilidad de que pudiera ayudar a la policía, era lo menos que podía hacer por Mico Rosales, que se debatía entre la vida y la muerte como resultado directo de querer ayudar a personas como yo. También había aterrizado justo en medio de lo que prometía ser una historia compleja que involucraba temas que me preocupaban. Alguien tenía que escribirlo. ¿Por qué no yo?

La otra cara del asunto era que, aunque conocía bien el idioma español, no estaba acostumbrada a la cultura. Incluso en un entorno familiar, una historia podría ser contraproducente y precipitar consecuencias no deseadas. ¿Qué me hizo pensar que podría lidiar con una situación como la actual en un país extranjero donde mi propia vida podría estar en peligro? Decidí que recurriría al coraje de mi tía abuela Luzia, esperando haber heredado al menos una fracción de su valor. Se había negado a abandonar a Ja'far y se había asociado con él como un igual en su lucha contra los nazis. Por muy asustada que estuviera, no iba a retroceder ante un cobarde que dispara por las ventanas. Felicia me llamó y entré.

—Espero que te gusten las tostadas con jamón y tomate para el desayuno.

Abrí los ojos grandes, con anticipado placer, y ella se rio.

—¿Alguna noticia del hospital?—le preguntó a Luis mientras él servía café humeante y ella servía las tostadas.

—Le quitaron la bala del hombro a Mico, pero la conmoción lo puso en coma. No se permiten visitas, excepto familiares cercanos, y no estoy seguro de que tenga alguno en Granada .

Después del desayuno, Luis recibió una llamada y se fue a la sala para atenderla. Cuando regresó, nos dijo que la policía había encontrado una posible coincidencia con la foto que yo había tomado en el café de Málaga.

—El inspector Fernández te quiere en la estación—dijo—. Yo tengo ahora una cita en el tribunal, así que si puedes esperarme...

—No es necesario—intervino Felicia—. Yo la llevo.

La comisaría estaba ubicada en el Barrio del Realejo, a veinte minutos en autobús de la calle El Calar. En la escalinata de la entrada, una mujer con un sombrero negro de ala ancha le gritaba a una adolescente toda compungida: "¿Cómo has podido meterte en tantos problemas?"

Fernández nos esperaba al otro lado del control de seguridad. Tenía un pase de visitante listo para mí y encontró otro para Felicia cuando se la presenté. Ningún escritorio de esos de metal verde oliva o ceniceros desbordantes típicos de las novelas negras abarataba la oficina del inspector. Su escritorio reluciente se parecía a una réplica del siglo XIX, al igual que las sillas que nos ofreció. Giró la pantalla de su ordenador, donde aparecían dos caras de perfil.

—¿Qué dice de estos?

A primera vista, los hombres de las fotos no se parecían entre sí. La toma del café mostraba a un hombre alto con cabello largo y rizado y barba, vestido con ropa informal. El sujeto de la foto policial lucía un corte de estilo militar y una chaqueta de traje. Aún así, los ojos muy abiertos parecían similares. Visualicé al del café sin barba y los dos rostros fueron uno.

—Es él—dije.

—Se llama Carlos Martín Pérez.

Saqué mi teléfono y abrí la cámara.

—¿Puedo tomar una foto de su pantalla?—pregunté.

—Por supuesto—Fernández asintió—. Quizá pueda ayudarnos a localizar a este Carlos Martín para interrogarlo. Está en una lista de vigilancia de la ultraderecha y, aunque no tiene antecedentes penales ni relación con Mico Rosales que sepamos, de alguna manera puede estar relacionado con el ataque. Carlos proviene de una familia destacada, lo que complica las cosas. Otro factor a considerar es el momento del asalto. Tuvo lugar al mediodía.

Esto confirmó lo que ya sospechaba.

—Es la misma hora que Rosales fijó originalmente para nuestra cita.

—Nada bueno—comentó Felicia.

—Depende de cómo se mire—respondió Fernández—. Si la señorita Crespo no se hubiera demorado en venir de Málaga, es probable que no estuviera sentada aquí hablando con nosotros en este momento.—Y volviéndose a mí, dijo—: Este Carlos le hizo un favor. Si actuó como lo hizo para protegerla es algo que intentaremos averiguar. Tal como están las cosas, me temo que no podemos garantizar su seguridad en España. Esta es una persona peligrosa que potencialmente está rastreando sus movimientos. Creo que sería mejor que volviera a casa.

—Obviamente, no conoce a esta mujer—dijo Felicia en voz baja.

Me levanté para irme.

—Aprecio su preocupación, inspector. Como están las cosas, siento la obligación de mantener mi plan. Vine aquí para completar el proceso de convertirme en ciudadana española y eso es lo que pretendo hacer.

Con una sonrisa resignada, el inspector Fernández me indicó su número de móvil para usar en caso de emergencia y me deseó suerte. Cuando llegamos a la calle, Felicia me dio una palmada en la espalda.

—Me gusta tu espíritu, Alienor. El abuelo de Luis fue encarcelado en un campo de Cádiz por oponerse a Franco. Su esposa esperó tres años a que su prometido regresara a casa. Muchos de sus amigos le dijeron que se rindiera y se casara con otra persona, alguien "más seguro", dijeron. Ella no siguió el consejo.

Quizá Felicia adivinó cosas sobre mí, cosas que yo fui la última en descubrir. Durante años me había sentido como un fragmento, una parte insignificante de una narrativa casi completamente desconocida para mí, una buena razón para elegir el periodismo como profesión y llenar el vacío haciendo una crónica de las tribulaciones y logros de los demás. Ahora era mi turno, una oportunidad para cumplir un antiguo deseo de vivir mi propia historia.

Alquilaría un coche para mi excursión a La Alpujarra. Si había algún rastro de mis antepasados, los encontraría. Estos seres ya estaban vivos dentro de mí. Dejaría que ellos guiaran el camino. Todavía no entendía el propósito de mis *vijitas,* pero ya no me hacían sentir como una inadaptada. Por el contrario, sospechaba que me conectaban con una larga lista de mujeres que habían aprovechado al máximo lo que les habían dado. ¿Por qué yo debería ser diferente?

Felicia me besó en ambas mejillas, aprobando mis planes en todo.

—Espero que encuentres a tus parientes. Sería una experiencia que cambiaría la vida.

Prometió llamarme tan pronto como tuviera noticias del estado de Mico.

Capítulo 8

Mientras conducía el Hyundai alquilado hacia el sur, dejando atrás Granada, mis pensamientos daban vueltas como las aspas de las turbinas eólicas que salpican el paisaje seco y lunar. Aunque pudieran ser tan invisibles como los enemigos de don Quijote, los míos no eran imaginarios. Seguían volviendo a Mico Rosales, en peligro en una cama de hospital como resultado de una cadena de eventos que, sin darme cuenta, yo había desencadenado. ¿O el ataque contra él se debió a algo completamente ajeno? El grafiti en las paredes de su oficina que transmitía antisemitismo era tan flagrante que fácilmente podría ser una cortina de humo.

Tomé una curva ciega tras otra, confiando en el GPS, y finalmente giré hacia el este para acceder a Órgiva. La ciudad figura en la guía como uno de los pueblos blancos más populares en la *Ruta de los Pueblos Blancos,* de los tantos que se derraman por las laderas de la Alpujarra sin sentido de la fuerza de gravedad.

Media docena de mochileros holgazaneaban en una parada de autobús cerca de la tienda de comestibles donde me detuve para comprar un refresco de naranja KAS.

El terreno se hizo más empinado y zigzagueé hacia el norte por los estrechos callejones de Pampaneira, Bubión y Capileira. Una hora más tarde, entrecerrando los ojos por el resplandor del sol de la tarde, distinguí el cartel de

Almendrales, donde había reservado una habitación en un Airbnb. Doblé por un camino bordeado por terrazas de cultivos excavadas en las laderas.

Así que aquí fue adonde Ja'far trajo a mi tía abuela Luzia después de la guerra.

Estacioné mi coche en las afueras y mientras caminaba hacia el pueblo, sentía en mis pies que los mismos adoquines me enviaban una vibración de bienvenida. Era agradable sentirse querida, incluso por un montón de guijarros grandes. Cogí mi cámara, pero luego resistí la tentación. Algunos momentos se niegan a ser atrapados y enmarcados en una caja. Si mi corazonada era correcta, estaba a punto de cerrar una brecha que había existido en mi familia durante más de setenta y cinco años.

En un mercadillo al aire libre, dos mujeres se cernían sobre un puesto destartalado rebosante de uvas y caquis. La más joven me miró a los ojos con una especie de calidez algo agresiva que me atrajo tanto como la vista de la fruta madura. Cogí un racimo de uvas.

—¿Cuánto son las uvas?—pregunté. Levantó dos dedos y busqué en mi bolso. Me miró de cerca mientras probaba la muestra.

—Deliciosa, ¿no?

—Sí, muy rica. ¿Sabe por casualidad si por aquí vive una familia llamada Crespo?

La vendedora de frutas negó con la cabeza; luego señaló hacia la calle, hacia un edificio rojo y negro varias puertas más allá de la pequeña iglesia.

—Prueba en el Registro Civil, en el Ayuntamiento.

Yo iba a partir en aquella dirección cuando ella se acercó para advertirme:

—Hay que esperar a que abra el Ayuntamiento, después de la siesta, a las cinco.

Mi audible gemido de decepción la hizo sonreír.

—Pregúntale a María, la vendedora de almendras. Ella conoce a todo el mundo.

Encontré a María, una mujer mayor muy activa, con su desteñida falda de mezclilla azul, blusa blanca bordada y gruesas sandalias de suela de goma. Estaba ya cerrando su puesto y cargando los últimos sacos de almendras en un carrito junto con algunos tapices de seda que dobló con cuidado. María rechazó mi ofrecimiento de ayuda y cuando terminó su tarea, me miró expectante. Le pregunté si conocía a algún Crespo que viviera cerca.

—Sí, llegué a conocerlos. Solían criar gusanos de seda en el campo. Su casa está en una aldea tan pequeñita que ni tiene nombre. Quién sabe qué será de ellos.

—¿Podría decirme dónde está la casa?

—¿Y qué quieres de ellos?

—Me llamo Alienor Crespo y creo que ellos pueden ser mis familiares. Quiero conocerlos.

Me miró de arriba abajo, evaluando mi resistencia y quizá algo más.

—Es una caminata larga y si conduces necesitarás un todoterreno.

En un papelito, María esbozó un mapa, dibujado con asombrosa precisión con una callosa mano izquierda. Le di las gracias y compré dos bolsas de almendras sin piel y las metí en mi mochila junto con una botella de agua y las uvas. Aunque tenía que registrarme en Airbnb, aquellas colinas me aguardaban llenas de posibilidades, y estaba ansiosa por comprobarlo.

El camino lleno de baches corría paralelo a un barranco tan estrecho que no tenía ni idea de lo que haría si un coche viniera en dirección contraria. A cabo de unas diez millas, llegué al cruce que María había marcado en el mapa con una pequeña cruz. Me detuve y seguí a pie por un camino de tierra. Cuanto más caminaba, más filtraba la humedad de mis huesos el calor seco, lo que me hacía beber con frecuencia, y pronto vacié la botella de agua. Me pegué a la ruta religiosamente, aunque en un momento tomé un atajo que me obligó a trepar por una valla de madera astillada. Afortunadamente, solo una vaca y un pequeño grupo de ovejas dieron testimonio de esta transgresión con tan poca gracia.

A última hora de la tarde llegué a la cima de una colina y apareció una casa de piedra. Se la podía ver desde una buena media milla de distancia. Me quité las sandalias y crucé un estrecho riachuelo, disfrutando del agua, que me refrescaba los pies casi calcinados. El aire traía una mezcla picante de anís y salvia, y en mi ensueño me vi viviendo junto a este arroyo burbujeante, rodeado de árboles llenos de vida y acompañada del canto de los pájaros. Esta fantasía se desvaneció mientras caminaba penosamente por el fino sendero bordeado de zarzas. Sin aliento y cubierta de arañazos, me sentí identificada con las dos carretillas que encontré abandonadas en una subida del camino, sus ruedas volteadas al cielo en muda súplica. Pasé por un huerto pequeño y bien cuidado repleto de cebolletas, pimientos rojos y albahaca dulce en abundancia, una buena señal de que alguien vivía en la casa. Supuse que sería un descendiente de Luzia y Ja'far, un hijo, una hija o incluso un nieto que ahora tendría más o menos mi edad. Pensé que mi mareo se debía al cambio de altitud. Quizá por eso floté tan fácilmente de una realidad a otra.

***

Un sacerdote camina hacia mí, su vientre sobresale por debajo de una sotana negra vaporosa. Su paso es seguro y medido sobre el piso de piedra de la iglesia.

—¡Ah, Luzia Pérez Crespo, la madre de la novia! Su hija Pilar viene aquí a menudo, pero a usted la he echado de menos en los bancos traseros. La iglesia no es su lugar favorito, ¿verdad?

El padre Guillermo me sonríe, cambiando el gesto del mentón en un intento de suavizar las palabras cortantes que ya me golpearon. Si descubre que soy una judía casada con un musulmán, esto podría tener terribles consecuencias.

—Lo siento, padre. Intentaré venir con más frecuencia. Pilar dijo que quería verme.

—Sí, comentó que su padre no la delataría. ¿Puede decirme por qué?

Debería haber venido mejor preparada para mentir.

—Algunas cosas son difíciles de explicar, padre. Mateo es un hombre complejo—*¿Es esto lo mejor que puedo hacer? Evidentemente, sí.*

El padre Guillermo se persigna mientras caminamos hacia la capilla, adentrándonos más en su territorio.

—Luzia, querida, sé más de lo que piensas. Conocí al padre Anselmo. ¿Sabías que falleció?

—Lamento escuchar eso, padre. Fue un buen hombre.

Estamos dialogando sobre algo más que sobre la muerte de un conocido mutuo. Si no fuera por el padre Anselmo, Ja'far y yo nunca nos hubiéramos casado. En 1946, el valiente cura del pueblo cambió el nombre de Ja'far por el de Mateo Pérez y nos casó en una ceremonia cristiana. Arriesgó su vida. Hasta el día de hoy, nuestro matrimonio sigue siendo técnicamente ilegal.

El cura toma asiento cerca del pasillo y me invita a unirme a él.

—No hay necesidad de que te preocupes, Luzia. No me importa si se han hecho pasar por cristianos durante todos estos años. Hay más secretos familiares enterrados en España de los que mil terremotos pueden levantar.

Me tiemblan las piernas. El padre Guillermo se da cuenta de nuestra situación; tendré que hacer lo mejor que pueda. Al menos hay un rastro de compasión en sus ojos.

—Si te estás preguntando por qué me importa, es por Pilar. Las monjas de la escuela de la iglesia me han dicho que es muy devota. Por su propio bien, y en vista del orgullo de la familia Martín por su ascendencia de sangre pura, necesito preguntarte: ¿Pilar conoce su verdadero linaje?

—No. La hemos engañado por su bien. Usted debe conocer la razón. Ha sido doloroso, especialmente para Ja'far. Quería criarla en su fe, enseñarle los preceptos del islam.

Es la primera vez que llamo a Ja'far por su nombre real o me refiero a él como musulmán delante de cualquiera desde nuestra llegada a Almendrales, hace más de veinte años. Lo siento como una traición y me temo que he cometido un gran error al confiar en este hombre. El padre mira hacia arriba, aparentemente habla con Dios.

—Mucha gente sigue buscando a sus familiares sepultados en los campos o al costado de la carretera. Republicanos o nacionalistas, cristianos, musulmanes, judíos, no importa, todos son hijos de Dios. He visto demasiado sufrimiento para ser responsable de más. Si aceptas contárselo todo a Pilar, seguiré adelante con el matrimonio. Debe saber quién es, si no, nunca estará feliz. Entonces dependerá de ella decidir si informar o no a su esposo, preferiblemente, antes de casarse.

No debería sorprenderme que este sacerdote sepa de psicología. Tal vez esté esperando que mi hija abandone los planes de casarse con Eduardo, una vez que se dé cuenta de lo mal que encaja en la familia Martín, con su imperio comercial en Málaga y su "linaje puro e intacto" de cristiano viejo. A la luz de la oposición de Ja'far a esa unión y su negativa a participar en la ceremonia de entregar a nuestra hija en la boda, esta no sería mala idea.

—Muy bien, padre Guillermo, se lo diré a Pilar. Tiene mi palabra.

No será tarea fácil. Lo que el padre me ha pedido será tan difícil como convencer a un leopardo de que sus manchas no son reales. Seguimos de pie en los escalones de la antigua iglesia conversando sobre los arreglos de la boda, los dos fingiendo que nada está fuera de lugar. Nos separamos con un aire de conspiración que nunca hubiera creído posible entre personas como nosotros.

***

Estos viajes en el tiempo se estaban convirtiendo en eventos casi normales en un compartimento dentro de mi mente en el que yo entraba y salía a voluntad. Pero eso no significó que regresara al presente sintiéndome iluminada. A menudo volvía más confundida e ignorante que antes. Por ejemplo, había estudiado suficiente historia para saber que el dominio de Franco sobre España continuaba aun a finales de los sesenta. Solo se reconocía una religión, el cristianismo, cuando la hija de Luzia optó por casarse. Entonces, ¿por qué elegiría Pilar contraer matrimonio con uno de los temidos falangistas que apoyaban el régimen represivo del caudillo? Solo podía esperar que las revelaciones planeadas por la madre hicieran que la hija se diera cuenta y cambiara de opinión sobre la boda. Sabía lo que era casarse con la persona equivocada y terminar recurriendo a mentiras u omisiones sobre una misma. Ojalá pudiera decirle esto a Pilar en persona, pero el hecho es que, a pesar de estas intensas *vijitas*, yo permanecía atada a mi propio tiempo.

Perdida en mis pensamientos, había recorrido la distancia restante hasta lo que creía que era la casa de los Crespo. Las antiguas paredes de piedra contrastaban con las modernas ventanas de vinilo y el reluciente tejado de tejas. Usé la aldaba de metal para golpear dos veces la puerta de madera bruñida. Pasos rápidos respondieron desde el otro lado:

—¿Quién es?—preguntó una voz grave.

—Me llamo Alienor Crespo. Es posible que su abuela fuera mi tía abuela, la hermana de mi abuelo Aharon.

Una mujer alta con el pelo negro muy corto abrió la puerta. Se ajustó los tirantes de su peto, mostrando los brazos desnudos, bronceados y musculosos. Los ojos azul claro le brillaban con transparencia en contraste con la piel aceitunada. Evaluó mis rasgos con una larga mirada.

—Te pareces a la abuela Luzia, especialmente en la boca. Tienes hoyuelos como los de ella.

Su comentario me confundió y se me nublaron los ojos.

—¡Qué cosa tan hermosa me ha dicho! ¿Su madre Pilar también vive aquí?

—¡Qué extraño que supieras su nombre! Murió cuando yo era una adolescente.

Me contuve, no quería asustarla con un abrazo.

—Lo siento mucho.

—Gracias, Alienor.

—Yo también perdí a mi madre a una edad temprana. Por favor, llámame, Allie. ¿Y usted es…?

—Celia Martín Pérez Crespo. Prefiero Pérez porque viene de mi abuelo. Entra, entra.

Me quedé pasmada. Sabía exactamente cómo Celia había adquirido el nombre de Pérez, usado como tapadera por sus abuelos maternos. Pero ahora me di cuenta de que mi primo segundo también era Martín y posiblemente pariente del Carlos Martín, el mismo que trató de asustarme en Málaga y de interés para la policía en relación con el ataque a Mico Rosales. ¿Qué significa esto? Viendo que no la había seguido al interior, Celia se dio la vuelta:

—¿Estás esperando una alfombra roja?—Se la veía sinceramente desconcertada y me gustó su sentido del humor. Resolví no arruinar nuestros primeros minutos juntas con preguntas incómodas y la seguí adentro.

La casa estaba limpia, el suelo bien barrido. Entre los libros apilados en una mesa cerca de una silla de lectura de cuero marrón, vi la portada de *Lorca en Nueva York*. En una pared de estuco colgaba una enorme reproducción del *Guernica* de Picasso y, junto a ella, una foto que reconocí enseguida me sacudió: era Ja'far con una *taqiyah*. El sutil gesto desafiante en su sonrisa sugería que la foto había sido tomada durante una época en la que llevar un atuendo musulmán en España habría constituido un peligro para su vida. Y aquí estaba yo, sentada en el sofá con su nieta, explicándole por qué había venido a España.

—Toda mi vida he soñado con ir a Estados Unidos, donde mi bisabuelo, Jaco Crespo, huyó con su hijo Aharon después de la guerra. ¡Y ahora has venido aquí!

Las palabras de Celia sonaban algo roncas por la emoción. Ella también había abierto la puerta a un episodio desagradable en nuestra historia familiar, así que me tragué mis aprehensiones y le pregunté:

—¿Sabías que Jaco Crespo repudió a tu abuela Luzia cuando supo que estaba embarazada de tu madre y a punto de casarse con un musulmán?

Esperando la respuesta a esta pregunta tan cargada, miré de cerca el rostro de Celia en busca de signos de ira. Para mi alivio, ella rozó mi mano con la suya y dijo:

—No te aflijas con eso. La abuela Luzia nunca lo mencionó, pero yo tenía mis sospechas. Casarse fuera de la fe de uno a menudo causa problemas. Mi abuela nunca habló de nuestros parientes estadounidenses.

—Una cosa te puedo asegurar, Celia, y es que mi padre, Elías, estaría encantado de conocerte.

Celia desapareció en la cocina, aparentemente para traer algo de vino, queso y aceitunas, pero sospeché que también para recoger sus emociones.

El piso de la sala donde saboreábamos los bocadillos era de baldosas de motivos geométricos brillantes, fieles a los arabescos que los artistas islámicos usaban en las paredes de los castillos y mezquitas. Mi prima notó mi interés en ellos.

—El abuelo Ja'far fabricó estos azulejos él mismo cuando mi madre y yo nos mudamos. Fue su manera de darnos la bienvenida a la casa solariega, después de que el matrimonio de Pilar con mi padre, Eduardo, se desmoronara.

—Por lo que tengo entendido, Ja'far se negó a dar a Pilar en casamiento porque el novio era miembro de una prominente familia católica.

—¿Y cómo lo sabes?

No habían pasado diez minutos cuando yo ya había metido la pata. ¿Por qué no me había preparado para esto?

Tomé un poco de vino como si en él fuera a encontrar la respuesta.

—Tu abuela envió cartas a través del océano a su hermano—improvisé. Era parcialmente cierto. Luzia le había escrito a Aharon. Y yo tenía la foto en mi bolso para probarlo.

Celia tomó en sus manos, con ternura, la imagen descolorida, mirando fijamente a su abuela, que sostenía a la bebé Pilar en sus brazos.

—Es la primera vez que veo a mi madre de bebé—dijo, sacando de un bolsillo un pañuelo de papel para secarse los ojos. Posó un dedo sobre el orgulloso rostro de papá Ja'far en la foto ya ligeramente arrugada.

Un poco después, siguió hablando, en un susurro reverente:

—Mi abuelo Ja'far tenía un corazón blando. Protegió a los camaradas republicanos de la venganza de Franco en la década de 1960, algo considerado por sus enemigos como un crimen atroz y de hecho le garantizó la pena de muerte veinte años después. Mi madre me dijo que la abuela Luzia no estaba en casa cuando vinieron a llevarse al amor de su vida. Más tarde ella buscó su tumba, pero él era uno de los desaparecidos cuyos cuerpos nunca fueron encontrados. A partir de ese día, la abuela se marchitó como una flor arrancada de la tierra; murió en 1992.

La triste noticia me arrasó.

—Tus abuelos deberían haber sido celebrados como héroes.

—Esas fueron las palabras que usó mi madre. Me contó historias de sus aventuras en los Pirineos durante la guerra. Ella estaba extremadamente orgullosa de lo que hicieron. Incluso siguió alabando a mi abuelo, a pesar de que él se negó a hablar con ella desde el día en que se casó con mi padre.

—Háblame de tu hermano Carlos—pedí al fin.

Celia frunció el ceño.

—No hay mucho que contar. Debido a que nuestro padre solo amaba a uno de nosotros, éramos hermanos casi solo por el nombre. Después de que nuestros padres se separaron, Eduardo crió a Carlos como Martín, y creció en la villa ancestral en Málaga, una propiedad construida con el producto de la trata de esclavos en el siglo XVII. Le enseñaron a despreciar a cualquiera que no tenga sangre pura corriendo por sus venas. Envenenaron la mente de mi hermano.

Carlos Martín, identificado por la policía a partir de una foto que tomé hace tres días, y ahora se confirma que es mi primo segundo. Todavía podía sentirlo agarrándome del codo en la playa.

—Celia, debes saber que me encontré con Carlos en Málaga. De hecho, me buscó. Me presionó para que regresara a Estados Unidos. Sabía el nombre de mi abogado y dijo que mi vida estaba en peligro por los antisemitas que se oponen al regreso de los judíos a España.

Celia cerró los ojos con fuerza ante esta noticia.

—Me apena tener que decirte que mi hermano pudo haber sido enviado por Eduardo. Nuestro padre no estaría contento con tu llegada a España. Él niega la ascendencia mixta de mi madre y no querría que un nuevo miembro de la familia investigara nuestra historia. Especialmente, durante un año electoral.

—Me temo que puede ser culpable de algo más que la negación, Celia. Mico Rosales, el notario que iba a certificar mis papeles, fue atacado y está gravemente herido de bala. Está en coma, luchando por su vida.

Celia se llevó la mano la frente.

—Que esto suceda precisamente cuando tú llegas a España no es casualidad. Eduardo está relacionado con algunas personas desagradables, como mínimo. Y él odia a Mico por haber sido amigo y protector de mi madre.

Lo que debería haber sido un reencuentro alegre se había convertido en una especulación sobre la posible complicidad de los miembros de la familia en un intento de asesinato.

—Te escucho—dije, sacando un cuaderno y un bolígrafo de mi bolso.

—Ya te habrás dado cuenta de que Mico Rosales no es un notario cualquiera. Es amigo de la familia desde que yo era niña. Es cierto que no lo he visto en muchos años y...

Celia se detuvo a mitad de la frase volviéndose hacia mí con una súbita expresión de sospecha:

—¿Por qué estás tomando notas? ¿Cómo sé que eres realmente un pariente y no una periodista tras la pista de una historia escandalosa?

Ah, era una mujer perspicaz. Guardé mi cuaderno y le mostré mi pasaporte para demostrar que yo era una Crespo. Luego le dije que era periodista en Seattle y trabajaba por temporadas.

—Por cierto, parece que he aterrizado en algo grande. Pero créeme cuando te digo que mi respeto por la privacidad de mi familia, lo que te incluye, es lo primero.

Celia respiró hondo, muy visiblemente.

—Lo siento. Es un shock conocerte tan de repente.

—Disculpa por ser tan insensible. Convertí nuestro primer encuentro en un interrogatorio.

Y esto era lo que había intentado evitar.

—No, no, Alienor, es comprensible que tengas un millón de preguntas.

—Y estoy segura de que tú también.

Seguimos así durante un tiempo, como dos conductores en una señal de alto dándose el paso uno al otro: usted primero, no, es su turno. Ella fue la primera en reconocer lo ridículo que era, y empezó a reírse. Se levantó del sofá y cariñosamente me pasó la mano por el pelo antes de alejarse.

—Voy a traer más vino de la bodega—anunció.

Al terminar la segunda botella de tinto, ya estábamos relajadas.

—¿Qué más te gustaría saber?—preguntó mi prima.

—Pues, una cosa que me intriga es saber si tu padre conocía o no la ascendencia mixta de tu madre, Pilar, antes de casarse.

El suspiro de Celia tenía un toque de exasperación.

—Mi madre debió pensar que podría escapar de los chismes insidiosos en el pueblo casándose con un español de sangre pura como Eduardo. Pero no supo guardar el secreto y terminó contándole a Eduardo la verdadera identidad de su padre después de mi nacimiento. Tal vez creyó que convertirse en padre ablandaría su corazón. Al contrario, hizo de su vida un infierno. A pesar de que ella era católica practicante, él la amenazó con denunciarla a las autoridades por engañarlo y realizar un casamiento ilegal. Aguantó tanto como pudo, pero en 1982, cuando yo tenía diez años, me trajo a vivir aquí, con mis abuelos. Eduardo la obligó a dejar a mi hermano Carlos con él. Solo tenía ocho años.

—Entonces Pilar vivió aquí contigo durante un tiempo...

Celia dejó caer los hombros bajo el peso de algún triste recuerdo.

—Yo estaba estudiando Informática en la Universidad Politécnica de Madrid. Un día, cuando vine aquí, mi madre no estaba, y no volvió los siguientes días. Había desaparecido. Después de unos meses de no saber de ella, acepté que... se había ido para siempre.

O mi prima no se atrevió a decir la palabra "muerta" o había algo más detrás de la historia.

—Fue entonces cuando decidí mudarme a esta casa de forma permanente y hacerme cargo de lo que quedaba del negocio de producción de seda de mi abuelo. Esos gusanitos han sido nuestra salvación.

Antes de que pudiera contarme más, sonó el móvil de Celia.

—Disculpa, Allie, me temo que tendré que atender esta llamada.

Aproveché la oportunidad para salir y aclarar mi mente y, de paso, darle privacidad a mi prima. Al otro lado del valle, el sol del ocaso irradiaba rayos tornasolados sobre los picos distantes de Sierra Nevada. Los almendros y albaricoqueros cercanos mostraban una abundancia de fruta a punto de madurar. Una pequeña estatua de la Virgen estaba escondida dentro de una benditera en el patio delantero, protegida del viento y de la lluvia del invierno. La presencia de la Virgen hizo poco para calmar la inquietud que sentí después de escuchar la narración de Celia.

***

De repente Luzia se hace visible, junto con su hija Pilar, vestida con su uniforme de Escuela Católica. La niña tiene el entrecejo fruncido, está concentrada y sus ojos color avellana se enfocan con expresión amorosa en la imagen de la Madre María. Tomando mi lugar detrás de los ojos de Luzia, me uno a ellos. Mi primer pensamiento es, ojalá que la sabiduría que inspiró mis mentiras me dé fuerzas para decirte la verdad.

Capítulo 9

—Tenemos que hablar antes de que te cases con Eduardo.

Pilar se ve levemente alarmada, luego recurre a esa sonrisa beatífica suya, la que dice que nunca dejará de creer en su historia bíblica favorita, la que cuenta que Dios le envió un arco iris a Noé como promesa de que nunca inundaría el mundo otra vez. Esto reafirma su fe en que, cuando suceden cosas malas, no se repetirán. Cuando tenía diez años y murió su cabra favorita, su lado filosófico fue tan generoso como sus lágrimas. "Mamá, todas las vidas deben terminar y es una suerte que lady Dulcinea haya tenido una tan larga", fue lo que dijo. Y hoy confío en esta resiliencia suya.

—¿Alguna vez te has preguntado dónde desaparece tu padre varias veces al día, incluso cuando los gusanos de seda están eclosionando y necesitan su atención constante?

—¿Te refieres al cuarto escondido debajo de la casa? ¿Donde él va a rezar?

—¿Qué más sabes?

—No te sorprendas tanto, mamá. Puede que me hayas enviado a una escuela católica, pero eso no significa que sea ciega. He visto los libros escondidos ahí abajo, y la alfombra de oración de papá, la que tiene símbolos que nunca se atrevería a pedir a los tejedores cristianos que reproduzcan. Y también conozco la alcoba donde tú guardas el libro de oraciones en hebreo que trajiste a España durante la guerra. Papá me dijo que era un regalo de tu tío Emile. Me mostró las velas plateadas y me explicó por qué las enciendes los viernes por la noche, cuando crees que estoy ocupada con mis cosas.

—¿Eso te dijo?—pregunto—. Por supuesto que lo hizo. Es propio de Ja'far querer reforzar la confianza de Pilar, compartiendo nuestros secretos y dejándome a mí el papel de madre ansiosa.

Pilar se ruboriza. Debe ser una señal de arrepentimiento por traicionar el secreto de su padre. Presiono un poco más:

—¿Y también te dijo su verdadero nombre?

—Sí, mamá, lo hizo. Y es más de lo que sé de ti.

La frialdad en su tono me hace retroceder unos pasos, preparándome para el ataque de verdad.

—Papá es Ja'far Majid ibn Siddiqui y sus parientes musulmanes una vez ocuparon nuestra casa. También me dijo que el sacerdote que os casó a vosotros lo rebautizó como Mateo Pérez, una forma inteligente de evitar la prohibición de los matrimonios interreligiosos. Después de la boda te convertiste en Luzia Crespo de Pérez y cuando nací me llamaste Pilar Pérez Crespo. Lamentablemente, mi nombre de pila y el apellido de papá son falsos. Al menos me has dejado quedarme con Crespo.

Sabía que este día llegaría, pero no cuánto me aplastarían sus palabras.

—¿Cómo puedes faltarle el respeto a un nombre que elegimos por amor, rezando para que te proteja?

Pilar permanece impasible.

—¿Cómo puedes ignorar que en secreto papá me llama Jariya, como su bisabuela marroquí? Por si no lo sabes, Jariya al-Qasam era una intrépida bandida morisca que vivió aquí en Andalucía hace mucho tiempo. Se casó con Razin al-Siddiqui y los nombres de todos sus hijos están grabados en la contraportada del Corán de papá.

Debería haber intuido que Ja'far no podría resistir la mente inquisitiva de nuestra hija. Pilar me muestra su muñeca.

—Papá me regaló esta pulsera de plata con el nombre de Jariya grabado en el interior, donde toca mi piel. Dijo que mi nombre siempre estará conmigo, incluso aunque nunca lo diga en voz alta. Que hay mucho poder en lo que no se dice. Está seguro de que algún día la verdad saldrá a la luz. Pero mientras tanto, *a un león dormido no se lo debe despertar.*

Mi sensible hija ha escuchado suficientes insultos y amenazas de violencia por parte de sus compañeros de clase, dirigidos tanto a musulmanes como a judíos, no es de extrañar que comprenda tan claramente la advertencia de Ja'far. Aun así, debería haberme preparado mejor para este momento. Ahora solo me resta esperar la guía divina en mi elección de palabras.

—Franco decretó al principio de su gobierno que todos los niños en España debían llevar nombres cristianos. Así que te llamamos Pilar, como la columna que sostiene la iglesia, esperando que tú también seas fuerte. Ha resultado ser un nombre que amamos mucho.

No tiene sentido contarle lo del bebé que perdí un mes después de que Ja'far y yo llegáramos sanos y salvos a España. Puede que me vea como una gallina sobreprotectora, pero prefiero su ira a su compasión.

—¿Por qué sacar todo esto a colación ahora, mamá? Justo el día antes de mi boda.

—Porque te vas a casar con una familia de alcurnia y acomodada, los Martín, constructores de barcos que han zarpado de la bahía de Málaga durante siglos. Están obsesionados con su pura sangre española. ¿Estás segura de que puedes manejar esta situación? ¿Qué pasará si le dices a tu novio la verdad sobre tu pasado?

—¿Y qué debo decirle? ¿Que, aunque soy una verdadera cristiana, como todos los españoles, tengo antepasados con más religiones de las que puedo contar? ¿O que mis antepasados judíos y musulmanes están un poco más cerca de mí en el tiempo de lo que a su familia le gustaría? No es de su incumbencia. Mamá, por favor, entiendo por qué tú y papá me mentisteis. Respeto vuestra decisión de protegerme, pero, por favor, respeta también mi elección. Me criaste como católica y ese es el mundo que conozco. Eduardo y yo nos amamos. Todo saldrá bien. Ya verás.

Pilar se santigua frente a la Virgen y regresa a la casa. A ella siempre le ha gustado tener la última palabra.

***

—Aquí estás. Pensé que te había perdido.

La voz de Celia me arrancó de la *vijita*. Me encontré de pie en el mismo lugar y mirando un campanario a lo lejos, tocando el cielo, sorprendida de no haberlo visto antes.

—Es el campanario de la iglesia que hay dentro del monasterio—informó mi prima—. Es de la orden de las Cartujas, monjas que viven en estricta clausura, le llaman cartuja a su comunidad. No reciben visitas, aunque sí permiten que algunas de las monjas trabajen en el interior. De vez en cuando les entrego hilo de seda.

Justo cuando estaba a punto de preguntar si alguno de los amigos de su madre de la escuela católica se había unido a la orden de los cartujos, me sobresaltó el chasquido de dos disparos en rápida sucesión. Los estallidos sonaban como si vinieran de lejos, por eso me asombré tanto cuando Celia me agarró del brazo y me arrastró hacia la casa. Cerré la puerta detrás de nosotras y estaba tratando de averiguar cómo funcionaba la cerradura cuando ella me detuvo.

—Discúlpame por haberte asustado. Es mejor ser precavidas, pero tampoco hay necesidad de entrar en pánico. Están cazando jabalíes y cabras, no personas. Al menos, ya no.

Celia evitaba mi mirada; tenía las manos metidas en los bolsillos de su mono.

—Te invitaría a pasar la noche, pero hace frío y no tengo más mantas. Mi amigo Jack tiene un Land Rover. Te llevará de regreso a Almendrales.

Me dolió su manera de despedirme. La excusa que ofreció era tan leve como el aire de la montaña. Si el sonido de disparos distantes podía alterarla tanto, tenía que haber una razón. No parecía que mi presencia fuera a calmarla.

—Intercambiemos números—propuso—. Dime dónde te hospedas y pasaré a por ti por la mañana.

Jack, un hombre larguirucho, con un rebelde pelo gris y apariencia campestre, apareció enseguida. Me acompañó hasta el Land Rover que había aparcado en un claro a unos cuatrocientos metros de la casa, junto a un todoterreno que supuse pertenecía a Celia. Durante el trayecto por el camino de tierra lleno de baches que conducía a la ciudad, Jack habló sin parar, parloteando sobre cómo, hace doce años, emigró de Inglaterra, compró una finca con ovejas y convenció a sus vecinos de que era un buen tipo.

—Tu prima Celia es valiente, vive aquí sola y mantiene el negocio familiar de la seda. En general es muy reservada,pero no faltan los rumores.

—¿Rumores como...?

—Por un lado, usa el apellido Crespo, pero se rumorea en el pueblo de que su padre es Eduardo Martín, el candidato de extrema derecha al Congreso de los Diputados del Stand Up Party. No es popular por aquí.

La opinión de Jack sobre Eduardo era coherente con lo que Celia me había contado. Combinado con el desagradable episodio de Granada, Congreso de los Diputados le agregó un ángulo político intrigante a la historia de carácter más personal que había estado planeando enviar al periódico.

—¿Son frecuentes los disparos en esta zona?

—Realmente, no. La mayor parte de la caza se lleva a cabo en elevaciones más altas, donde viven las cabras.

—Celia se puso nerviosa, ansiosa, diría yo. Tal vez deberíamos volver y ver cómo está—sugerí, incluyéndolo a él en la decisión, para no parecer una alarmista.

Jack encontró un lugar ensanchado en el camino y dio la vuelta. Cuando estuvimos lo suficientemente cerca de la casa para ver, pero no ser vistos, le pedí que se detuviera detrás de un grupo de árboles.

—No quiero invadir su privacidad sin razón—dije, otra verdad parcial que parecía prudente.

A través del follaje, vi a dos personas sentadas en los escalones del porche delantero. Una de ellas era Celia; la otra estaba sentada con la cabeza colgando hacia abajo como si escuchara con atención, con un rifle equilibrado sobre las rodillas. Cuando volvió el rostro hacia la luz, reconocí a Carlos Martín, recientemente descrito por el inspector Fernández como "una persona potencialmente peligrosa". ¿Era por eso que Celia me había despedido? ¿Fueron los disparos una señal de que debía despejar la casa de cualquier visitante antes de que su hermano acudiera a visitarla? Incluso a la distancia, su lenguaje corporal denotaba un argumento.

—Tal vez estaba ansiosa para que te fueras para poder estar a solas con su novio—comentó Jack en su estilo de no meterse en asuntos ajenos—, es una lástima que no parezcan felices.

—Me siento como una tonta por haberte hecho volver hasta aquí.

—No te preocupes. Me gusta tu compañía.

Podría haberle devuelto el coqueteo si no hubiera estado tan furiosa conmigo misma por haberme dejado engañar por mi prima y preocuparme por ella. ¡Qué actriz eres, Celia Crespo! Si pudiera ver a través de tus ojos por un momento, tal vez entendería por qué te has tomado tantas molestias para mantenerme alejada de tu hermano. Enojada, traté de evocar un momento que pudiera provocar una *vijita* y conectar mi mente con la de Celia, exponiendo así su traición a nuestra recién descubierta conexión familiar. No pasó nada. Jack me miraba de forma extraña.

—Por favor, no le digas a Celia que regresamos—le pedí—. Ella podría tomarlo a mal.

—Okey. No le diré que tiene una prima paranoica de Estados Unidos.

—Prima segunda—le corregí.

De regreso a la ciudad por un camino lleno de baches, Jack me contó algunas historias pintorescas sobre las costumbres locales que no llegué a registrar. Estaba demasiado ocupada pensando por qué era tan fácil visitar a mi tía abuela Luzia Crespo, pero imposible penetrar en los pensamientos de su hija Pilar o de su nieta Celia. Jack me dejó al lado del coche alquilado en el cruce de caminos en las afueras de Almendrales, donde yo había tomado el sendero para caminar a la casa de Celia. Me detuve en el mercado para comprar algunos comestibles antes de llegar al Airbnb. Mi anfitrión resultó ser un joven holandés de pelo largo llamado Jeroen. Me mostró mi habitación en la planta baja.

—Tienes pleno derecho al uso de todo el primer piso. Siéntete libre de hacer café y consumir cualquier cosa que encuentres en el frigo.

Su manera modesta y hospitalaria me hizo sentir a gusto y me di cuenta de lo hambrienta que estaba. Desempaqué los alimentos que había comprado y cociné una tortilla de queso, devorándolo junto con pan y mermelada. Cuando llamé a mi padre, quedó emocionado de saber que había localizado a su sobrina-nieta. Obvié compartir mi convicción de que Celia era una mitómana consumada. Este rasgo de carácter, que admití compartir con ella, no interferiría en mis planes de agregar a mi prima a nuestro árbol genealógico, junto con el matrimonio de su madre Pilar con Eduardo Martín y el nacimiento de su hermano Carlos. Calculé la fecha de nacimiento de Pilar alrededor de 1950, basándome en mi conocimiento de que Luzia y Ja'far habían convencido a un sacerdote para que se casaran con ellos en 1946. Después del aborto espontáneo anterior de Luzia, qué felices debieron haber estado de tener una niña sana. Luego agregué diecinueve años para calcular la fecha de la boda de Pilar y algunos más para llegar a 1972, un año probable para el nacimiento de Celia y uno que la hizo doce años mayor que yo. Carlos era su hermano menor, nacido unos años después. Decidí esperar hasta saber más sobre la historia familiar de Ja'far antes de incluir en el árbol a su lejana antepasada, la valiente Jariya,

Árbol Genealógico de la familia Crespo

Jaco CRESPO Malka (n. 1898, Bruselas) Casado con **Miriam LAREDO Gomez** (n. 1899) en 1922. Ella toma el nombre de Miriam LAREDO de Crespo

Emile CRESPO Malka (n. 1901) hermano de Jaco

Notas

La familia de **Solbella BENVENISTE Levy** huye de España para Rhodes en 1530 y escapa a Seattle (vía Tanger, Marruecos) durante la Segunda Guerra Mundial.

La familia **GALANTE** emigra de Rhodes a Seattle en 1917.

Luzia CRESPO Laredo (n. 1924, Bruselas) y **Ja'far ibn Siddiqui** (aka **Mateo PÉREZ**) casados en España en 1946. Ella toma el nombre de Luzia CRESPO de Pérez.

Aharon CRESPO Laredo (n. 1936 Bruselas) y **Nona Solbella BENVENISTE Levy** (n. 1937, Rhodes) casados en Seattle en 1958. Ella se llamará Solbella BENVENISTE Crespo.

Pilar PÉREZ Crespo (n 1950 Almendrales) y **Eduardo MARTÍN Sánchez** (n. 1948) se casan en 1970. Ella toma el nombre de Pilar PÉREZ Crespo de Martín.

Elías CRESPO Benveniste (n. 1960, Seattle) y **Eleanora GALANTE Santangel** (n. 1962, Seattle) se casan en 1983. Ella toma el nombre de Eleanora GALANTE Crespo

Alienor CRESPO Galante (n. 1984 en Seattle, A.A.U.U.)

Carlos MARTÍN Pérez (n. 1974, Málaga)

Celia MARTÍN Pérez Crespo (n. 1972, en Málaga)

El baño en el Airbnb era espacioso, con plantas de interior colgando de una gruesa viga del techo y con estantes sobre la bañera con toallas suficientes para una fiesta de natación en la piscina de afuera, iluminada por la luna. En cuanto el agua caliente me relajó los músculos tensos, los eventos del día, los que tuvieron lugar en el presente y en *algún otro momento,* se convirtieron en una neblina de olvido. Incliné la cabeza hacia atrás para mojar mi cabello y sentí una ola de gratitud por la paz y la tranquilidad. No por mucho tiempo. Al principio, me aterroriza reconocer a mi bisabuela Miriam de Bélgica, cuya agonía en un campo de concentración experimenté en una *vijita* cuando era adolescente. Me había llevado meses recuperarme. Esta vez, el estado de ánimo no podía ser más diferente.

✳✳✳

Estoy paseando por la Plaza Bib-Rambla de Granada. Llevo un vestido sin mangas y de corte recto sujeto a la cintura por una suerte de faja con borlas típica de los años veinte. La fina tela del vestido de Miriam se adhiere a mis muslos tan estrechamente como su mente a la mía. Estoy muy lejos de Bruselas. Los cafés al aire libre rebosan de turistas con atuendos formales, que se mezclan con los lugareños, más informales. Me detengo frente a cuatro grotescas figuras de piedra, cuyos hombros encorvados sostienen una fuente barroca coronada por una estatua de Neptuno, dios del mar. Un Modelo T está estacionado cerca. Llego casi una hora tarde. ¿Habrávenido y ya se ha ido ?

—¿Eres Miriam?

El que pregunta es un chico joven, vestido con pantalón bombacho y otro de malla por debajo, y una capa, lo que sugiere un traje de teatro o ropa de otra época.

—Sí, soy Miriam. ¿Y usted es...?

—Soy Shakir. Los Fundadores me enviaron. No debemos hablar ni llamar la atención. Yo lideraré y tú seguirás. ¡Ven!

Antes de que pueda reaccionar, se pone en marcha, mirando hacia atrás de vez en cuando para asegurarse de que le sigo de cerca. A medida que aceleramos el paso, verifico si la carta metida debajo de mi cinturón aun está allí. Aunque he memorizado cada palabra, sería un desastre perder la única evidencia que tengo para convencer a mi querido Jaco de que su esposa no está loca, sino que está aquí por una razón.

Me llegan dos líneas de la carta de Shakir mientras me apresuro por las calles estrechas, y apenas consigo seguirle el ritmo. *A veces una ventana es mejor que una puerta. Ten fe en lo que te depara el futuro, aunque no puedas verlo.*

Entramos en un restaurante ruidoso y de aire denso debido al olor de los mariscos cocinándose en mantequilla y azafrán. Mi estómago gruñe, pero antes de que el encargado de las mesas pueda detenernos, Shakir y yo salimos por una puerta lateral y bajamos los escalones de piedra que conducen al sótano.

El lugar está tenuemente iluminado y repleto, del suelo al techo, de figuras de santos en papel maché que, supongo, se están tomando un descanso entre marcha y marcha en las procesiones de la calle. Shakir señala la pared del fondo, pintada con coloridos personajes del teatro cómico español. Con máscaras de lentejuelas, están disfrazados de Columbina y Arlequín, con un toque andaluz. Me hace un gesto para que me acerque.

—Relaja los ojos.

Hago lo que dice y las figuras del mural se desvanecen suavemente en el fondo, para ser reemplazadas por una gran ventana con sus antiguos cristales empañados como por una niebla. ¿Qué es lo que podía ser visible desde una habitación subterránea? ¿Las entrañas de una cueva? ¿Un acueducto antiguo? La visión es oscura y borrosa, y una espesa niebla se acumula del otro lado.

Poco a poco, el cristal se aclara y permite ver una escena. Una ciudad medieval se asienta contra un montículo. Hay tres edificios prominentes, uno al lado del otro, y tres diferentes símbolos se destacan de forma notable. En el techo de uno hay una cruz; en otro, una estrella de seis puntas; y adyacente al tercero se eleva un minarete iluminado. Puedo distinguir unas figuras caminando por las calles, vestidas con atuendos medievales. Los hombres judíos, con largas túnicas negras y sombreros puntiagudos, y sus mujeres, con faldas largas, pasean junto a los musulmanes con pantalones holgados con pliegues y mallas como los que usa Shakir. La pacífica Convivencia de mis lejanos ancestros cobra vida ante mis ojos. Me imagino cómo sería sentirse seguro en la propia piel, en la fe, sin temor a la persecución. Para borrar de la memoria los pogromos y la devastación de la Gran Guerra y empezar de nuevo.

—Parece tan cerca, a un paso. Quiero ver más. Debo ver más. ¿Cómo entrar? ¿Hay una puerta?

Los ojos compasivos de Shakir se posan en mi rostro. Su sonrisa sufrida pertenece a alguien mucho mayor de lo que sugiere su apariencia.

—Miriam, lo que ves no es real. Es un mural pintado en las paredes de una habitación dentro de Zahara, un lugar que existe desde hace siglos, pero que permanece aislado. El mundo no está preparado para Zahara o lo que representa. Puede que nunca lo esté.

Un escalofrío de arrepentimiento se instala en mi corazón.

—¿De modo que me ofreciste un breve bocado del cielo y ahora me lo niegas?

Shakir suspira.

—Compartimos esta información con unos pocos elegidos, personas como tú, que esperamos se unan a nosotros. Quizá tus descendientes, en el futuro...

Me siento impulsada a preguntar: "¿Y por qué yo? Pero Shakir niega con la cabeza, desalentando más preguntas".

—Es hora de irnos. Tú no estás segura aquí y debes regresar a Bélgica lo antes posible. Que tengas un buen viaje a casa, Miriam. Ojalá tengas una vida larga y feliz.

***

Al secarme el cuerpo y el cabello después de la ducha en el apartamento alquilado, pensé en lo valiente y aventurera que había sido mi bisabuela Miriam en su juventud. Si Shakir había tenido poderes proféticos, habrá sabido ya entonces que los nazis cortarían brutalmente su vida. Tal vez, como ella supuso, lo habían enviado para darle una muestra del cielo, ya que no había forma de salvarla del infierno. ¿Había sabido que yo estaba allí, viendo a través de los ojos de Miriam? ¿Que había visto ese lugar al que llamaba Zahara? ¿Qué es lo que le había dicho? Ah, sí: *quizá tus descendientes lo hagan en el futuro.* ... Sacudí la cabeza para expulsar esta tonta idea mientras, al mismo tiempo, comenzaba a albergar alguna esperanza de que mis *vijitas* no fueran totalmente al azar. Como periodista, tenía un gran respeto por la causa y el efecto. La intuición

también ocupaba su lugar. Me daría cuenta de esto eventualmente.

Capítulo 10

Celia se presentó en mi apartamento al mediodía. Se había cambiado la ropa de tela burda de trabajo por un vestido de verano floreado.

—Te he traído un regalo, hecho con seda cruda de los capullos de nuestros propios gusanos de seda. La próxima vez que me visites, te mostraré cómo recolectamos los hilos.

Me besó en ambas mejillas tal como lo había hecho Felicia y yo le devolví el gesto. ¿Se había vuelto más cariñosa conmigo en mi ausencia? Tenía la esperanza de que después de un tiempo me explicaría por qué me ocultó su encuentro con Carlos. El pañuelo era hermoso, pero tan rígido que cuando me lo puse al cuello, se arrugó en formas extrañas y quedó colgando como una escultura modernista. Celia se rio de mi consternación y dijo que no me preocupara.

—Hay que hervirla para eliminar la sericina y después queda blanda. Es la sustancia gomosa, como cera de abejas, que mantiene unido el capullo. Todos estos años he estado tirando la sericina como un subproducto inútil. Ahora parece que lo usan en vendas para personas con piel sensible e incluso lo agregan al protector solar. Justamente hoy viene un ejecutivo de alto vuelo de una firma biomédica de Madrid para reunirse conmigo. El doctor Amado dice que su compañía ha desarrollado algo llamado hidrogel de sericina para usar en medicina regenerativa de tejidos. No sé precisamente qué es eso, pero estoy empezando a pensar que existe un mercado real para esta cosa pegajosa.

—¿Cómo de grande es tu operación? ¿Cuánta sericina tendrías que vender para sacar un buen beneficio?

Celia me miró como si detectara algo de inteligencia que suponía que me faltaba.

—China es la principal productora de sericina y mantiene el precio bajo. Por eso es tan extraño que un ejecutivo de la industria farmacéutica se interese en mi pequeño emprendimiento. El doctor Amado se ha ofrecido a comprar toda la sericina que pueda proporcionarle. Es posible que tenga algo inusual en mente porque me preguntó si mi madre o mi abuela me habían enseñado a usar esta proteína en los remedios tradicionales. Le dije que sé un par de cosas, pero no soy curandera ni experta.

Un área familiar se iluminó en mi cerebro.

—Parece algo sobre lo que vale la pena escribir. ¿Te parece bien si me incluyes en la reunión?—Cuando Celia vaciló, presioné—. Hay docenas de empresas de biotecnología e investigadores médicos en Seattle. Un artículo en una revista bien colocado podría aumentar su negocio.

—Vale, de acuerdo. Tengo algunos recados que hacer ahora. Pasaré a recogerte a las tres y te llevo a casa. Pero tendrás que permanecer en segundo plano, ¿vale? Si el tipo planea hacer una oferta, no quiero que se distraiga con preguntas inoportunas.

Mi prima regresó a las cuatro y se disculpó por llegar tarde. Al salir de la ciudad, saludó desde el todoterreno amarillo a unos amigos frente a la tienda de comestibles. Su comportamiento era más extrovertido y optimista que el día anterior, y mantuvo la charla mientras conducía por carreteras erráticas con el abandono de alguien que se sabe cada centímetro de memoria.

En el claro donde Jack había estacionado su Rover el día anterior, Celia se detuvo junto a un SUV reluciente de color cobre.

—Apuesto a que el dueño se divierte asustando a la gente saliéndose del camino con esa cosa—dije, mientras caminábamos hacia su casa a través de los árboles.

Una bocanada de humo me golpeó la nariz antes de ver al visitante, que esperaba con un cigarrillo en la mano. Desafiando el calor, vestía pantalones de poliéster de color verde oscuro y una camisa blanca demasiado apretada. Se peinaba el cabello castaño de la frente hacia atrás, lo que acentuaba unos pómulos afilados y ojos brillantes, pulidos y opacos como un cristal negro. Para mí, parecía más un vendedor o un comerciante de bienes raíces que un bioquímico.

—Doctor Rodrigo Amado, esta es mi prima Alienor Crespo, de Estados Unidos. Espero que no le importe que se una a nosotros.

—Encantado de conocerla, señora Crespo—el saludo fue tibio.

—Antes de entrar en casa, saludemos a los pequeños trabajadores—propuso Celia, y nos acompañó hasta un edificio de aspecto antiguo, del tamaño de un gran invernadero.

Fue como entrar en una minibiosfera vibrando con el zumbido de los ventiladores que circulaban aire húmedo. Había visto fotografías de la fabricación de seda, pero no se acercaban a la realidad. Los estantes que llegaban hasta el techo estaban llenos de hojas de morera de color verde oscuro, que crujían como locas mientras hordas de gusanos de seda se retorcían febrilmente, dándose un festín con ellas. Cerca de la pared del fondo, docenas de formas blancas difusas se aferraban a una estructura hecha de paja tosca. Celia recogió con cuidado un gusano extraviado en el suelo y lo colocó de nuevo con sus compañeros.

—Pronto los demás se convertirán en crisálidas y será nuestro turno de trabajar. Cada capullo consta de un único hilo continuo de aproximadamente un kilómetro de longitud. Desenrollamos los hilos de siete u ocho capullos para hacer una sola hebra de hilo de seda en bruto.

—¿Nosotros? ¿Quiénes son sus ayudantes?

Me pareció que a Celia no le había sentado bien mi pregunta, así que cambié de rumbo y le pregunté al doctor Amado:

—¿Qué porcentaje del capullo está hecho de sericina?

Se movió incómodo.

—No lo tengo del todo claro. Mis asistentes se encargan de los detalles.

—El rendimiento de sericina es de aproximadamente el veinticinco por ciento por capullo—respondió mi prima, dirigiendo una mirada burlona al médico. Su ignorancia también me pareció extraña. El doctor Amado había viajado desde Madrid para cerrar un trato para comprar las existencias de sericina de Celia. Entonces, ¿por qué no sabía la "rentabilidad por capullo"?

Celia preparó unos refrescos y Amado sonrió agradecido mientras tomaba un té y un surtido de tapas que mi prima calentó y nos sirvió en la casa principal. Sentí que algo andaba mal. Se mostró poco entusiasta cuando habló de la extracción de sericina, pero apenas pudo contener su entusiasmo al sondearla en busca de información sobre el "conocimiento esotérico escondido en La Alpujarra".

Ella le respondió en un tono dulce con un tinte de vinagre.

—¿Se refiere a los moriscos que se refugiaron aquí en el siglo XVI, a los cristianos enviados para reemplazarlos después de su expulsión o a los jipis que llegaron en los años ochenta?

Amado tomó con calma las reprimendas de Celia. Pero cuando le pregunté si podía entrevistarlo para un artículo que planeaba escribir, se negó rotundamente:

—Lo siento, señora Crespo, nuestra investigación es estrictamente confidencial. Francamente, no esperaba que nadie más que Celia se reuniera conmigo, ya que tenemos asuntos financieros que negociar.

Celia se subió las gafas que sostenía en la nariz, evitando mi mirada.

—Lo siento, Allie. Él tiene razón.

El sujeto me recordó a un propietario de Seattle sobre el cual había hecho un reportaje hacía unos años. Este ciudadano de dos caras donó dinero a refugios para personas sin hogar mientras les cortaba el agua a sus inquilinos, obligándolos a marcharse para hacer obras y aumentar el alquiler. Pero quizá estaba siendo injusta.

—Bien. Saldré a caminar mientras vosotros dos habláis de negocios.

—Ve por el camino que conduce al naranjal. Comienza en la puerta de la cocina. Para cuando regreses, habremos terminado.

Tomé esto como una señal de que Celia no quería quedarse a solas con Amado por mucho tiempo. El aroma de las naranjas me atrajo por el sendero y lo seguí. Una mariposa blanca y negra con manchas rojas revoloteó por el camino, fascinándome de tal manera que apenas noté mi transición a una *vijita* con el antepasado lejano de Ja'far, Jariya

***

Estoy envuelta de pies a cabeza en un liviano chal marrón, regalo de mi madre antes de que la Reconquista se lo llevara todo. Sentada en una pequeña mesa cerca de una fuente octogonal con azulejos azules y dorados, de una *dallah* de cobre sirvo un café árabe caliente en una taza de cerámica. Afuera, hasta las calles más estrechas hierven bajo el sol de la tarde; pero aquí, en el patio centenario bordeado de pequeños árboles, el aire es agradable y fresco. Es un misterio cómo Idris al-Wasim ha conservado el título de propiedad de esta casa tan bien situada en la sección Albaicín de Gharnata. Cuando los castellanos aplastaron nuestra rebelión, sustituyeron a toda la población árabe por familias cristianas, o eso creyeron al menos.

El tintorero emerge a través de una puerta ojival sonriendo como el joven príncipe que alguna vez fue, sus ojos brillan en señal de bienvenida debajo de una gorra blanca y redonda. La semana pasada, como anticipo a mi visita largamente retrasada, Idris me envió un poema:

> *No era yo más que otro río*
> *manteniendo el curso*
> *cuando la luz especial de tus ojos*
> *envió una ola de tal fuerza*
> *que inundó mis orillas*
> *regando las flores*
> *dejándome atrás para contar las horas*
> *hasta tu regreso*

—¡Qué dulce, Idris! Y qué típico de él.

—Jariya, qué placer.

La túnica roja y dorada es claramente un diseño de su propia creación, delicadamente bordada con motivos de lirios y flores de fucsia. Me conmueve ver cómo, en honor a mi visita, se ha puesto esta prenda de seda, de fabricación y uso prohibido para los moriscos. Luce como un verdadero pavo real.

—Idris, eres un gran ejemplo de cómo los pájaros machos son más coloridos que las hembras.

Finge estar molesto, pero puedo ver que aceptó la broma. Soy una de las pocas personas que han vislumbrado el coraje excepcional que se esconde bajo su extravagancia.

—He esperado todo el día por el placer de tu compañía, Jariya. Si te gusta tanto esta bata, te haré una y teñiré la seda yo mismo. Por desgracia, puede que sea mi última creación.

—Aprecio el gesto, pero no vale la pena correr el riesgo.

—Desafiar la prohibición del rey sobre la seda musulmana bien vale la pena correr el riesgo para complacerte.

Sabía con certeza que Idris preferiría ser arrojado a un calabozo antes que abstenerse de extender su hospitalidad. Hacia el final de la Primera Guerra de las Alpujarras, protegió a mi familia de los soldados del rey Felipe, arriesgando su propia vida. Necesitábamos su ayuda porque, después de que el Reino de Castilla conquistó Gharnata y rompió su promesa de respetar la vestimenta y el culto islámico, mi padre, Abd al-Aziz, Siervo de los Fuertes, se unió al levantamiento en las montañas.

Las represalias por no cooperar con la Corona fueron inmediatas. La casa de nuestra familia fue incendiada y tuvimos suerte de escapar con vida. Nos quedamos con Idris al-Wasim durante seis meses, tiempo durante el cual mi madre dio a luz a mi hermanita. Cuando volvió a ser llamado a las armas, mi padre ignoró el consejo de Idris de emigrar a Marruecos y se reincorporó a la insurgencia liderada por Aben Humeya, en un intento más desesperado de derrotar a las fuerzas del poderoso estado imperial. Solo que esta vez, Abd al-Aziz me llevó con él para luchar junto a un centenar de hombres en las montañas.

Por desgracia, las armas, municiones y víveres que esperábamos en cualquier momento de Argel nunca llegaron. Hasta donde yo sé, fui una entre diez supervivientes, mi padre no incluido. Mi madre y mi hermana escaparon en un barco a Marruecos con la ayuda de Idris. Aún esperan que me una a ellas. Pero algo me retiene aquí en Al-Ándalus. Es la sensación que uno tiene cuando se ha dejado el trabajo sin hacer.

—¿Qué dirías, Idris, si te dijera que hay una manera de salvar tu negocio? ¿Una forma de seguir fabricando prendas de brocado dignas de un califa, sin tener que sobornar a nadie y sin miedo a exponerse por violar el edicto del hipócrita rey?

Idris lanza una de sus miradas astutas.

—Mujer, yo diría que eres una feroz bandida morisca con un alto precio por tu cabeza, pero no un mago.

—Considera, entonces, el hecho de que un gusano de seda, después de haber perdido su hogar, siempre puede poner sus huevos en otro sitio.

—No soy una oruga y me quedaré aquí, gracias. Cíñete a lo que mejor sabes, querida Jariya, aliviando a los viajeros desprevenidos de sus ricas cargas...

Descarto la tentación de sacar mi daga y darle un golpe.

—Eres demasiado conocido, Idris. Les encantaría hacer un ejemplo de ti. ¿Por qué no empezar de nuevo donde tendrás la oportunidad de luchar?

—Solo por curiosidad, si te acompañara, ¿adónde iríamos?

—A un lugar escondido en las tierras altas, en las montañas que hay muy por encima de La Alpujarra. Tendrías seis mulas para llevar suministros.

—¿Has perdido la cabeza? El levantamiento fue derrotado y nuestro pueblo abandonó sus cuevas. Los asesinaron. Los soldados cristianos están acorralando a las mujeres y niños sobrevivientes y los tienen encadenados con el objetivo de deportarlos o algo peor. Si nos encuentran...—Idris abre la boca, esperando encontrar las palabras para describir las terribles posibilidades.

—No nos encontrarán. Será al revé . Créeme.

—¿Cómo puedo creerte, si tu plan suena solo apenas un poco mejor a ser quemado en la hoguera por practicar el único oficio que conozco?

—Es cierto que no puedo garantizar tu seguridad. Pero puedo prometer que enorgulleceremos a Abd al-Aziz y salvaremos algunos vestigios de la Edad de Oro islámica en España.

Involucrar a mi padre es una táctica injusta que funciona exactamente como estaba calculado. Idris asiente a regañadientes con un gesto de su barbilla barbuda. Sigo a mi viejo amigo y protector a su taller, bien surtido de tintes y ordenado como la cocina de un chef orgulloso.

—¿Qué colores debería llevar? Tantos viales y solo unos pocos animales de carga.

Con esmero, como un padre obligado a elegir entre sus hijos, recoge los índigos, amarillos y verdes, junto con algunas madejas de seda.

—En la montaña, puedo usar insectos y plantas para mezclar los tonos de rojo que prefieren mis clientes. Suponiendo que me quede algún cliente.

—Los vas a tener. Todo está arreglado. Tengo fe en ti, Idris. Al igual que uno de tus socios comerciales más excéntricos con el don de ver el futuro. Él está aquí, esperando afuera.

—¿Hasdai el Vidente? Ha estado desaparecido del barrio judío durante más de un año. Pensé que había muerto.

Idris deja lo que está haciendo y sale corriendo.

Vivo de verdad, Hasdai está a la cabeza de una caravana compuesta por muchas más mulas de las que pensaba. Para ocultar su verdadera identidad, el judío suele llamarse Antonio Suárez, exportador de textiles. Idris, todavía moviendo la cabeza con asombro al ver al anciano, lo abraza.

Hasdai acepta esta familiaridad con una sonrisa tolerante.

—He traído algunas prendas especiales para que las usemos durante el viaje. Si te desagradan, como estoy seguro, recuerda que a un sabio disfrazado le va mejor que a un tonto descubierto.

Idris acepta a medias la oferta de Hasdai, frotando la tosca tela marrón entre sus dedos con evidente disgusto.

—¿No es ya bastante malo que tengamos que renunciar a nuestra seda? ¿Debemos ahora ponernos las túnicas de los monjes que nos persiguen?

Haciendo caso omiso de las protestas de su amigo, el Vidente grita: "¡Hasan, ven a ayudarnos!", al joven arriero que custodiaba la parte trasera de la caravana. Nos ponemos manos a la obra y cargamos los suministros para teñir la seda de Idris en las alforjas de seis burros de aspecto estoico. Cuando terminamos, el tintorero observa los veinte animales restantes y sus alforjas repletas.

—¿Qué bienes transportan que son mucho más importantes que el trabajo de mi vida?

Hasdai toma a Idris del brazo y le explica:

—Manuscritos de incalculable valor y libros rescatados de la quema de la Inquisición en la plaza de Bib-Arrambla hace más de setenta años. Puede que las grandes bibliotecas de Granada se hayan esfumado y la mayoría de los judíos y musulmanes expulsados de España, pero mientras tengamos libros escritos en la lengua de nuestros antepasados, seguiremos sabiendo quiénes somos. Los libros son la prueba viviente de que el cardenal Cisneros fracasó en su intento de borrar de la tierra todas nuestras huellas. Este es uno de los muchos viajes que haremos a las montañas hasta que estas preciosas páginas queden guardadas de forma segura.

La aguda carcajada de Idris asusta a los animales.

—Hasdai, ¿por qué tú, un judío, arriesgarías tu vida para salvar los libros sagrados de los musulmanes?

El Vidente sacude la cabeza.

—Como de costumbre, eres tan contundente como el mango de un cuchillo, amigo. ¿Por qué no amaría todos los conocimientos por igual? ¿No fue mi antepasado Hasdai ibn Shaprut un erudito y médico del califa de Córdoba? ¿No tradujo textos científicos griegos al árabe y, al mismo tiempo, apoyó a los eruditos judíos que reunía a su alrededor?

Idris parece escéptico, así que agrego mi voz a la de Hasdai.

—A lo largo de las décadas, estos libros se han trasladado de un escondite temporal a otro y ahora Hasdai ha creado un hogar permanente para ellos. Lo llama Zahara, que como sabéis significa 'luz', tanto en árabe como en hebreo.

Idris cede con un suspiro.

—Jariya, ¿cómo puedo rechazar a dos amigos que ya han realizado lo imposible? Con una condición. Si nos capturan, me mataréis rápidamente, sin demora.

Hasdai le da un golpecito a Idris en las costillas:

—Si nos sigues retrasando con preguntas, eso puede suceder antes de lo que crees.

***

Volví a mí y el tiempo no había pasado. La mariposa que me había llamado la atención continuó su viaje como si nada. ¿Qué diría un físico? ¿Había viajado a través del portal de un multiverso? De lo único que podía estar segura era de que yo todavía permanecía entera, de una pieza.

Capítulo 11

De regreso a la casa de Celia desde el naranjal, tropecé con la raíz de un árbol y estuve a punto de caer por la ladera. Pensar en todas estas personas del lado musulmán de mi familia me estaba mareando. ¿El viejo edificio donde Celia cría los gusanos de seda habría sido construido por Idris el tintorero en el siglo XVI? Me consumía de ansiedad por hablar con ella. Lo primero que salió de mi boca cuando la encontré esperando en el porche fue:

—Tu madre, Pilar, ¿te dijo alguna vez que tenía un nombre secreto?

—¿Por qué hacer preguntas cuando parece que ya conoces las respuestas? Es asombroso.

—¿Nunca has hecho una suposición basada únicamente en la intuición?

—Tu intuición está sospechosamente bien informada, querida prima. Tal vez tengas lo que la abuela Luzia llamó *maggid*, la capacidad de ver más allá en el tiempo.

Celia habló con tanta naturalidad como lo había hecho Nona. ¿Entonces yo había agonizado por nada? ¿Mi único error fue haber nacido en el país equivocado? Celia, aparentemente ajena al efecto de su agudo comentario, se tocó la frente con el dedo.

—Recuerdo haber escuchado al abuelo Ja'far dirigirse a mi madre como Jariya. Pero solo cuando no era arriesgado hacerlo. Nadie más sabía de su origen musulmán. Especialmente mi padre, con su orgullosa herencia castellana.

—Eduardo podría haber adivinado que su Pilar provenía de una familia mixta, con la tez oscura de su padre..., en la foto..., ya sabes a qué me refiero...—no dije más, ya había explicado demasiado. Celia no se inmutó.

—El lado de la familia de Eduardo nunca conoció a mi abuelo—añadió, sacándose el polvo de las botas antes de entrar en la casa.

En la cocina, las cabezas de ajos frescos se amontonaban en el alféizar de la ventana junto con frascos llenos de especias. Su aire distraído, mientras lavábamos los platos de la comida, sugirió que algo pesaba en su mente.

—El doctor Amado me hizo una propuesta interesante.

Saqué las manos del agua y me entregó un paño de cocina.

—Cuéntame.

—La oferta que hizo no fue por la sericina. Fue por la casa y la tierra. Dijo que su empresa estaba buscando un lugar donde puedan experimentar con la fabricación de la seda y cosechar los subproductos. Están dispuestos a pagar mucho dinero. Casi me da vergüenza decirte cuánto.

Miré a mi alrededor, observando los sencillos azulejos blancos salpicados de flores rojas, la antigua despensa llena de bolsas de arroz y harina. Uno hubiera pensado que yo era la que estaba a punto de perderlos. Traté de imaginarme a Celia viviendo en una ciudad impersonal. Simplemente, no encajaba.

—No te preocupes. Lo rechacé. No estoy segura de que este doctor Amado sea quien dice ser. Viste por ti misma lo poco que sabe sobre la fabricación de seda. Además, le prometí a mi madre que nunca vendería esta casa o la tierra. Tendré que hablar con ella, pero estoy segura de que no ha cambiado de opinión.

—¿No dijiste que Pilar murió hace varios años?

—Quise decir que cuando tengo que tomar decisiones importantes voy al cementerio y la consulto. Eso es todo.

—Entiendo, prima. Yo perdí a mi madre de niña y envidio tu fuerte conexión con la tuya, incluso más allá de la tumba.

Estas palabras conciliadoras no evitaron que se me agolparan las dudas. Hasta ahora, mis *vijitas* me habían vinculado solo con difuntos, mujeres antepasadas, y Pilar no era una de ellas. ¿Quiere decir esto que ella todavía estaba viva? Me guardé mis cavilaciones. Difícilmente podría decir que sospechaba que la madre de Celia estaba entre los vivos solo porque mis *vijitas* extracorporales se limitaran a los contactos con los muertos. Mi prima concluiría que yo estaba loca, o me acusaría de tomarla por una campesina supersticiosa, cosa que ella ciertamente no era.

—Allie, lamento haber sido grosera contigo ayer. Me resulta difícil confiar en gente nueva. Pero si quieres quedarte, he limpiado la habitación. Solo hay una cosa que pido a cambio.

—Dime.

—Cuéntame cómo has descubierto tantos secretos familiares.

—Solo si tú me explicas por qué hay tantos enigmas.

Una desafiante chispa de humor iluminó brevemente sus ojos. Fue inconfundible. Tenía el mismo fuego español que mi madre. Y definitivamente la misma habilidad para cuidar de su lengua. Y, si de niña supe cómo sacarle un cuento folklórico más a Nona, era de esperar que también encontrara la manera de hacer que Celia me

123

confiara sus secretos. Y si así lo hiciera, no vi ninguna razón para no corresponder. Estaba a punto de aceptar su hospitalidad cuando sonó mi teléfono. Era Luis Alcábez.

—Tengo buenas noticias. Mico está fuera de peligro. La bala no dañó ningún órgano principal y ha salido del coma esta mañana. Cuando lo vi en el hospital, lo primero que salió de su boca fue que quería hablar contigo en persona.

La nube de ansiedad que me había estado siguiendo se desvaneció, llevándose consigo mi temor de que el notario muriera, lo que siempre me haría sentir culpable.

—Es un gran alivio, y me siento agradecida— le dije a Luis—. Y si verme es tan importante como para que me proponga una cita desde su cama de hospital, iré a primera hora de la mañana.

Cuando le conté las buenas noticias a Celia, ella se ofreció para llevarme de regreso al apartamento y así yo podía usar mi coche para el viaje a Granada al día siguiente. Yo quería celebrar la recuperación de Mico invitándola a cenar en Almendrales, pero mi prima se disculpó:

—Gracias, pero en otro momento. Tengo asuntos que atender.

El alivio hace maravillas con el apetito. Descongelé una pequeña pizza y la engullí con ensalada de espinacas que encontré en la cocina de Jeroen. Saboreando una copa de vino, me dio por pensar sobre el progreso que estaban haciendo Jariya y sus amigos en su misión de transportar los libros de contrabando. Con un escalofrío de anticipación, sentí que su aura de morisca, ahora familiar, se unía a la mía.

***

Estamos andando los tres cuesta arriba por un sendero que serpentea a través de colinas marrones y huertas quemadas, pueblos y granjas desiertas, bajo un sol abrasador que golpea como la hoja plana de una espada ancha. Al doblar una curva, Idris señala las moreras moribundas, su sed deliberadamente decretada por orden de la Corona.

—Se me parte el corazón, Jariya. Estos árboles generosos ya no darán sombra a las laderas de las montañas con su follaje ni alimentarán a los gusanos de seda que nos proporcionan el sustento.

Hasdai el Vidente acaricia un tronco cubierto de corteza seca. Ojalá su toque sanador pudiera marcar la diferencia.

—¿Por qué castigar estas plantas cuando, a diferencia de los humanos, no han cometido ningún delito?

Todos conocemos la respuesta. Las mujeres de La Alpujarra están siendo alienadas del fin del ciclo: recoger los hilos de seda, tejer las telas. Por todo Al-Ándalus, granjas desiertas y pueblos saqueados aguardan a los viejos cristianos, reclutados para asentarse aquí y tomar posesión de todo lo que han construido nuestros antepasados. Los sacaría a patadas si pudiera.

Siempre percibiendo pensamientos sombríos que es mejor detener. Idris le pellizca juguetonamente el brazo a Hasdai. La bestia atada detrás del Vidente rebuzna en protesta mientras Idris reprende a su amigo, acusando a Hasdai de haberle dado secretamente pociones alquímicas. El Vidente, acostumbrado a las bromas del bullicioso tintorero, lo ignora y acelera el paso.

—No hay por qué ofenderse—exclama Idris—. ¿A quién le importa si hiciste que me enamore de un caballo pensando que era una mujer?

Hasdai resopla burlonamente y continúa adelante. Su amistoso verdugo lo sigue, ansioso por saborear la acidez de la lengua del alquimista. Después de las pruebas por la que han pasado, de ver tantos amigos asesinados y sus propias vidas destrozadas, la amistad y las bromas son quizá todo lo que les queda.

—Idris, si mis poderes son como los que describes, ¿por qué los desperdiciaría en algo tan trivial? Mejor haría poniendo alas a estas túnicas sofocantes para que nos lleven volando a nuestro destino.

El Vidente se refiere a las capuchas, que oscurecen nuestras cabezas—demasiado conocidas—, pero nos hacen sudar profusamente. A la vista de estas túnicas marrón-rojizas de frailes dominicanos, los pocos agricultores y pastores con que nos hemos cruzado en el camino seguramente nos tomarán como poderosos representantes de la Inquisición, viajando por asuntos oficiales. ¡Qué aliviados deben quedar cuando ya solo ven nuestras espaldas!

Idris coloca su brazo alrededor de la cintura del viejo, ayudándolo en las resbaladizas piedras cubiertas de musgo, para cruzar el arroyo que corre rápido. Esta agua dulce desemboca en los canales de las acequias de piedra diseñadas por nuestros antepasados para regar la tierra. Para ellos, y para nosotros, la abundancia de agua es la máxima bendición.

De repente, el camino comienza a vibrar y el estruendo de cascos que se acercan presagia que pronto se pondrá a prueba la credibilidad de nuestra vestimenta. El primer soldado, explorador, nos alcanza rápidamente. Su torso está envuelto en una armadura de metal sin brillo grabada con el sello del rey. Por el contrario, sus piernas, cubiertas por unas delgadas mallas de algodón, son un objetivo tentador. Doy un paso adelante y, haciendo mi voz grave, respondo a la pregunta tácita del hombre en el tono más brusco y poco femenino que me sale.

—El inquisidor general nos envía a inspeccionar a los prisioneros que tengáis por si hay entre ellos mahometanos buscados para ser juzgados por la Santa Inquisición.

El guerrero de la corona se pone rígido en su silla y la mano que sostiene las riendas de su caballo tiembla ligeramente antes de recuperar el control. Quizá su sangre no sea tan pura como les hizo creer a sus superiores. Incluso una gota de sospecha puede envenenar un lago entero.

—Padre, puede ocuparse de sus asuntos con mi comandante. Su convoy llegará en breve.

Si este soldado tiene alguna duda sobre nuestras identidades, las mantiene tan cuidadosamente ocultas como nosotros ocultamos las capas prohibidas y las túnicas plisadas debajo de nuestro atuendo de dominico. Es mejor interrogarlo antes de que decida interrogarnos.

— ¿Cuántos prisioneros transporta?—pregunto.

—Tenemos cincuenta almas, pero la mayoría son mujeres y niños—sonríe con satisfacción—. El rey Felipe ha lanzado una guerra de fuego y sangre y ha dado rienda suelta a los soldados para que tomen el botín que les plazca. Los seres humanos, el ganado y la propiedad son todos juego limpio.

Por su propia cuenta, el soldado continúa fanfarroneando:

—Con la bendición de Dios, la mayoría de los moriscos que lucharon en la rebelión están muertos. A sus mujeres se las pondrá a trabajar en respetables hogares cristianos. Pensarías que estarían agradecidos... Nada de eso. No ofrecen nada más que resistencia.

—En verdad, las mujeres son las peores—interrumpe Hasdai el Vidente, quizá temiendo que yo pierda los estribos o que mi voz revele mi género—. Las moriscas son bien conocidas por perpetuar el engaño en la privacidad de sus hogares, escondiendo las alfombras de oración y cualquier otra parafernalia utilizada en la práctica de su malvada religión.

El soldado asiente con la cabeza.

—Luchan junto a sus hombres y nadie les gana en ferocidad, armadas con palos y piedras. Tengo las cicatrices para probarlo.—Muestra la parte posterior de su cabeza, y yo alabo interiormente a la valiente que le infligió tal herida.

El regimiento aparece a la vista, una procesión de al menos veinte hombres a caballo, que custodia una fila de cincuenta prisioneros, atados juntos, descalzos y vestidos con harapos. Sin desmontar, el comandante evita el contacto cercano con la Hermandad a la que cree que pertenecemos. Felizmente para nosotros, continúa controlando a sus tropas. Nos asesinarían a todos en un santiamén si sospecharan la duplicidad. Me los imagino arrancándonos las túnicas y abriendo las alforjas de las mulas, vaciando los sacos de harina y encontrando los preciosos tapices de seda y los libros escondidos entre ellos, como preludio antes de arrojar nuestros cuerpos por los profundos barrancos donde quedarían nuestros restos perdidos para siempre.

Tal como están las cosas, entre estos hombres pocos ojos miran los míos y los que lo hacen tienen ese aire acobardado de abyecta obediencia provocado por la vista de nuestro atuendo eclesiástico. Incluso en este lugar aislado, nadie es inmune al alcance de la Inquisición. Habiendo vivido gran parte de mi vida ocultando mi verdadera fe e identidad, hoy estoy probando por primera vez cómo se siente al ejercer el poder, cómo se puede doblegar la voluntad de un hombre sin palabras ni hechos, sino solo a través de la fuerza de una percepción equivocada.

—Levantad la mano cuando diga vuestros nombres—ordeno a los prisioneros, asumiendo una autoridad por encima de sus guardias.

Cuento con la deferencia arraigada de los soldados y el miedo a la Iglesia para superar su resistencia a compartir su botín.

Señalando a Hasdai, digo:

—Fray Anselmo tomará bajo su custodia a los siguientes malhechores.

Y repito:

—Levantad la mano cuando escuchéis vuestro nombre o ateneos a las consecuencias.

Desenrollo un pergamino con un largo poema inscrito y, en rápida sucesión, grito algunos nombres, inventándolos sobre la marcha. Por supuesto, no se ven manos levantadas, pero Hasdai finge que algunas lo han hecho y en la confusión puede desatar a cinco niños con aspecto lastimoso, junto con una mujer y un hombre alto y barbudo que lleva desafiante una *taqiyah*. Hasdai empuja bruscamente a los siete elegidos hacia mí y les ordena que se sienten en el suelo. Los cautivos creen que han sido seleccionados por nosotros, los Hermanos de la Iglesia, para soportar más horrores, y el miedo atormenta sus ojos.

Una mujer llora desconsoladamente por la pérdida de su hija. Hasdai le susurra algo al oído para acallar su arrebato, mientras Idris localiza apresuradamente a la niña y la trae junto a su madre. La belleza de la niña, de unos diez años, brilla debajo de la suciedad, e Idris sonríe cuando la agrega a nuestro grupo. Algunos soldados también sonríen, imaginando la inevitable desfloración, una visión seguramente más detallada en la mente del profanador de la niña, un Hermano de la Iglesia. Oh, qué alegría sería mostrarme como mujer y, antes de que se den cuenta, matarlos allí mismo. Me aseguraría de perdonar a algunos, para que corrieran la voz de que no se puede jugar con las moriscas.

Idris, para impresionar aún más con el peso de nuestra autoridad, lee los cargos formales contra nuestros prisioneros:

—Se os acusa de apostasía y observancia ilegal de ritos musulmanes, incluyendo oraciones no cristianas, restricciones dietéticas y abluciones frecuentes.

Los soldados asienten con la cabeza y algunos gritan:

—¡Muerte a los infieles!—impacientes por enunciar la sentencia.

—Todo a su debido tiempo—responde Idris. Cuando uno entre las filas brama:

—¡¿Por qué esperar?! ¡Enviémoslos al infierno ahora mismo!

Me temo que nuestros hermanos rescatados están a punto de ser horriblemente asesinados.

El tintorero, acostumbrado en su negocio a poner a sus clientes en su lugar, mira al intruso.

—Cada uno recibirá generosamente la oportunidad de renunciar a su blasfemia y volver a la fe verdadera antes de ser castigado. Primero debemos llevarlos a la corte en Granada. Cualquiera que interfiera con el Tribunal también cosechará las consecuencias.

Hemos liberado a ocho moriscos—seis niños y dos adultos—, más de lo que los soldados hubieran esperado que sacáramos de su manada de cautivos, pero no tanto como para despertar sospechas. A nadie se le hace necesario preguntarse por qué los niños tan pequeños son de interés para la Inquisición. Saben que estos serán colocados en buenos hogares católicos para ser reeducados, mantenidos como esclavos en algún monasterio o, como es costumbre, vendidos al mejor postor.

Aparto mis ojos de aquellos que estamos obligados a dejar atrás cuando el comandante, con un breve asentimiento de despedida, conduce su columna de miseria ligeramente reducida por el sendero en la dirección por la que venimos.

***

¡Qué mujer enérgica, Jariya! Y qué astuto Ja'far al invocar el poder de ese nombre, grabándolo en un brazalete que secretamente protegía a Pilar. ¿Qué mejor amuleto para una hija mestiza obligada a crecer en la España de Franco?

Capítulo 12

De camino a Granada, donde visitaría a Mico Rosales en el hospital, tomé una ruta por las afueras de Lanjarón y me detuve ante las ruinas de la alcazaba árabe que domina la vista del valle. Jariya, Idris al-Wasim y Hasdai el Vidente podrían haberse refugiado en este mismo lugar, junto con los burros que llevaban su valiosa carga de niños rescatados, tinturas para seda y libros prohibidos. El hormigueo en mi pecho señaló que se acercaba una *vijita*. Curiosamente, sentí una pizca de control, como un buzo en el extremo de una tabla antes de zambullirse, cronometrando mi entrada al mundo de Jariya.

Hasdai el Vidente camina a mi lado. Estamos un poco por delante de la caravana; Idris va detrás con los niños y los dos adultos que hemos liberado. Cuando nos acercamos a la fortaleza desierta, el Vidente pregunta:

—¿Por qué lloras?

—Aquí es donde mi padre sacrificó su vida para que otros pudieran escapar, incluido yo. ¿Podemos detenernos un rato? Si pudiera disponer de unos minutos...

—Por supuesto, perla preciosa.

Este es el apodo favorito de Hasdai para mí, que significa 'niña pura y preciosa'. Toca brevemente mi mano y siento que me invade una ola de consuelo.

Ojalá Hasdai hubiera conocido a mi padre, cuya presencia siento ahora. De pequeña, Abd al-Aziz me llevaba en sus hombros; y luego estuve a su lado en la guerra contra la Reconquista. En casa y en el campo de batalla, nunca me hizo de menos por ser mujer. Si alguien se atrevía a criticarlo por esto, él diría: "La fiereza en su sangre es lo que cuenta". Ante cualquier calamidad, se mantuvo firme en la creencia de que pertenecemos a Alá y a Él regresaremos. Nunca estaré a la par de sus altos estándares morales ni poseeré su reserva de paciencia.

Subo las escaleras que conducen a lo alto de la torre y allí espero al Vidente, que llega casi sin aliento y abatido por el calor. Le paso por la frente un paño humedecido en agua de rosas que llevo en una botellita. Para mi alivio, Hasdai revive.

—Gracias, Jariya, por todo lo que has hecho para salvar las obras de aquellos que vinieron antes que nosotros.

—Los libros son todo lo que nos queda por proteger, ahora que nos han arrancado la tierra bajo nuestros pies.

El Vidente pasa su mano marcadamente venosa sobre la piedra desgastada del parapeto.

—Creo que te gustará el diseño de los archivos. Los símbolos de cada biblioteca me llegaron en un sueño. Incluso los cifrados ya familiares actuaron de manera extraña, las cruces cambiaron de forma para mezclarse con las estrellas y las medias lunas, como constelaciones que se rehacen a sí mismas. Zahara consistirá en mucho más que pasillos y puertas. Se construirá de acuerdo con la geometría sagrada y albergará en igual medida el éxtasis exaltado del poeta y la parábola del sabio.

—¿Echarás de menos tu vida en el Realejo?

—Sí. No hay baños ni sinagogas en nuestro destino. Al menos, no todavía.

Los moriscos también valoramos mucho la limpieza, en caso de que no lo supieras, y la ausencia del baño nos supone terribles problemas. ¿Idris te dijo que a su primo Nizar lo inmolaron por negarse a denunciar que su esposa se lavarse "como una musulmana"?

Hasdai invoca una bendición en árabe por mi padre y por el alma de Nizar. Su rostro está impregnado de tristeza mientras continúa orando, esta vez en el lenguaje duro que he llegado a reconocer como hebreo. Al verlo hablar con su Dios, entiendo que somos muy parecidos.

Me gustaría quedarme aquí más tiempo para honrar las últimas horas de la vida de mi padre, pero Hasdai me recuerda amablemente:

—Tenemos que encontrar un lugar para acampar antes del anochecer y acomodar a nuestros jóvenes invitados.

Me tomo un momento para serenarme antes de descender y unirnos a Idris y los demás.

Un bocinazo me devolvió al presente.

Activé el piloto automático. Ya había dejado atrás las afueras de Granada cuando apareció el letrero de Álamo y, quince minutos más tarde, entregué el Hyundai y estaba al volante de un Subaru Outback. Si iba a pasar un tiempo con mi prima en el campo, debería poder llegar allí por mi cuenta.

La mayoría de los hospitales irradian un aura de tranquilidad forzada que esconde el estrés, y la sala de espera en el Hospital General Virgen de las Nieves no era una excepción. Una mujer mayor se entretenía tejiendo, mientras que un joven sentado a su lado tecleaba rápidamente en su móvil. Después de identificarme en la recepción, llamé a la habitación de Mico Rosales para avisarle de mi visita y me detuve en la tienda de regalos para recoger unas flores.

Lo encontré esperándome en una habitación privada en la cuarta planta, encaramado en una silla médica como un pájaro anhelando volar, las rodillas apenas cubiertas por una bata de hospital blanca con rayas azules. Según Alcábez, Mico tenía aproximadamente la misma edad que mi padre. Pero incluso con la barba grisácea parecía mucho más joven. En realidad, para alguien recién salido de cuidados intensivos, se le veía muy bien. Incluso intentó ponerse de pie para saludarme, pero cambió de idea.

—Gracias por venir desde tan lejos, Alienor.

—Por favor, llámame Allie. Me llama la atención poder verte tan fácilmente. ¿Por qué no hay protección policial?

—Están aquí, pero de paisano. Sin duda notaron tu llegada. Y, por supuesto, puedes dirigirte a mí como Mico.— Me gustó la agradable formalidad de su tono. Bien podríamos haber estado en su oficina y no en una habitación de hospital.

Mico hizo un gesto hacia la silla de las visitas y nos sentamos uno frente al otro. Su rostro era amplio, casi eslavo, con ojos marrones y nariz romana que le confería un toque de distinción. Su habla lenta fue el único signo externo de trauma. Eso y el tubo intravenoso conectado a su brazo izquierdo.

—Luis me dijo que cuando te conoció en Seattle sintió la mano del destino, una predestinación.

—Cierto. Insinuó que algo especial podría estar esperándome aquí. Nada específico.

—Luis, tal cual. Nunca sacando conclusiones precipitadas. Pero tu apellido nos dio una pista. Cuando Carlos

Martín te buscó supimos con certeza que estabas emparentada con él y con Celia a través de su madre, Pilar Crespo.

Ahora tenía sentido el entusiasmo que había mostrado Alcábez con mi solicitud.

—Mi padre y Pilar son..., quiero decir, *eran* primos hermanos. ¿La conociste?

—Pilar y yo nos hicimos amigos en la universidad. Estaba tan entusiasmado de conocerte en persona y poder averiguar más sobre lo que le sucedió. Nunca se me ocurrió que alguien pudiera...—Se miró el pecho, el vendaje abultaba bajo la fina tela de la bata.

—¿Entonces no viste a quién te atacó?

— Solo sé que es alto. ¿De qué otra manera podría haberme disparado estando de pie en una plataforma de limpieza situada muy por debajo de la ventana? La policía dijo que se subió al techo para escapar. La cámara de seguridad lo vio, nada concluyente.

—¿Qué se llevó?

—En cuanto me dejen salir de aquí, haré un inventario de la oficina. Tiemblo de pensar en lo que podría haber pasado si hubieras llegado puntual a tu cita. Me disculpo por haberte puesto en peligro.

—¿No fui yo quien te puso en peligro al solicitar la ciudadanía en primer lugar?

Una mueca de dolor acompañó su risa.

—Tú y Pilar tenéis mucho en común. Ella nunca se resistió a asumir la responsabilidad.

—Parece que ella te ha causado una gran impresión.

La mirada de Mico se dirigió hacia algún recuerdo.

—Nos conocimos en la Universidad de Granada a finales de los sesenta. Ella era cinco años mayor que yo y se especializaba en Literatura Comparada. Tenía un aire de misterio y no temía asociarse con un judío, a pesar de su educación católica. Finalmente descubrí que su instrucción religiosa había sido un subterfugio calculado para protegerla del estigma del matrimonio mixto de sus padres. No estoy seguro de que hayan previsto que se convertiría en una católica tan devota.

—Luzia y Ja'far hicieron un gran sacrificio—dije sin pensar. Al notar su mirada escéptica, agregué—: Celia me contó todo sobre sus abuelos.—Me incomodaba engañar a Mico, quien, instintivamente, me agradaba, aunque me había acostumbrado a improvisar historias de tapadera para dar cuenta de la información recopilada de mis *vijitas*.

—Cuéntame más sobre Pilar. Parece una persona compleja.

Mico hizo una pausa, como alguien que se toma el tiempo para darle sentido a sus recuerdos.

—Creo que su valentía nació de luchar por encontrar su propia identidad. Cuando le pregunté a Pilar sobre su educación, dijo: "Mis padres me criaron para ser yo misma, siempre y cuando no revelara quién era de verdad". Para ser honesto, estaba medio enamorado de ella.

—A veces me siento como una paria—solté, irracionalmente celosa de cómo esta mujer a la que nunca había conocido seguía fascinando a un hombre al que apenas conocía. La franqueza de Mico, sin embargo, me animó a profundizar más.

—Habrá sido duro para ti cuando Pilar se casó con Eduardo Martín.

—Sufrí mucho. Era una chica del interior, de pueblo, como decimos, que amplió la visión de la vida de este chico de ciudad con tanta facilidad que pensé que era idea mía. Teníamos mucho en común, habiendo pasado por dificultades cuando éramos niños y luego desdeñando el progreso material en favor del académico. Eso hizo que fuera doblemente difícil aceptar que se la llevara un misógino que prefería a las mujeres dóciles. Pilar dijo que, según él, especializarse en literatura comparada era una cosa inútil, que mejor sería dedicarse al croché y a supervisar a las asistentas. Ella pensó que estaba bromeando. Para cuando se dio cuenta, ya era demasiado tarde. Se las arregló para terminar su carrera, aunque dudo que alguna vez la haya usado mucho.

—Qué desperdicio—comenté.

Él asintió.

—No la volví a ver en muchos años y para entonces yo andaba tan perturbado que apenas la reconocí.

Mico se retorció en su silla, ajustándose un poco más la bata alrededor de las piernas.

—Estas personas saben cómo humillar a un hombre. ¿No es ya bastante malo tener que suplicar por analgésicos?—Extendió la mano para presionar un botón rojo en la pared.

Al ver su agotamiento, me contuve y no hice más preguntas. En uno o dos minutos, un enfermero que llevaba una mascarilla entró apresuradamente en la habitación. Enseguida ayudó a Mico a volver a la cama y cerró las cortinas que le dan privacidad, diciéndome con cierta brusquedad que esperara afuera. Estaba a medio camino de la puerta cuando escuché a Mico preguntar:

—¿Por qué una inyección? Ya me están enchufando medicamentos por vía intravenosa. ¿No será demasiado? Todo lo que necesito es otro Vicodin.

Un segundo después, gritó:

—¡Alto!

Me volví corriendo y abrí la cortina. El enfermero sujetaba el brazo resistente de Mico, tratando de encontrar una vena. Le di un golpe en la espalda, nada suave.

—¿No lo escuchaste decir que no quiere una inyección?

Sin dar explicaciones, el enfermero soltó el brazo de Mico y se volvió para mirarme, sosteniendo la jeringuilla lista terriblemente cerca de mi cara. Le agarré la muñeca, y se la torcí todo lo que pude, haciéndole perder el equilibrio. De repente, abrió la mano. La aguja cayó al suelo y, con un grito exasperado, huyó de la habitación. Al parecer, había decidido que no valía la pena correr el riesgo de pelear y exponerse.

Cómo este demonio se las había arreglado para hacerse pasar por enfermero y por qué los guardias desaparecidos no le impidieron entrar en la habitación de Mico eran preguntas que tendrían que esperar hasta que el notario y yo estuviéramos a salvo. A estas alturas, Mico había sacado su ropa de calle del estrecho armario y me dejó ayudarlo a vestirse.

—No puedo creer lo que has hecho.

—Yo tampoco.—Me temblaba la voz casi tanto como el resto del cuerpo. Es cierto que había tomado lecciones de yudo cuando era niña, pero ninguno de mis oponentes estaba armado.

Mico señaló la jeringa en el suelo.

—Evidencia.

Recogí la aguja envolviéndola varias veces con una toalla antes de guardarla en mi bolso. Eché un vistazo al otro lado del pasillo. No había señales de la seguridad a la que se había referido Mico, uniformado o no. Teníamos que irnos y cuanto antes mejor.

Dos sillas de ruedas y una camilla estaban alineadas a lo largo de la pared. Guiando a Mico con cuidado hasta una de las sillas, lo empujé hacia el ascensor a paso de caracol, la única forma de evitar sospechas. La enfermera de guardia nos miró con curiosidad.

—Lo voy a llevar a fumar—dije.

—No está permitido en ningún lugar del edificio. Tendrás que salir a la calle—entonces murmuró por lo bajo—: ¿Para qué molestarte en venir a un hospital si tu objetivo es suicidarte?

El ascensor estaba vacío, lo que nos dio tiempo y espacio para comunicarnos con libertad.

—Estos tíos quieren deshacerse de ti a toda costa.

—Por suerte para mí, el asesino que contrataron es un aficionado o más tonto que un conejo que confunde su propio pie con un amuleto de la suerte.

El humor sereno de Mico me resultaba un poco exasperante.

—¿Te has dado cuenta tú de lo cerca que estuviste?

—Sí, claro que sí. Me salvaste la vida y estaré en deuda contigo para siempre.

Llevé a Mico por el garaje subterráneo hasta mi coche, detrás del ascensor del lado opuesto. Llegó una familia de cuatro personas y me alegró su presencia. Si alguien nos estuviera siguiendo, habría testigos. Puse mi "carga" con cuidado en el asiento del copiloto y plegué la silla de ruedas para meterla en el maletero. Luego llamé a Jeroen, el chico del apartamento alquilado en Almendrales y le dije que tenía que pedirle un gran favor.

Todavía temblando por la confrontación en la habitación del hospital, conduje con mucho tráfico por la hora punta. Mico ya se estaba mordiendo el labio por el dolor que se avecinaba, así que me permití usar el GPS para guiarnos fuera de la ciudad. Anularía la ubicación tan pronto como pudiera. En este momento tenía que concentrarme en meternos en un lugar seguro antes de que mi pasajero perdiera el conocimiento.

Capítulo 13

No sé exactamente qué le dijo Jeroen al doctor Cristóbal para convencerlo de que fuera al apartamento y atendiera a una víctima de disparo, sin notificarlo a la Policía local. Era uno de los médicos más jóvenes que había visto en mi vida. Una camiseta de Black Sabbath era visible debajo de la bata blanca desabotonada que usaba sobre sus vaqueros. Cristóbal, de una eficacia impresionante, le cambió los vendajes a Mico y, afortunadamente, le dio un frasco de comprimidos de hidrocodona.

—Llámame si hay algún signo de fiebre—dijo mientras iba hacia la puerta—, y por favor, mantened esta visita confidencial.

Lo acompañé hasta su coche.

—Tengo otro favor que pedirle. ¿Cree que se podría averiguar qué hay en esta jeringuilla?

Le mostré la jeringa enrollada en la toalla; me dio un vahído solo de pensar lo que podría contener.

—Puede ser un veneno. Alguien intentó inyectárselo a Mico a la fuerza en el hospital.

Cristóbal vaciló. Él y su estetoscopio ya habían eludido la ley. Pero ¿cómo podía decir que no?

—Lo enviaré al laboratorio y si lo que dices es cierto, tendremos que contactar con la Policía.

—Por supuesto. Dígales que llamen al inspector Fernández en Granada.

Le di al médico el número del inspector y, con extrema precaución, colocó la toalla en su maletín.

Por la mañana, cuando le agradecí a Jeroen por toda su ayuda, se encogió de hombros.

—Puedes recomendar este lugar a tus amigos. Eso sí, solo a los sanos.

No pude evitar reírme.

—Puedes estar seguro. ¿Me darías una toalla limpia? Me gustaría ir a nadar.

A medida que nadaba de punta a punta de la piscina en el agua tibia por el sol, me iba sacando el estrés del día. Me sequé en la hamaca, balanceándome ligeramente e inhalando la fragancia de los limones, mirando el cielo límpido a través de las ramas de los árboles. Esto no cambió el hecho de que, lo que había comenzado como un simple viaje para legalizar algunos papeles y saber más sobre mis antepasados me había involucrado en una pequeña guerra. Ambos ataques a Mico habían tenido lugar cuando yo estaba cerca. Así que quien quiera que lo deseara muerto nos estaba vigilando a los dos. Aparte de Luis Alcábez, la única persona a la que le había hablado de mi viaje al hospital era Celia. Por supuesto, ella podría haberle mencionado el viaje a Carlos...

Una hora después, Mico se sentía algo mejor y le llevé un zumo de naranja a la cama. Jeroen había alojado al inesperado inquilino en una pequeña habitación en la parte trasera de la casa, cerca de la suya.

—Puedes sentarte—dijo Mico, señalando los pies de la cama—. Hay algunas cosas que te has ganado el derecho a escuchar. ¿Qué sabes acerca de la masacre de Atocha?

Esto no era lo que yo esperaba.

—¿Te refieres a la explosión de las bombas en el tren de Madrid?

—Eso es, por cierto, lo primero en lo que la gente piensa cuando oye la palabra 'Atocha'. Fue una de las cuatro estaciones donde se colocaron bombas en los trenes de cercanías, en 2004.Murieron ciento noventa y dos personas, un día espantoso que marcó a nuestro país.

—¿No fue el atentado en gran parte una consecuencia de la rendición de España a la presión internacional para unirse a la coalición durante la guerra del Golfo?

—Yo diría que sí. Y es una terrible coincidencia el que haya ocurrido otra masacre hace más de treinta años en la mismísima zona.

—Te refieres a la masacre de los abogados laboralistas en sus oficinas de la calle Atocha, creo que a finales de los setenta.

—Me asombra que sepas eso.

—Leí sobre la masacre en un libro titulado *Fantasmas de España.*

Mico me lanzó una mirada de aprecio.

—Ocurrió en 1977, cinco abogados fueron asesinados. Franco llevaba dos años muerto y la masacre fue parte de un último esfuerzo por continuar el terror de su régimen. Algunos de los conspiradores fueron arrestados, pero la mayoría huyó del país.

—Y esto es importante para nosotros ahora porque...

—Porque Pilar me dijo que creía que su esposo Eduardo era uno de los asesinos. Dijo que había perdido a su padre a manos de las guerrillas maquis antifranquistas y su odio era profundo.

Yo tomaba notas, tratando de armar una cronología. Mico continuó, su voz sonaba un poco más enérgica.

—Unos días antes de que mataran a tiros a los abogados, Pilar escuchó a Eduardo hablar por teléfono sobre 'pisotear a las alimañas'. Después de que saliera de su casa de Málaga para un supuesto viaje de negocios a Madrid, descubrió que faltaban algunas de las ametralladoras que él guardaba en el sótano. Llegó a casa dos días después del baño de sangre y cuando ella lo interrogó, la acusó de no confiar en él. Incluso inventó una broma espantosa sobre cómo a la esposa de un amigo suyo le cortaron la nariz por meterse los negocios de su marido. Si la intención de Eduardo era asustar a Pilar, lo consiguió. Pero esperó otros cinco años, hasta que Celia cumplió diez y Carlos ocho, para venir a verme.

—Que confiara en ti después de tanto tiempo fue un verdadero homenaje a vuestra amistad.

La tez pálida de Mico adquirió algo de color y me alegré de haberle hablado.

—¿Y qué le aconsejaste?

—Dado el miedo que le tenía a Eduardo y a otros tristes detalles que compartió sobre su alejamiento, le sugerí que le dijera simplemente que sus padres la necesitaban y que se iba a llevar a los niños con ella a Almendrales. Acordamos que me llamaría cuando fuera seguro, pero el plan no funcionó. Eduardo se negó a que Carlos fuera. Fue muy cretino eso de usar al hijo para asegurarse de que su madre no destaparía sus secretos. Su táctica dio resultado. Pilar renunció a su puesto de profesora en la universidad y se fue de la casa de los Martín con Celia, pero sin el niño.

Esto era coherente con la versión que me había contado Celia.

—¿Y continuaste en contacto con ellos?

—Vi a Pilar solo una vez después, en 1987. Celia tendría unos quince años cuando visité su casa de campo en las afueras de Almendrales. La niña fue muy tímida conmigo. Creo que Pilar temía que mi visita enfureciera a Eduardo. Entonces Pilar me entregó un paquete que

145

contenía un libro viejo y pesado. Creo que la cubierta era de madera. Ella no me dejó desenvolverlo ni me explicó su procedencia, solo que no estaba seguro ni en la biblioteca más segura, y que el mundo aún no estaba listo para recibir su mensaje.

Dejé la pluma de lado y seguí escuchando.

—Le ofrecí guardar el libro en mi caja fuerte, pero ella insistió en que me lo llevara a mi apartamento, porque a nadie se le ocurriría buscarlo allí. Me dio instrucciones explícitas sobre cómo cuidar las frágiles páginas y proteger la tinta regulando la humedad en mi armario. Y antes de irse, me pidió que certificara un documento y lo guardara en la caja fuerte de mi oficina en caso de que alguna vez lo necesitara.

—¿Qué tipo de documento?

—Ahí está la cosa. Insistió en que certificara ante notario esos papeles sin leer una palabra, negándose a decir por qué. Por entonces yo también trabajaba como investigador judicial y me duele pensar que podría haberla ayudado más de lo que hice. Eduardo Martín debería haber sido enjuiciado por sus acciones.

—¿Y qué pasó con Pilar?

Mico volvió a llenar el vaso de agua que había en su mesita de noche y tomó un largo trago.

—Tres años después de nuestro último encuentro, me enteré de la terrible noticia de su muerte, en una edición del *Ideal* de Granada. La redactora insinuó que había sido un suicidio,ya que encontraron su bolso al lado de un barranco empinado. Su cuerpo nunca fue recuperado. Eso pasó hace veintiocho años. Pilar solo tenía cuarenta. De haber vivido, ahora tendría sesenta y ocho años.

—¿Llegaste a leer el documento legal que te entregó?

El arrepentimiento llenó sus ojos.

—Ojalá lo hubiera hecho. Pero le hice una promesa que la muerte hizo aún más relevante. Hasta hace poco, no tenía ninguna razón para creer que poseer el documento pudiera ser arriesgado. Esta mañana llamé a Luis Alcábez y le pedí que verificara con la Policía el contenido de mi caja fuerte. No he sabido nada de él todavía.

—Sabes, cuando Celia me dijo que su madre había muerto, sentí que me estaba ocultando algo.

—A los estadounidenses les encantan las teorías conspirativas, ¿no?

—Muy gracioso, viniendo de un hombre perseguido por asaltantes desconocidos. Y debes admitir que es muy extraño que el día que la conocí, Celia se tomó muchas molestias para ocultarme su encuentro con Carlos. Es difícil imaginar que esos dos puedan tener algo en común además de la sangre. Para algunas personas, la sangre lo es todo. No sé por qué la familia Martín aceptó el matrimonio. Incluso si creían que Pilar era una verdadera cristiana, provenía de una familia de fabricantes de seda, una clase a la que despreciarían desde las alturas de su imperio de construcción naval. Y ese brazalete que llevaba, grabado con su nombre musulmán. Si alguien de esa familia lo hubiera encontrado...

Mico se quedó dormido de repente, dejándome completamente despierta e imaginando los rostros horrorizados de los padres de Eduardo al descubrir que su nuera llevaba el nombre con una bandida morisca del siglo XVI. La última vez que vi a Jariya, ella y sus compañeros habían conseguido liberar de los soldados del Inquisidor a algunos de sus hermanos. ¿Qué sucedió después en su peligroso viaje a las Alpujarras? Abrumada por la curiosidad, por primera vez hice un intento consciente de impulsarme hacia una *vijita*. Y entré en el mundo de Jariya. Su sangre fluía por mis venas, su respiración dificultosa me llenaba los pulmones mientras caminaba por un sendero en la montaña.

***

Después de haber subido a través de una arboleda rala y pasado el último de los pueblos en las colinas, mis compañeros y yo ahora nos sentimos más confiados, lejos de los perseguidores. El ascenso ha sido más pronunciado y dificultoso, profundos desfiladeros se abren como bostezos a ambos lados, haciendo cada paso más traicionero que el anterior. Aún más desafiante es nuestra nueva responsabilidad por los seis niños pequeños que, ciertamente, escalan como las cabras, pero corren el peligro de perder el equilibrio si dan un mal paso.

Al caer la tarde, acampamos cerca de un pequeño manantial donde todos, humanos y animales, saciamos la sed. Cuando nos quitamos nuestro atuendo monástico, los niños se ríen y aplauden al vernos a Idris y a mí en pantalones con calzas y a Hasdai con su túnica negra y su sombrero puntiagudo. Entonces me doy cuenta de que el hombre alto y barbudo no está en el grupo. ¿Nuestros disfraces clericales lo convencieron de que éramos unos estafadores que traicionarían a su gente ante el tribunal del diablo? Si es así, cometió un terrible error y corre el riesgo de ser atrapado por una banda de soldados renegados, de esos que deambulan por La Alpujarra en busca de presas fáciles.

Nos preparamos para dormir allí y cedemos nuestras carpas a los niños. Es una noche despejada. El humo puede viajar kilómetros, y sería suicida encender un fuego para cocinar. Compartimos los suministros de pan y frutos secos con nuestros compañeros de viaje. La morisca que hemos liberado se agacha cerca de la puerta de la carpa, como queriendo proteger las vidas que hay dentro de ellas, donde está también su propia hija. Muchos en Al-Ándalus mantienen identidades dobles, si no triples. Determinar quién es quién puede resultar casi imposible. Por amarga experiencia, estas mujeres saben que es mejor no confiar en los extraños.

—Si creyera que la estamos engañando, podría asesinarnos mientras dormimos—cavila Idris.

—Jariya, ¿por qué no hablas con ella y tratas de tranquilizarla?

—Le diré que vamos a un lugar donde ella y los niños estarán a salvo y podrán vivir libremente.

—¿Y dónde es eso, a no ser el cielo?

—Mi querido amigo, lo sabrás todo cuando llegue el momento. Mejor trata de estirar tu confianza como un arco. Te prometo que la flecha volará certera.

Antes de que Idris pueda interrogarme más, me acerco a la morisca. Me cuido de hacerlo con calma, para no asustarla.

—Me llamo Jariya al-Qasam y me alegro de que estés con nosotros.

Sus ojos oscuros buscan los míos. La luz de la luna revela un rostro magullado enmarcado en un pañuelo.

—Mi esposo juró protegernos y cuando llegó el momento se escapó como un cobarde. ¿Por qué debería creerte a ti, una extraña?

—Tengo más que palabras para ofrecer.

Desato un trozo de seda verde que llevo alrededor del cuello.

—Que el color favorito del profeta Mahoma, la paz sea con él, hable por mí. Úsalo para protegerte. Todo lo que pido a cambio es oírte decir tu nombre.

Ella sostiene la seda en sus manos, estirándola con fuerza para probar su calidad. Observo que su expresión se ablanda.

—Me llamo Fátima y soy de Juviles. Se llevaron todo lo que tenía y ahora no hay razón para vivir, salvo mi hija.

—Soy tu hermana en el dolor, Fátima. Hace dos años perdí a mi padre en la batalla y a mi madre y a mi hermano en el exilio.

Para ser alguien que no puede compartir libremente su historia, me desconcierta cómo se me escapan las palabras.

Me toma la mano.

—Que la paz sea contigo, y agradezco a Alá que todavía tengo a mi hija.

Su simple gratitud me toca el corazón, instándome gentilmente a continuar con mi historia.

—Un amigo me pidió que me uniera a los rebeldes. Mi trabajo consistía en vigilar su campamento. Más tarde vi que este era nuestro líder, por la forma en que Razin al-Siddiqui me daba una tarea para apartar mi mente del dolor. Razin me enseñó a luchar y recientemente lo recluté a él y a sus hombres para realizar redadas contra nuestros torturadores y liberar a tantos niños como nos sea posible. Nos encontraremos con él pronto. Si lo deseas, puedes unirte a nosotros, o podemos organizar un viaje tu hija y para ti a Marruecos. Piénsalo. Estás entre amigos ahora. Descansa un poco y hablamos mañana.

Ahora es mi turno para dormir, ya tranquilizada al ver que Fátima abandona su vigilia y se une a los niños dentro de la tienda.

Me despierto un poco antes de la salida del sol, a tiempo para realizar mis abluciones y rezos. Me arrodillo en el suelo frío mirando hacia el este; siento los huesos rígidos. Aquí cerca, Idris ronca suavemente acurrucado debajo de una pila de mantas. Lo despierto con cuidado para que haga lo mismo. Luego busco a Hasdai y espero a que termine su propia observancia en hebreo antes de hablarle.

—¿Por qué no informar a Idris de nuestros planes? Nos ha confiado su vida.

El Vidente frunce el ceño:

—Como bien sabes, Jariya, la paz suele ser más valiosa que la verdad. Dejemos que nuestro amigo disfrute de su bendita ignorancia un poco más.

En nuestro tercer día de viaje, llegamos a Capileira y nos dirigimos hacia las montañas del norte por un sendero poco conocido. Nuestro destino dista diez leguas de aquí. La elevación trae un aire frío y una vez más nos ponemos nuestro atuendo dominico, esta vez para calentarnos. Los niños están vestidos con ponchos improvisados hechos con mantas, y cada uno es responsable del cuidado y la alimentación de dos mulas.

Por fin caminamos por un prado salpicado de florecitas azul pálido que recuerdo del año pasado, creciendo junto a los pequeños arbustos y otras resistentes flores blancas con forma de estrella que cubren el suelo. Es Hasdai quien descubre el sendero casi invisible que serpentea a través de la hierba alta. Nuestra pequeña banda nos sigue, hasta que el sonido del agua embravecida anuncia nuestra llegada a una pendiente empinada con vistas a un estrecho desfiladero.

—Aquí estamos—anuncia el Vidente.

—¿Dónde?—pregunta Idris.

—En el barranco de Poqueira—apunto yo.

Idris jadea.

—¿Cómo vamos a cruzar? Incluso si sobrevivimos al descenso y cruzamos el río sin ahogarnos, nos enfrentaremos a una subida imposible al otro lado. Con todas nuestras cargas, humanas y animales, sería una locura intentarlo.

Hasdai le da una palmada en la espalda a su amigo.

—Idris, ¿no has oído hablar de los túneles excavados en el interior de la cueva de Zahara?

Idris lanza un bufido, ya irritado.

—Una especie de cuento para los niños, supongo. No veo qué tiene que ver eso en nuestras circunstancias actuales.

El Vidente se ríe.

—Ya lo verás.

De cuclillas y a unos pocos pies del borde del acantilado, Hasdai mete la mano en una pequeña bolsa de cuero que lleva atada a su cintura, saca un puñado de guijarros multicolor y los coloca en un círculo que divide en cuatro cuartos. Con un palo, marca símbolos y caracteres en la tierra para completar cada cuadrante.

—Ha dibujado el sello de Salomón para protegernos—susurra Idris, y su escepticismo de pronto se torna reverencia. Como musulmán devoto, también respeta a los judíos por su religioso amor por los rituales. Una de las muchas razones por las que lo invité a unirse a nuestro grupo.

Hasdai el Vidente se pone un chal de oración en la cabeza y canta suavemente a las piedras. La melodía sube y baja en una cadencia familiar a la canción árabe y, sin embargo, cantada en una lengua extraña. Hasdai entona las notas y el viento se las lleva.

A la señal de Hasdai, busco debajo de una aulaga y aparto las ramas muertas que agregamos como precaución adicional durante nuestra visita anterior. Me alivia ver la gran estaca de metal que sobresale del suelo, oxidada pero todavía firmemente sujeta a una cuerda de alambre trenzado que el Vidente arroja sobre la pared de la roca.

—Jariya, sé cuánto te gusta este modo de transporte. Sugiero que vayas primero.

—¿Te parece bien burlarte de mí en un momento como este?

Aspiro hondo.

—Asegúrate de bajar en línea recta para no perderte la entrada—me aconseja, innecesariamente.

Esta no es una maniobra fácil y, si fallo, no habrá nadie que me rescate.

Agarrada a la cadena con una mano y otra, voy descendiendo, alternando entre hacer rebotar los pies en las grietas y balancearme salvajemente en el aire. Mi único pensamiento es mantener el equilibrio y estabilizar mi descenso, a pesar de la embriagadora combinación de mareo y pánico que amenaza mi resolución. No importa que haya sobrevivido a esta prueba antes. Obligándome a relajarme y respirar profundamente, me recuerdo a mí misma el propósito. No defraudaré a quienes han confiado tanto en mí.

Después de unos minutos interminables, mi pie izquierdo encuentra la cornisa y avanzo lentamente hacia los lados, aliviada al ver la abertura exactamente allí donde debe estar. Me impulso hacia atrás para darme más ímpetu y me lanzo hacia adelante, aterrizando dentro de la cueva. Aflojo las manos, ya magulladas, y suelto la cuerda de metal. Entonces la cadena, tirada por manos invisibles, se desliza fuera de la abertura y desaparece de mi vista.

Capítulo 14

El silencio es completo, ni el sonido del agua que gotea o el susurro de las alas de murciélago lo rompen. Sé que si levanto los brazos podré tocar el techo de la estrecha cueva de tres metros de ancho. Nunca estaría a gusto en este misterioso y confinado espacio.

Hasdai es el próximo y, a pesar de su avanzada edad, consigue bajar, aunque llega casi sin aliento, por el severo acantilado. ¿Habrá tomado una de las pociones mágicas que Idris lo acusa de prescribirse? Suelta la serpiente de metal y cae al suelo del túnel con un estrépito, quedando inmóvil durante unos segundos antes de ser convocado de nuevo a la vida.

Idris es el siguiente. Lo veo descender por la pared del acantilado, agarrándose a la cadena cada vez que cambia de punto de apoyo. Todo avanza bien hasta que llega al nivel de la entrada y queda colgado allí, a solo unos metros de distancia, incapaz de acercarse lo suficiente hasta la sólida roca. Sus brazos parecen fuertes, pero me preocupa que se suelte y caiga y se estrelle contra las gigantes piedras de abajo.

Ahueco mis manos y grito:

—¡Date impulso!

Idris responde doblando las rodillas y usando la cadena para balancearse hacia adelante y hacia atrás. Se hamaca hasta el punto más alto que la cadena le permite y se

154

mueve en el aire como un pájaro indeciso. Entonces, alabado sea Alá, la fuerza de gravedad se hace cargo y el tintorero alcanza la entrada del túnel, deslizándose verticalmente por las resbaladizas piedras, hasta que la tensión de la cadena lo detiene.

Yace inmóvil. O el aliento o la vida lo ha abandonado, no me atrevo a pensar cuál. Finalmente, con un gruñido, se da la vuelta y, con un esfuerzo, se sienta, más indignado que herido.

—Hiciste bien en mantenerme en la ignorancia, Jariya. Un indicio de la locura de esta empresa y nunca hubiera aceptado venir.

Con cierta dificultad, pero rechazando mi ayuda, Idries consigue por fin ponerse de pie.

—Y ahora, dime, ¿los niños también vienen? ¿Cómo puedes someterlos a este peligro después de lo que han pasado?

Su falta de confianza en mi juicio me irrita y me siento tentada de preguntarle si cree que debería haber dejado a los pequeños con los soldados para venderlos como esclavos. Pero su preocupación por ellos es comprensible.

—No te preocupes. Tendremos mucha ayuda para que todos bajen de manera segura, los niños, los libros y también tus tintes. Todos menos los burros. Se morirían de miedo.

La risa de Hasdai rebota contra las paredes del estrecho recinto mientras los tres nos adentramos más en el túnel. Pasamos por un amplio arco que sirve de entrada a la cueva propiamente dicha.

—¡El aire es muy fresco! ¿De dónde proviene la ventilación?—pregunta Idris.

Me alegra su curiosidad sobre los aspectos mecánicos, esto aumenta su compromiso con nuestra causa. Pero

155

antes de que pueda explicarle lo de los conductos de aire, surgen una docena de antorchas. Las voces llegan hacia nosotros desde todas las direcciones, haciéndonos girar, confusos. Un momento después nos rodea un grupo de hombres, algunos con pistolas desenfundadas, otros con armas más primitivas, incluidos arcabuces montados sobre sus hombros. Busco entre ellos un rostro familiar y, cuando no lo encuentro, el miedo revolotea dentro de mí como un pajarillo que intuye la presencia de un halcón.

Todos conocemos las horripilantes historias de bandidos renegados que roban y luego proceden a beber la sangre no solo de los cristianos, sino de sus propios hermanos que rezan hacia el Oriente. Hombres que, habiéndolo perdido todo, viven solo para saquear y vengarse. Lo único que puedo hacer es rezar para que estos hombres que nos rodean sirvan a una causa mayor. Y si esto es cierto, deberían recibirnos con gritos de alegría.

El primer grito está lejos de ser amistoso.

—¡Mira lo que hemos atrapado! ¡Tres padres impíos tramando alguna fechoría!

Las pesadas túnicas dominicas que hemos usado para engañar a nuestros enemigos se nos están volviendo en contra. Me quito la capucha y entro en un espacio iluminado en medio de la caverna. Veo un retazo de cielo azul muy por encima de mí a través del conducto de aire que deja entrar su don vital.

—¡Es Jariya!—exclama alguien.

Milagrosamente, reconozco a Razin al-Siddiqui, mi amigo de la infancia y compañero en muchas batallas de montaña. Razin es el más alto del grupo y el único que lleva un mosquete. La última vez que nos vimos, me dijo que tenía la intención de pedirle a mi padre mi mano en matrimonio. Verlo me llena de más alegría de la que creía posible después de la muerte de Baba. Razin se me acerca. Quiero abrazarlo, pero sería indecoroso. Se dirige a mí calurosamente.

—*Salaam 'alaykum*. Te esperábamos antes, Jariya. ¿Cuántas almas has traído?

—Seis niños y una mujer para cuidarlos. También un vidente y un tintorero. Los más pequeños necesitarán tu ayuda para bajar. Y las alforjas contienen muchos artículos frágiles y perecederos, así que ten especial cuidado con ellos.

—Siempre tenemos cuidado. Mis hombres se ocuparán de todo antes de que aseguremos la entrada. Circulan rumores de que el enemigo ha intensificado su búsqueda hacia ti.

Hasdai se acerca para saludar a Razin y darle instrucciones.

—Los niños deben ser llevados inmediatamente al puerto de Almería.

Razin no pierde el tiempo en recoger a los pequeños y prepararlos para el viaje que, todos esperamos, los conduzca a un lugar seguro. Se rumorea que hay una nueva Órgiva en el lado occidental de Marrakech, un paraíso para los moriscos, con campos fértiles y canales de agua, como aquí. Dicen que allí se está creando un nuevo reino de Granada y que, con la bendición de Alá, algún día reconquistaremos el antiguo.

Antes de irse, Razin me hace un aparte.

—Hay algo que he querido hacer durante mucho tiempo.

Y suavemente, rozó sus labios en mi mejilla, algo prohibido a menos que estuviéramos comprometidos. Lo suficiente como para saber que suspiraré por él todo el tiempo que esté alejado de mí.

157

***

Cuando Mico se reunió conmigo en la cocina de Jeroen, yo ya había regresado al presente. Parecía que podía controlar dónde comenzaban mis *vijitas,* pero no dónde terminaban o qué ocurría en el medio. Aunque apenas había transcurrido el tiempo mientras estuve "fuera", la separación de Jariya fue más dolorosa que antes. Ahora me preocupaba su seguridad. El riesgo que corría por los demás era admirable e, inevitablemente, se iba a multiplicar. ¡Qué ilógico, mi feroz deseo de preservar la vida de alguien que había muerto hacía siglos!

El teléfono de Mico zumbó y la voz de Luiz Alcábez sonó algo distorsionada por el pequeño micrófono.

—¡Rosales! ¿Cómo estás?

—Mucho mejor. Gracias a tu cliente, Alienor Crespo. Ella me sacó del hospital justo a tiempo.

—¿A tiempo para qué?

—Alguien intentó liquidarme inyectándome algo con una jeringuilla. No sabemos qué había en ella todavía.

—¡Qué barbaridad! Encima de todo lo que has soportado...

—Estoy bien, Luis, pero preocupado por el estado de mi despacho.

—Sigue clausurada como escena de crimen. El inspector Fernández me dijo que la caja fuerte está vacía, salvo algunas monedas raras y valiosas. Comportamiento extraño para un ladrón.

—¿Y mis archivos?

—Tendrás que examinarlos tú mismo para ver qué se llevaron. Por ahora, todo lo que sabemos es que faltan los papeles de Alienor. ¿Dónde estás? ¿Está ella contigo?

—Sí, está bien. Gracias por interesarte por mí.

—Por supuesto, Mico. Me pondré en contacto si averiguo algo más.

Terminada la llamada, Mico me sirvió una taza de café. Definitivamente estaba más enérgico y alerta que la noche anterior. Durante un desayuno ligero, proporcionado por el siempre atento Jeroen, me aconsejó que me volviera a Seattle.

—Aunque te extrañaría profundamente, me complacería saber que estás a salvo.

Profundamente. Analicé su rostro para ver si estaba bromeando. Su seriedad me alarmó y me atrajo a la vez. Había una diferencia de edad de más de veinte años, una brecha que, me di cuenta, había decidido cruzar cuando se inclinó y me besó suavemente en los labios. ¿Fue una coincidencia que momentos antes, ¿o fue hace siglos? Jariya hubiera recibido de Razin un casto beso en la mejilla?

Me sentí gratamente avergonzada. Como había comentado Luis, Mico era alguien a quien no le importaría una relación casual. Fue una invitación relajada, ofrecida con un espíritu que dejaba espacio tanto para la aceptación como para el rechazo. El hecho de que eligiera tantear el terreno en lugar de lanzarse directamente, hizo más probable que alcanzara su objetivo.

Mico se inclinó de nuevo y esta vez compartimos un beso largo y completo. Suavemente, me separé, consciente de que Jeroen podría entrar en cualquier momento. Tomé la mano de Mico y observé su palma.

—Veo que con un poco de paciencia, puedes tener suerte.

Él se rio.

—Esperemos que llegue a algo más que eso.

Ahí estaba de nuevo, esa tranquila honestidad emocional que me desarmaba. ¿Por qué sentí un impulso tan fuerte de corresponder, cuando solo nos conocíamos desde hacía unos días, la mayoría de los cuales él los había pasado en coma? ¿Nuestro trauma compartido había creado algún tipo de vínculo? Necesitaba pensar esto. ¿O no? ¿Por qué enredarme en el mismo pensamiento excesivo y la desconfianza que tantos problemas me dieron con Joel? Siguiendo un impulso, tomé la mano de Mico y le dije:

—Hay algo sobre mí que debes saber.

Mico ignoró mis palabras y se levantó para mirar por la ventana.

—¿Quién es ese que está al lado de tu coche?

Salí corriendo a tiempo para ver a un niño alejándose rápidamente del mismo.

—¡Eh, alto!

Mis palabras tuvieron el efecto contrario y comenzó a correr, desapareciendo por una pendiente en la carretera.

Me metí en el coche con la intención de perseguirlo, pero cuando intenté cerrar la puerta del copiloto, Mico estaba allí, manteniéndola abierta.

—Quizá deberíamos leer la nota que el chico nos ha dejado.—Sacó de debajo del limpiaparabrisas una fina hoja de papel rayado de color azul.

> *Querida prima Alienor,*
>
> *Hablé con mi hermana y hemos cambiado de opinión sobre ciertas cosas. Necesitamos encontrarnos. Ven a la casa de Celia tan pronto como recibas esto. Ven sola. No traigas a Mico Rosales. Hay cosas que debes saber que solo yo puedo decirte,*
>
> *Carlos*

Le mostré la nota a Mico y la miró con atención.

—¿Cómo supo que estarías conmigo? Algo no va bien.

Desapareció brevemente y regresó con una caja de cartón aplastada que puso en el suelo y usó para deslizarse debajo del auto. Medio minuto después, le escuché un grito con voz ahogada:

—¡Lo tengo!

Me entregó el aparato metálico que había desprendido del tren de aterrizaje. Era del tamaño de una caja de cigarrillos, con una pantalla de visualización en miniatura y el símbolo inalámbrico universal. Se mantenía en su lugar con un imán potente.

—Carlos nos está siguiendo.

—Hay más de un candidato—dije—. Dejemos esto en su lugar y veamos quién aparece.

—¿Crees que es prudente?

—Fui sabia cuando te besé.

—Déjame ir contigo, Alienor. Puede que no sea seguro.

—Carlos me pidió que fuera sola.

—Razón de más para sospechar de sus motivos. Además, no he visto a Celia desde que estaba en el instituto. Nunca pude darle el pésame por la muerte de su madre.

¿Cómo podía negarme? Condujimos hacia la granja de los Crespo, el sol todavía alto proyectaba sombras de nubes movedizas sobre las colinas. El silencio entre nosotros estaba cargado de lo que había pasado en la cocina de Jeroen, así que me concentré en esquivar los baches.

Cerca de la valla que había saltado en mi primera expedición, salí de la carretera pavimentada y me metí a campo traviesa, poniendo a prueba los amortiguadores del Outback mientras rebotábamos sobre el terreno accidentado. Cuando llegamos al claro cerca de la casa de Celia, esquivé por los pelos a una figura borrosa que se cruzó. Hombre o mujer, era imposible saberlo.

—¿Quién será ese? Será mejor avisar a Celia—exclamó Mico mientras salía del coche, echando a correr por el sendero y dejándome estacionar el Subaru junto al todoterreno de Celia. Cuando extendí la mano para apagar el motor, sonó mi teléfono móvil. Tenía muchas ganas de ignorarlo, pero ¿cómo podría hacerlo cuando vi el nombre?

Ansiosa por unirme a Mico, acepté la llamada mientras caminaba hacia la casa de Celia. La voz firme de mi padre se escuchó en la línea.

—¿Como estás, cariño? Espero que andes con cuidado. La última vez que hablamos, dijiste que habías localizado a tu prima. ¿Cómo es ella? ¿Te vas a quedar en su casa?

—Celia me invitó, pero aún no me he mudado. Ella es una consumada productora de seda y nos estamos conociendo. Lleva un poco de tiempo. ¿Cómo está Nona?

—Sigue igual.—Parecía decepcionado de que yo no fuera más comunicativa. ¿Cómo iba a contarle que Mico había sido víctima de un segundo ataque cuando ni siquiera le había hablado del primero?

—Por aquí todo bien. Ahora mismo voy de camino a casa de Celia. Quizá podamos hablar más tarde. Te llamaré pronto.

La puerta de la casa estaba abierta. Mico se quedó como petrificado en el recibidor, entre las herramientas de jardinería de Celia. Su mirada fija me señaló algo que al principio mi cerebro se negó a procesar, una forma inerte en el suelo, con los brazos y las piernas en una posición típica de un cuerpo sin vida. Era Carlos. Mico se agarró al mango de una pala y pude observar sus nudillos tensos.

Me vio contemplando la mancha roja oscura en el filo de la hoja y sacudió la cabeza enfáticamente.

—Allie, esto no es lo que piensas.

Cualquiera que haga crucigramas está familiarizado con la sensación de que las letras se reorganizan en palabras. Excepto que esto no era un juego inofensivo y la palabra que tomaba forma en mi mente era venganza. Celia me contó, el día que nos conocimos, que Eduardo se arrepintió de la larga amistad de Mico con Pilar. "Es posible que mi padre convenciera a Carlos de que Mico fue el responsable de la muerte de nuestra madre", fueron sus palabras exactas.

—Si Carlos te atacó porque te culpa de la muerte de su madre, entonces actuaste en defensa propia.

Mico abrió la boca con expresión de incredulidad.

—Carlos pudo haber creído erróneamente que tuve algo que ver con la ruptura del matrimonio de sus padres, pero esto... Allie, créeme, no tuve nada que ver!—Hizo un gesto hacia el cuerpo sin mirarlo, la imagen de una verdadera angustia.

En el ejercicio de mi profesión, a menudo debía emplearme a fondo para descubrir la verdad. Tuve que considerar si Mico había mentido o no cuando afirmó que lo único que había hecho era darle un consejo a Pilar. ¿Habían sido amantes y, de ser así, se habían peleado? "Hay algunas cosas que debes saber que solo yo puedo decirte", fueron las últimas palabras escritas por Carlos. ¿Mico había insistido en acompañarme a casa de Celia para silenciar a su hermano? ¿Qué otras astutas maniobras podría haber maquinado? El cuchillo de la duda cortó la confianza que había surgido entre nosotros. Mico dio un paso adelante. Reaccioné instintivamente, maniobrando detrás de él en el espacio abarrotado de cosas y empujándolo hacia afuera de la puerta con todas mis fuerzas antes de cerrarla.

Capítulo 15

Cualquiera que haga crucigramas está familiarizado con la sensación de las letras reorganizándose en palabras. Excepto que este no era un juego inofensivo y la palabra que tomaba forma en mi mente era venganza. Celia me contó el día que nos conocimos cómo Eduardo se arrepintió de la larga amistad de Mico con Pilar. "Es posible que mi padre convenciera a Carlos de que Mico fue el responsable de la muerte de nuestra madre", fueron sus palabras exactas.

—Si Carlos te atacó porque te culpó de la muerte de su madre, entonces actuaste en defensa propia.

Mico abrió la boca con expresión de incredulidad.

—Carlos pudo haber creído erróneamente que tuve que ver con la ruptura del matrimonio de sus padres, pero esto... Allie, créeme, ¡no tengo nada que ver!—Hizo un gesto hacia el cuerpo sin mirarlo, la imagen de una verdadera angustia.

El entrenamiento en mi profesión consistía en descubrir la verdad. Tuve que considerar si Mico había mentido o no cuando dijo que lo único que había hecho era darle un consejo a Pilar. ¿Habían sido amantes y, de ser así, se habían peleado? "Hay algunas cosas que debes saber que solo yo puedo decirte", fueron las últimas palabras escritas por Carlos. ¿Mico había insistido en acompañarme a casa de Celia para silenciar a su hermano? ¿Qué otras astutas maniobras podrían haber maquinado? El cuchillo

de la duda cortó la confianza que había crecido entre nosotros. Mico dio un paso adelante. Reaccioné instintivamente,
maniobrando detrás de él en el espacio abarrotado de cosas
y empujándolo hacia afuera de la casa con todas mis fuerzas antes de cerrar la puerta.

—¡Allie, por favor!—gritó Mico desde fuera.

Con dedos temblorosos, cerré con llave la puerta interior del vestíbulo y me obligué a rodear el cuerpo sin vida
de Carlos. Mientras corría hacia la sala de estar, recordé
haber visto a Pilar discutir con Luzia sobre la habitación
secreta de debajo de su casa, donde gran parte de la vida
de sus padres había estado recluida. La casa ahora pertenecía a Celia y la entrada a ese refugio subterráneo podría
estar casi en cualquier lugar. Si no daba con el sótano antes de que Mico entrara por una ventana quebrando los vi-
drios o rompiera la puerta principal... Alejé mi creciente
pánico y examiné cuidadosamente las paredes en busca de
señales de una entrada disimulada.

Mico continuaba su asalto a la puerta principal, gri-
tándome que lo dejara entrar. Luego, silencio. Estaba segura de que estaría buscando otra entrada. Corrí por el pasillo hasta la parte trasera de la casa. En el dormitorio de
Celia, pasé las manos a ciegas por las paredes, buscando
un hueco. Mis movimientos frenéticos no llevaban a ninguna parte. Tropecé con una alfombra y caí al suelo, ras-
pándome el codo. Un destello de color atrajo mi mirada y
me puse de pie para investigar.

En el vestidor, una docena de azulejos de colores for-
maban un hexágono en el suelo. Los diseños geométricos
cubrían la mayoría de ellos, pero en el mosaico central, más
grande, había dos palabras escritas, una en árabe y la otra
en hebreo. Me masajeé el brazo dolorido mientras sondeaba
Tiferet, un término que reconocí vagamente. ¿Por qué este

arte tan decorativo estaba oculto en un armario? No tenía sentido.

Miré más de cerca. Las baldosas estaban una pulgada por encima del nivel del suelo. O un artesano había sido descuidado o... Curvé mis dedos a un lado del borde y tiré. La trampilla se abrió sobre bisagras ocultas para revelar una gran abertura en el suelo.

Sentada al borde, con las piernas colgando en el vacío, apunté la linterna de mi móvil hacia la cavidad buscando algún tipo de escalera. Mis pies hicieron contacto con el primer peldaño y bajé, tanteando con las manos hasta que encontré una barandilla para agarrarme y pude bajar a lo que parecía un túnel. Mis ojos se adaptaron cuando la oscuridad se disipó, reemplazada por el resplandor de una luz de color rosa sin fuente visible. Las paredes eran lisas como planchas de roca y el suelo estaba pavimentado con hormigón texturizado. Definitivamente no era la madriguera primitiva que yo había imaginado. El aire contenía un toque de jazmín, el perfume de Celia, pero no sabía si ella estaba allí, en algún lugar delante de mí, o si la fragancia se había filtrado desde arriba. Revisé mi teléfono. No tenía cobertura, no había forma de llamar a la Policía. Volver a la superficie, donde Mico podría estar acechando, era demasiado arriesgado. Una cuerda colgaba cerca y, armándome de coraje, tiré de ella para cerrar la trampilla y sellar el túnel.

El único camino ahora era hacia adelante. Avanzando con cautela a través de la penumbra, miraba al frente usando mi visión lateral para escanear los murales pintados a ambos lados. Los arcos en forma de herradura, negros y rojos, estaban ingeniosamente renderizados, extendiéndose hacia el infinito y creando la ilusión de caminar a través de un espacio mucho más amplio.

Escuché un leve zumbido que parecía proceder de un generador eléctrico cercano. Directamente arriba, vislumbré un cuadrado de cielo azul que confirmó mi sospecha. El habitáculo subterráneo de la casa Crespo había sido construido con conductos de aire de la misma manera que el laberinto por el que Idris y Jariya transitaron en el siglo XVI. ¡Podría ser el mismo!

Al doblar una esquina, una pared bloqueaba el paso. ¿Iba a quedar atrapada en este pequeño espacio, esperando a que Celia me encontrara, y viva? La imagen de un Mico enfurecido de pie sobre ella con la pala encima de su cabeza cruzó por mi mente como el fotograma de una película de terror. Desterré la horrenda visión concentrándome en el obstáculo. Al inspeccionarlo más de cerca, descubrí que lo que me pareció una pared era una puerta antigua, de aspecto robusto, construida de palo de rosa y grabada con letras idénticas a las que había visto en las baldosas que ocultaban la trampilla. Curiosamente, no se veía ningún pomo ni cerradura.

—¿Cómo se supone que entra uno?—me pregunté en voz alta, expresando mi frustración.

Para mi sorpresa, las letras talladas se deslizaron hacia los lados, revelando una lente de cámara y un altavoz de intercomunicador. *Coloque su pulgar en la almohadilla,* ordenó una voz femenina.

¿Había respondido la puerta a mi voz? ¿Y cómo podría ser de utilidad mi huella digital? Dejé a un lado estas preguntas problemáticas y obedecí las instrucciones. La puerta se abrió sobre silenciosas bisagras. Sintiéndome en parte ladrona, en parte invitada, accedí a una habitación suavemente iluminada desde arriba, como si Jariya hubiera entrado en un círculo de luz en una cámara subterránea para hacerse visible a los compañeros de su grupo.

Aunque el sentido común me decía que nunca conocería a mis antepasados lejanos en el plano físico, sentí que la presencia de Jariya se hacía más fuerte. No era el momento adecuado para una *vijita*. No con el cuerpo sin vida de Carlo arriba y su posible asesino suelto. Pero los pensamientos de Jariya decidieron poseerme y detenerlos estaba fuera de mi control.

Estoy sentado junto a Fátima en una roca situada cerca de la entrada a la caverna. Sus ojos están más claros y su rostro más relajado que la noche que nos conocimos fuera de la tienda de campaña para los niños, la que había guardado con tanta ferocidad durante nuestros viajes.

—Gracias, Jariya, por acercarte a Mahja.

—Tu hija come todo lo que le doy, pero se niega a que la peine.

—No te lo tomes como algo personal. Tiene miedo de que alguien se le acerque demasiado. El brazalete de recuerdos de Mahja apenas tiene cuentas suficientes para honrar a todos los miembros de la familia que ha perdido.

—¿Qué harás una vez que llegues a Marruecos? ¿Tienes parientes allí?

—Ninguno. ¿Vendrás con nosotros?

—No, todavía no. Aquí hay mucho que hacer.

El rostro estrecho de Fátima se ruboriza de ira.

—Yo también vivo aquí. ¿Por qué debería huir y dejarte a ti pelear? ¿Qué ejemplo es ese para mi hija? Sé que tus planes no me incluyen. Tal vez sea hora de que lo reconsideres.

Su arrebato me llega como una cascada. Esta mujer merece mi confianza.

—Ven conmigo. Hay algo que quiero mostrarte.

Enciendo una antorcha y guío a Fátima a través de un acceso sin marcar. Está detrás del saliente en la pared rocosa al comienzo de la mina de sal. Entramos en un área excavada. Es un laberinto por el que solo unos pocos pueden transitar con seguridad. Hasdai ha prohibido el uso de mapas y registros escritos, así que sigo cuidadosamente la ruta que he memorizado, girando a la derecha tres veces, luego a la izquierda y luego a la derecha de nuevo. Después de veinte minutos llegamos a un sitio donde se han extraído de las paredes grandes trozos de tierra y minerales.

—¿Qué es esto?—pregunta Fátima.

—Estas cavidades serán algún día bibliotecas, las futuras casas de los libros que fueron liberados del tribunal del diablo hace más de cien años. El ambiente en la mina de sal es ideal para preservar el papel y estos tesoros escritos han sido traídos de toda España para mantenerlos a salvo y fuera del alcance de quienes aún los quemarían si pudieran.

Fátima pasa su mano sobre la rugosidad de un muro de carga recién levantado.

—Quiero ser parte de esto.

—Hay mucho por hacer. Es nuestra responsabilidad proteger estos tesoros y transmitirlos a otras generaciones. Algunos ya han muerto defendiendo este lugar y una vez que te unas a nosotros no hay vuelta atrás. Si decides ir a Almería con Razin y cruzar a Marruecos, no te lo reprocharé.

—Soy yo quien me lo reprocharía. Si no fuera por tu bondad, Jariya, mi Mahja y yo hubiéramos sido separadas y vendidas como esclavas.

—La bondad no significa nada sin justicia. Y hablando de Mahja, tal vez cuando crezca se convierta en una de nuestras bibliotecarias. Será mejor que regresemos ahora, antes de que noten tu ausencia.

Apenas nos hemos dado la vuelta cuando aparece una figura oscura que flota hacia nosotras como una aparición. Fátima y yo no tenemos tiempo para correr y rezo a Allah en voz baja.

—No tengáis miedo, hijas. ¿Cómo podéis pensar que una hermana de nuestra orden os haría daño?—La monja se acerca y me reconoce—: Jariya, qué bendición verte bien y a salvo.

Es la hermana Adoración. La vi por última vez cuando Hasdai me llevó a las celdas subterráneas debajo del monasterio que una vez albergó a monjas místicas que se escondían de la desaprobación de la Iglesia. "Con el permiso de la hermana, su escondite secreto se ha conectado al extremo más alejado del túnel principal de Zahara. Es una gran suerte recibir la protección de las hermanas de la orden Cartujaz", me dijo Hasdai cuando nos presentó.

Hoy, la hermana está un poco sin aliento.

—Me ha enviado la priora para deciros que estamos en tiempos de inspección anual por parte de los hermanos. Durante los próximos tres días, no será seguro que os comuniquéis con nosotras. Pero no os preocupéis, los códex que nos confiasteis están bien escondidos y a salvo.

—Gracias por venir a advertirnos, hermana Adoración. Se lo diré a Hasdai y a los demás.

—Dios te bendiga, hija. Camina en la gracia de Dios—se despide con una sonrisa cómplice.

—*Assalamu alaykum*—respondo en árabe—. La paz sea contigo.

***

Comprendí entonces por qué me habían impuesto estas *vijitas*. Porque a pesar de las terribles circunstancias en las que hice aquel descubrimiento, sabía con certeza que aquí, debajo de la casa de Celia, finalmente podría explorar por mí misma la versión moderna del laberinto de tesoros culturales escondidos por antepasados del siglo XVI. Ancestros que me pertenecían también. Incluso era posible que la biblioteca a la que acababa de entrar estuviera construida en el sitio primitivo que visitaron Jariya y Fátima.

Había cientos de volúmenes ocupando los estantes de metal, con el lomo visible hacia afuera, junto a pilas de manuscritos sin encuadernar y folios de pergamino sueltos. Increíblemente, no se liberó ni una mota de polvo cuando abrí con cuidado un volumen con una cubierta de suave vitela, probablemente, piel de becerro. Aunque no soy lingüista, supuse por el ordenamiento en líneas que estaba viendo colecciones de versos, escritos en árabe o tal vez en arameo. También encontré libros de poesía escritos en hebreo. ¿Cuántos de esos tesoros habían transportado Jariya y su grupo en los burros, día tras día, a través de las montañas, hacia la abertura de la cueva en el acantilado? Qué extraordinario que miles, tal vez millones de páginas, se hayan salvado de las furiosas hogueras de la Inquisición y hayan sido traídas aquí para protegerlas del mundo exterior.

Todo en esta biblioteca hablaba de edad, pero no había señales de deterioro. ¿Cómo habían sobrevivido estos delicados tomos sin enmohecerse o sin mostrar otros signos de decrepitud? Si esta guarida subterránea fue originalmente una mina operada por los romanos, podría haber un conservante en la atmósfera, como había dicho Jariya. Yo había oído hablar de libros almacenados en minas de sal durante tiempos de guerra o cuando se remodelaba una biblioteca.

Una puerta se abrió en el otro extremo de la habitación y allí estaba Celia. En lugar de sus habituales monos, llevaba una falda blanca acampanada y una blusa rosa.

—Veo que has encontrado nuestra colección de poesía. Esta es la Biblioteca de Tif'eret y Jamal, que significa 'compasión y belleza', tanto en hebreo como en árabe. Tenemos manuscritos originales de poemas de Mohammed Ibn Hani, Salomón Ibn Gabirol, Ibn Arabī, Judah Halevi e Ibn Abulafia. Suficiente para toda una vida de lectura.

—Dejaste la trampilla entreabierta—dije, sin valor para contarle lo que le esperaba arriba.

—Sé que no fue una buena idea. Pensé que estaría ausente solo unos minutos.—Celia recorría los estantes con la mirada y, ya completada su inspección, giró sus ojos hacia los míos—: Algunos libros están fuera de lugar.

Bajo la cautelosa observación de mi prima, devolví los volúmenes que había examinado a los lugares que les correspondían.

—Tratamos de no perturbarlos—dijo—. Algunos son tan frágiles que incluso un toque podría convertirlos en polvo.

En polvo. Como Carlos, cuyo cuerpo sin vida yacía arriba en el suelo empapado de sangre.

—Lo siento muchísimo—comencé.

—Está bien. No tienes por qué saber que son muy frágiles. Mi intención era presentarte Zahara correctamente. Fue difícil, pero obtuve permiso para agregar tu voz y tu huella digital a nuestro sistema de seguridad por adelantado. Iba a ser una sorpresa. Obviamente, lo averiguaste por tu cuenta.

Hasta ahora Celia me había parecido totalmente cuerda. Pero ¿quién en su sano juicio pensaría que no habría ningún problema en grabar la voz de un invitado u obtener sus huellas dactilares de una copa de vino o lo que sea, sin permiso? En circunstancias normales, me habría enfrentado a ella. Pero la mala noticia que a mí me tocaba dar ya no podía esperar más.

—Se trata de tu hermano. No sé cómo decirlo.

Capítulo 16

Celia apretó los puños, de ira y dolor a la vez.

Quería ofrecerle consuelo, pero su postura rígida me indicaba que mantuviera la distancia. Pude ver que estaba luchando por contener sus emociones, obligándose a pensar, a darle sentido a lo que le había dicho.

—Tengo que verlo—dijo, y marcó los números en la cerradura electrónica.

La seguí fuera de la Biblioteca de Tif'eret y Jamal y atravesé el túnel, hasta que llegamos a la entrada que yo había usado para acceder. Subimos la escalera y luego ella tiró de la misma cerrando firmemente la trampilla de azulejos hasta quedar a ras del suelo, en el vestidor del dormitorio. Era extraño haber entrado en su casa desde abajo, como dos niños en un cuento de hadas.

Por desgracia, el cadáver que íbamos a ver era dolorosamente real.

—¿Dónde está?

Tomé la mano de mi prima. Cuando nos acercábamos al vestíbulo, atravesó por mi mente la loca idea de que lo encontraríamos vacío, que mis sentidos, ya de por sí bastante cuestionables, me habían engañado. Todo estaba como lo había dejado, la desoladora escena, ahora magnificada por la presencia de Celia. Se dejó caer al suelo, colocó la cabeza de su hermano en su regazo y le acarició el rostro. Su cuerpo temblaba mientras sostenía el de él.

Comenzó a mecerlo de un lado a otro y fue entonces cuando vi que Carlos tenía las manos atadas a la espalda.

—¿Llamamos a la Policía?

Celia asintió. Busqué la tarjeta del inspector Fernández en mi monedero y marqué el número.

—Inspector, soy Alienor Crespo. Tal vez recuerde que me mostró una foto de Carlos Martín en la comisaría de Granada. Ahora está muerto. Alguien lo ha asesinado. Su cuerpo está aquí, en la casa de su hermana Celia, en las afueras del pueblo de Almendrales, en La Alpujarra.

—Quédate donde estás. Me pondré en contacto con las autoridades locales y estaré allí en una hora.

—Es en un lugar montañoso.

—No te preocupes. Ya tengo tu ubicación en mi teléfono. ¿Estás sola?

—Estoy con Celia.

—Cerrad las puertas y ventanas y quedaos adentro. Os veré pronto.

La Policía querría conservar la escena del crimen, así que tan suavemente como pude, aparté a Celia del cuerpo de su hermano. La acomodé en el sofá de la sala y la dejé un momento para servir dos vasos de whisky DYC de una botella que encontré guardada en un armario de la cocina.

—Lo siento mucho, Celia. En la nota, Carlos me pidió que no trajera a Mico. Si hubiera sabido lo que pasaría...

Celia se tomó el whisky.

—¿Cómo ibas a saberlo? No es culpa tuya, Alienor. Esta no fue la primera visita de Carlos. Vino a verme el día en que tú y yo nos conocimos e insistió en una señal preestablecida para estar seguro de que estaba solo. Estaba agitado, alegando que nuestro padre le había dicho que Mico Rosales no solo causó la muerte de nuestra madre, sino que también estaba trabajando activamente para desacreditar al partido La Frente. Traté de hacerle ver que Eduardo antepone la política a todo y que lo ha manipulado con mentiras terribles que solo un hijo leal le creería. Le dije que no había visto a Mico desde que tenía quince años y estaba segura de que él y nuestra madre nunca fueron más que amigos, que todo lo que Mico hizo fue ayudarla a escapar de la rabia de Eduardo. Mi terco hermano se negó a creerme. Se estaba poniendo furioso. Así que rompí una promesa que le hice a mi madre hace años. Le dije a Carlos que Pilar está viva y bien, viviendo como monja en la Cartuja cercana.

Viva. Mi dolor por haber sido mantenida en la ignorancia por Celia compitió con mi alegría al escuchar que su madre había sobrevivido. La noticia también confirmó mis intuiciones sobre por qué yo no me había puesto en contacto con Pilar. Mis *vijitas* se limitaban a parientes femeninas fallecidas. Era bueno saberlo, incluso si en ese momento era mejor concentrarme en las actividades de los vivos.

—¿Cómo reaccionó Carlos cuando le dijiste que tu madre estaba viva?

—Fue difícil asimilarlo, se mostró escéptico. Prometí llevarlo a la Cartuja para verla.

—¿Por eso vino aquí hoy?

—Probablemente. Ni siquiera sabía que estaba en la casa hasta que me dijiste que lo encontraste...—Su voz se quebró ante la palabra tácita. Le mostré la nota firmada por él, que había quedado en el parabrisas del Outback, pidiéndome que viniera a tu casa sin Mico.

—No estoy del todo segura, pero creo que no es la letra de mi hermano.

—¿Crees que Mico...?—Una pregunta dolorosa para hacerle a una hermana en pleno duelo, pero ¿qué opción tenía yo?

—Escúchame, Allie, una cosa de la que estoy segura es de que Mico no mató a Carlos. Mi madre lo describió una vez como el hombre más amable que conocía. A pesar de haber cometido el error de casarse con mi padre, mi madre es excelente en cuanto a juzgar el carácter de otra persona.

—¿Mico sabe algo de Zahara? Me dijo que Pilar estaba muerta y estoy segura de que se lo cree. ¿Qué clase de cruel engaño es este?

—Mi madre insistió en que Mico no lo supiera todo. Dijo que ya se había arriesgado mucho para ayudarla a escapar de Eduardo. Y aunque nunca lo ha admitido, puedo leer el amor que siente por él en sus ojos. En cuanto a que se haya metido a monja..., digámoslo de esta manera, "Ojos que no ven, corazón que no siente". La tentación está fuera de la vista.

—Ambos valorarían a Mico de manera diferente si lo hubieran escuchado despotricar y desvariar como lo hizo cuando lo eché fuera de la casa. Mostró su verdadero rostro, "*Ech`o la fiel*".

Esta frase, una de las frases en ladino favoritas de la Nona, trajo una leve sonrisa a los labios de Celia.

—A la abuela Luzia también le gustaba esa expresión. Estoy agradecida de que no esté aquí para ver a otro miembro de nuestra familia asesinado.

La mención de Luzia me lleva a su presencia. Parece mucho mayor de lo que recuerdo, el pelo blanco y rizado le da a su rostro una cualidad de querubín. No sé por qué, en medio de estos desgarradores acontecimientos, se me ha concedido otra oportunidad para compartir su conciencia. Sé que le doy la bienvenida a la oportunidad de averiguarlo.

***

Estoy mirando por la ventana de una pequeña cabaña, construida al estilo humilde de una ermita. Pilar camina hacia mí por un sendero bordeado de árboles, envuelta en un aura de serenidad propia de alguien que lleva la túnica blanca y la capucha negra de monja. Aunque no es lo último que hubiéramos esperado de una hija fuerte como ella, la transformación de Pilar ha sido difícil de aceptar, especialmente para Ja'far. ¡Qué pena que nunca tendrán la oportunidad de reconciliarse!

Pilar entra en la cabaña.

La carga que he venido a compartir me aprieta el pecho. Se sienta a mi lado en el duro banco de piedra, acariciando las cuentas de un rosario.

—Mamá, no esperaba verte antes de tu visita anual. Aquí son muy estrictas al respecto. Has visto que la cabaña es rústica y sin las comodidades que puedan tentar a la familia de una monja a quedarse más tiempo que los pocos días asignados.

—En mi caso, la priora hizo una excepción.

—¿Por qué?

—Porque tenía que contarte algo en persona.

—Oh, pues lo que sea, Mamá, dilo sin más dilación.

—Han asesinado a tu padre. Sus viejos enemigos vinieron a por él justo cuando pensábamos que estábamos en paz.

Pilar cierra los ojos y se dirige a ese lugar donde se refugia cuando reza. En momentos como estos, desearía poder compartir su fe.

—Cuéntame todo—dice.

No era mi intención relatarle los detalles más dolorosos, pero al igual que Ja'far, Pilar siempre ha preferido la verdad sin adornos.

179

—¿Recuerdas cuando eras pequeña y tu padre traía extraños a casa en medio de la noche?

—Recuerdo despertarme y escuchar voces susurrando en la cocina. Pensaba que eran fantasmas y escondía la cabeza debajo de la almohada.

Acaricio la mejilla de Pilar y se me humedece la mano.

—Cuéntame más—pide, agarrando mi muñeca.

—Esos visitantes nocturnos eran amigos de Ja'far que necesitaban un lugar para esconderse.

—¿Te refieres a los republicanos?

—Sí, claro. Tu padre sentía el deber de ayudar a la gente perseguida. Permitió que decenas de ellos se escondieran en los túneles de debajo de nuestra casa. Salían por el pasaje que hasta el día de hoy conecta nuestra casa con el monasterio. Nunca sospechamos que algún día tú misma lo elegirías como hogar. Gracias a Dios que las monjas siguen siendo amigas nuestras.

Pilar me larga una de sus miradas llenas de *tú nunca me cuentas todo*.

—Lo siento. Ayer mismo hablamos de mostrarte todo Zahara y contarte más de nuestra historia. Pero ahora tu padre se ha ido.

—Él nunca se irá, mamá. Y tú, más que nadie, mantendrás su luz encendida.

Como siempre, Pilar tiene razón y lamento que le hayamos ocultado tantos secretos. Ahora desearía haberle dicho la verdad sobre las responsabilidades que Ja'far y yo asumimos después de la guerra. Responsabilidades que nos ataban a nuestra casa y a los túneles que hay debajo de ella. Fue difícil encontrar el equilibro entre proteger a nuestra hija y comunicarle lo que tenía derecho a saber.

—En aquellos días, tu padre guiaba a nuestros invitados en la lectura de los libros prohibidos. Les llevaba comida y agua y se unía a sus interminables discusiones sobre cómo algún día librarían al país del fascismo. A medida que pasaba el tiempo, comenzó a acudir menos en busca de ayuda y, finalmente, pensamos que todo lo desagradable había terminado. Pero los franquistas tienen una memoria larga e implacable.

Se me seca la garganta, rebelándose contra lo indecible. Pilar me sirve un vaso de agua y espera que continúe.

—La semana pasada, mientras yo visitaba a una amiga en Málaga, vinieron a por Ja'far. Le gritaron "perro rojo" y luego lo sacaron detrás de la casa y le dispararon en la cabeza. Nuestros vecinos lo vieron todo, vieron cómo los matones metieron su cuerpo en un carro y se lo llevaron.

Por amor a Pilar, me esfuerzo en mantener la voz firme. Ja'far, el amor de mi vida, yace en una zanja en algún lugar bajo el cielo cruel. Intento desterrar la imagen de sus ojos sin vida mirándome.

—Hicieron que tu padre pagara con la vida por sus buenas obras. Ninguno de ellos les llegaba a los tobillos en nobleza, y mucho menos a las rodillas.

Pilar se aparta el velo, me rodea con los brazos y nuestra angustia resuena en los muros de piedra de la pequeña ermita.

***

Me liberé de la *vijita* y la psique atormentada de Luzia, pero no del dolor compartido. La muerte de Ja'far y el asesinato de Carlos ocurrieron en dos tiempos distantes en décadas, y yo los había experimentado juntos en cuestión de minutos, como un viajero atrapado en un vórtice negativo.

Celia estaba sentada en el sofá en la misma posición. Mi ausencia no había sido percibida, pero vio mi rostro surcado de lágrimas y preguntó:

—¿Por qué tanto dolor? Carlos era tu enemigo y, además, apenas lo conocías.

—Fui testigo del colapso de tu madre Pilar cuando se enteró de que tu abuelo había sido asesinado por los franquistas.

—¿Cómo es posible? Sucedió hace años.

No podía seguir ocultándole lo mío a mi prima.

—No es fácil explicarlo. De vez en cuando paso por unas experiencias que llamo *vijitas*. Es como que de repente me habitan personas del pasado con las que estoy relacionada. O yo las habito, no sé cómo explicarlo. Siempre vuelvo al momento exacto de mi partida. Parece una locura, lo sé.

—No, yo no diría eso, Alienor. Hay más en este mundo de lo que se ve en la superficie. Como ya te dije, sospecho que tienes un *maggid*. Si fueras musulmana, el abuelo Ja'far habría dicho que tienes *al-hibat ar-ru'eeya*, el don de ver. Y como nuestros antepasados son de orígenes mixtos, estás doblemente bendecida. Puedes estar segura de que hay una razón detrás de estos dones, un propósito superior.

—Nunca lo pensé de esa manera. Tal vez debería habértelo confiado antes. El secreto es un hábito más difícil de romper que decir la verdad.

Llamaron a la puerta. Celia se llevó el dedo a los labios.

—Por favor, ni una palabra sobre las bibliotecas— susurró.

Uniformado, el inspector Fernández parecía más alto de lo que recordaba. Se agachó un poco al pasar por el arco en la sala de estar acompañado por un colega que presentó como miembro de la Policía Local. Detrás de ellos, en el recibidor, un técnico con mono se inclinó sobre Carlos.

—Esto es de lo más extraño—remarcó Fernández—. Recién hoy exoneramos a Carlos Martín del intento de asesinato de Mico Rosales y ahora aparece muerto. Si tuviera la amabilidad, me dice, por favor, quién lo encontró y en qué circunstancias.

El inspector me habló en inglés, tal vez era una manera de enfatizar mi tenue conexión con su país y la expectativa de mi total honestidad, si me quedara aquí.

—Celia me invitó a comer y llegué temprano. Ella estaba de compras. Tan pronto como vi a Carlos, supe que estaba muerto. Ahí fue cuando lo llamé.

Hice todo lo posible para conferirle algo de credibilidad a la mentira, pero dudaba de que Celia y yo fuéramos capaces de manejar todas las medias verdades y falsedades que estábamos a punto de contar. Era un mal necesario, dado lo mucho que se estaba jugando en el asunto. Debíamos proteger a toda costa ese vínculo de confianza que se había mantenido tan fuerte durante más de trescientos años, así como los valiosos papeles y la gente que había dedicado su vida a salvarlos.

—Celia, ¿su hermano venía a verlo a menudo?

—No, no nos hablamos desde hacía muchos años—contestó Celia—, pero recientemente comenzó a mostrar interés por acercarnos. Quería dejar atrás viejos rencores, un privilegio que viene con la edad. Tenía cuarenta y tres años.

Su observación debe haberle tocado la fibra a Fernández, porque echó un rápido vistazo a su imagen reflejada en el espejo de la sala. Supuse que tendría aproximadamente la misma edad que Carlos.

—¿Algún rencor en particular que yo deba saber?

—Solo que Carlos estaba enojado con nuestra madre y conmigo por haberlo dejado a él y a nuestro padre en Málaga. Por muchas razones ilógicas, años después Carlos culpó a nuestro amigo de la familia, Mico Rosales, de la muerte de mi madre.

El inspector se volvió hacia mí:

—¿Estás segura de que no había nadie más aquí cuando encontraste el cuerpo?

Tardé en responderle, dividida entre querer decir la verdad y las consecuencias negativas para Mico si lo hacía. El inspector esperó.

—Mico estaba aquí. Estaba terriblemente molesto y se fue.

Fernández saltó como un resorte al escuchar mi respuesta.

—¿Rosales creía que fue Carlos Martín quien le disparó en su oficina?

Sentí la sangre que me subía al rostro al recordar ese breve beso, y cómo mi cariño por Mico fue reemplazado tan rápidamente por el pánico cuando lo vi de pie junto a Carlos.

—Es posible. Y como usted sabe, Mico ayer sufrió otro ataque en el hospital.

El inspector asintió con gravedad.

—Esta mañana recibí un informe de laboratorio del doctor Cristóbal sobre una jeringuilla con suficiente morfina como para matar a diez personas. ¿Usted fue testigo del ataque en el hospital?

—Sí. El agresor llevaba una mascarilla quirúrgica. Si no hubiera intervenido yo, Mico estaría muerto.

Fernández mantuvo su expresión impasible, como hacen los policías, pero no antes de descubrirle otro destello de respeto en los ojos. Nos interrumpió un fantasma en pantuflas antisépticas, un técnico de la Policía. Él y el inspector salieron de la habitación para discutir algunos aspectos de esta índole.

Cuando Fernández regresó del lugar del crimen se estaba frotando la frente, como si hubiera ocurrido algo más allá de su comprensión. Le habló amablemente a Celia:

—Lamento mucho su pérdida, señora Pérez, y detesto tener que hacerle esta pregunta. ¿Se le ocurre alguna razón para que el asesino le cortara el pulgar derecho a su hermano?

Mi prima salió corriendo hacia el baño, donde la oímos vomitar. Mientras esperábamos con mutua incomodidad a que Celia regresara, todo lo que podía pensar era que Mico, incluso si creyera que Carlos había tratado de matarlo, nunca en un millón de años habría mutilado su cuerpo. El asesino era otra persona y, al revelar la presencia de Mico en la escena, había implicado a un hombre inocente. Maldije esa espada de doble filo que es la verdad. El inspector Fernández aprovechó la oportunidad para preguntar.

—¿Sabe dónde está Mico Rosales, señora Crespo? Puede que tenga que dar algunas explicaciones.

—Lo siento—balbuceé—. No tengo ni idea.

—Usted está conmocionada. Le aconsejo que descanse un poco.

La simpatía de Fernández fue inesperada y contradecía mi suposición de que carecía de profundidad simplemente porque seguía los protocolos obligatorios de su profesión.

—Hablaremos más tarde—dijo—. Y si recuerda algo, por favor, contacte conmigo.

Celia se reunió con nosotros, con los ojos inyectados en sangre.

—Quienquiera que haya hecho esto seguramente habrá dejado alguna prueba incriminatoria—dijo.

Su autocontrol ante la pérdida de su hermano me dejó anonadada. La admiré por poder canalizar su dolor y rabia a fin de ayudar a atrapar al asesino. Fernández también debió haberlo notado. Dio un paso atrás e inclinó levemente la cabeza.

—Tiene razón y por eso pondremos esta casa en cuarentena para preservar la escena. ¿Hay otro lugar donde pueda quedarse, señora Pérez?

—Puede quedarse conmigo en el apartamento que he alquilado—dije.

Aunque mi oferta era sincera, estaba segura de que regresaríamos a la casa cuando se fuera la Policía. También tenía la certeza de que cada vez que usáramos nuestras huellas dactilares para ingresar a los túneles subterráneos, iríamos a revivir el horror que nos poseía ahora.

Capítulo 17

Fiel a mi intuición, el día después del asesinato de Carlos, Celia y yo nos colamos en la casa precintada. Desde fuera del armario, la vi presionar con el pulgar una letra hebrea en el centro del diseño geométrico. Cuando la trampilla se abrió, se volvió hacia mí:

—El propio abuelo Ja'far pintó y colocó estos azulejos. Fue doloroso destruir su perfecta simetría cuando instalé la cerradura biométrica, pero era un cambio necesario. En el pasado solo un milagro impidió que nuestros enemigos descubrieran las entradas del túnel y accedieran.

Yo había visto, cuando estuve imbuida de la identidad de Jariya, cómo Hasdai el Vidente invocaba un hechizo de invisibilidad en la boca de la cueva que conduce a Zahara. Quizá su magia había durado más de lo que nadie imaginaba.

Mi prima soltó la escalera y yo la seguí hacia la penumbra. Celia se movía con la instintiva facilidad de un topo en su túnel subterráneo. Cada vez que encontrábamos un desvío, el color de la iluminación ambiental cambiaba, comenzando con un violeta y pasando de rosa a naranja y a rojo. Desde arriba, la luz natural fluía a través de los conductos de aire e iluminaba los arabescos de las vitrinas. El efecto era fascinante. A intervalos regulares aparecían puertas empotradas, todas grabadas con palabras en hebreo y árabe y símbolos como los que había visto el día anterior.

—¿Cada entrada conduce a una biblioteca como la que está debajo de tu casa?

—Efectivamente. Los guardianes de Zahara se llaman "bibliotecarios". Algunos viven en casas construidas sobre los archivos, otros pasan gran parte de su tiempo abajo, entre los libros. En un período fueron veinte. Hoy, solo ocho mantienen la tradición. El abuelo Ja'far nació en Marruecos y era descendiente de una de las fundadoras de Zahara, Jariya al-Qasam, que salió de España después de que ella y su grupo de moriscos transportaran miles de libros a La Alpujarra. Empacaron estos tesoros en caravanas de mulas y los trajeron aquí, donde había una mina de sal, ya desierta. La sequedad es perfecta para preservar las páginas, que son muy quebradizas.

Anhelaba contarle a Celia cómo Jariya y sus amigos rescataron mucho más que libros. Ella merecía saber más sobre mis *vijitas*. Algún día podría compartirlo.

—¿Por qué se llama Zahara este lugar?

—Ojalá pudiera mostrarte *El libro de Zahara*, Alienor. Fue escrito por Hasdai el Vidente, quien documentó la construcción de Zahara con gran detalle, así como el marco metafísico que utilizó para organizar las bibliotecas. El libro ha estado desaparecido desde la década de 1980. Algunos dicen que el pergamino tiene poderes mágicos. No es que yo crea todo eso...

Si este era el libro que Pilar le encomendó a Mico, debió de tener una buena razón para no revelar su paradero a su pariente vivo más cercano. Decidí confiar en su juicio y no decir nada.

Continuamos recorriendo los túneles.

—Pasar tanto tiempo bajo tierra, de alguna manera, influye en los sentidos de uno, por eso cambiamos las lámparas fluorescentes por algo más natural—explicó Celia.

—Habrá habido muchos cambios a lo largo de los años.

—Hay mucho para contar.—La voz de Celia sonó un poco más entusiasta, lo que eclipsó su dolor por el momento—. Comienzo con lo básico: Hasdai modeló Zahara según el árbol de la vida, las Sefirot, un símbolo de la evolución espiritual compartida por musulmanes, judíos y cristianos por igual. Ubicó las bibliotecas dentro del "árbol" aprovechando una estructura preexistente, y nombró a cada una según un atributo de la Presencia Divina, conocida como *Shekhinah* en la Cábala y *Sakinat* en el sufismo. Las bibliotecas tienen nombres hebreos y árabes para Sabiduría, Comprensión, Misericordia, Profecía, etc.

—Entonces, además de los libros, ¿personas de todas las religiones son bienvenidas a trabajar aquí?

—Exactamente. Por eso durante un tiempo una sinagoga y una mezquita subterráneas estuvieron conectadas a nuestra área en común, para que los bibliotecarios pudieran asistir a los servicios. Ahora que estos lugares de culto existen legalmente en España, ya no los mantenemos aquí.

La iluminación cambió a un verde manzana y Celia usó su voz para abrir una puerta que estaba camuflada en la pintura de una jungla. Entramos y una docena de monitores parpadearon.

—Esta es nuestra sala de control. Yo misma instalé la mayor parte de los equipos, gracias al dinero del negocio de la seda y mis conocimientos como profesora en la escuela técnica.

—¿Cuánta gente conoce este lugar?

—Solo los bibliotecarios y unos pocos de afuera, como tú. Sin amigos dignos de confianza, Zahara habría sido descubierto y destruido casi tan pronto como se construyó.

—Un arreglo precario.

—Todo el mundo hace un voto de secreto, algo que también te exigiremos a ti. Existe el mito de que cuando un bibliotecario presta juramento, los dos poderosos místicos responsables de haber salvado los libros de la Inquisición, están presentes: el maestro sufí Ibn al Arabī y el rabino Abraham Abulafia. Hay momentos en los que he sentido su presencia. Reb Hakim, el rabino sufí que se ocupa de la Biblioteca del Misticismo y la Sabiduría ha tenido la misma experiencia, por extraño que te parezca.

—No es extraño en absoluto, dada la historia de este lugar. Lo que sí resulta difícil de creer es que a lo largo de los siglos ningún traidor os haya delatado.

—Nadie lo ha hecho, que nosotros sepamos. Primero, el miedo a la Inquisición y, luego, la ferocidad de Franco fueron motivo suficiente para que todos mantuvieran sus votos. Hoy en día, los libros son valiosísimos, algunos cuestan millones, y eso nos produce cierta inseguridad. Algunos bibliotecarios preferirían que el Estado nos protegiera. Yo, no.

Celia se sentó en una lujosa silla ejecutiva frente a la pantalla, y me indicó que me sentara en otra a su lado. Pulsó algunos botones para mostrarme vistas de diferentes secciones de los túneles, y cada pantalla informaba de cuándo se había registrado el vídeo.

—Desde esta sala monitoreamos todo lo que sucede en los túneles. Cualquier huella dactilar o entrada no autorizada activa las cámaras. ¿Ves esa luz amarilla? Indica que se detectó movimiento desde la última vez que estuve aquí. A veces es un animal, un perro o un gato, incluso un conejo que ha encontrado una entrada. Esta vez estamos buscando a una persona. Si el asesino de Carlos logró usar la huella digital de mi hermano y una grabación de su voz para ingresar a Zahara, entonces está en alguna parte de estas cintas y daremos con él.

Su voz tembló levemente cuando pronunció el nombre de su hermano, pero consiguió concluir la frase.

—El problema es que recientemente agregué la huella digital y la muestra de voz de Carlos a nuestra base de datos, junto con la tuya, Allie. Había planeado hacerle un recorrido por Zahara antes de visitar a Pilar en la Cartuja. Quería reconciliarse con nuestro lado de la familia y, por lo que dijo, estaba dispuesto a compartir información importante. Ahora alguien se ha asegurado de que eso nunca suceda.

Se puso de pie y se alejó de los interruptores y monitores como si se hubieran vuelto radiactivos.

—El sistema que llevamos años diseñando ha sido secuestrado por un asesino. Nos equivocamos al poner toda nuestra confianza en la tecnología. Los ordenadores no tienen lealtad y pueden cambiar de bando con solo presionar un interruptor.

—Por lo que he visto, habéis hecho un excelente trabajo. Ningún sistema es perfecto—aventuré.

—Eres bondadosa, prima, pero ya hemos perdido un tiempo muy valioso.—Celia volvió a sentarse en la silla de cuero.

Nos llevó aproximadamente cien minutos ver doce horas de reproducción a alta velocidad.

—Solo pasillos vacíos—comenté.

—Los bibliotecarios rara vez se aventuran en los túneles a menos que haya una reunión importante en nuestra área común. Las colecciones se encuentran debajo de sus viviendas y se puede acceder a ellas fácilmente. Lo que estamos buscando es cualquier actividad inusual.

A punto de quedarme dormida, me animé cuando Celia detuvo el vídeo. Una mujer alta y esbelta que vestía un *hiyab* de color rosa llenaba el marco. Mi prima presionó un comando para volver a la velocidad normal. El paso firme de la figura tenía un toque de gracia mientras balanceaba platos y tazas en una bandeja.

—Nada fuera extraño aquí. Esa es Saleema al-Garnati haciendo sus entregas. Es una alfarera talentosa que nos provee de vajilla con su trabajo en el torno. Durante generaciones, la familia de Saleema ha vigilado la Biblioteca de Khalud, 'profecía' en árabe. Contiene una colección de cientos de copias del Corán que se salvaron del fuego, así como obras escritas por sufíes famosos y otros místicos.

Casi tan claramente como habían aparecido durante mis *vijita*s, vi un equipo de leales burros cargando libros en sus alforjas y dirigido por un decidido Jariya al-Qasam. Una lástima que Jariya nunca conocería a Saleema y Celia, igualmente valientes a su manera. Estaba segura de que ella habría sentido una gran afinidad con estas dos mujeres.

Celia pulsó varios interruptores en el tablero de control y las imágenes en la pantalla cambiaron para mostrar una puerta grabada con letras hebreas.

—Estarás preguntándote dónde se guardan los libros sagrados judíos—dijo—. Pues aquí tienes la Biblioteca de Netsah, que significa 'eternidad' en hebreo. La atiende Abram Capeluto, un descendiente directo de Hasdai el Vidente. Cuando las cosas se calmen, haré los arreglos para que lo conozcas.

Me contuve. Yo conocía de primera mano a Hasdai. Iba a ser una conversación muy interesante cuando llegara el momento.

Mientras seguíamos escaneando los vídeos de seguridad, nos acompañó en la sala de control un hombre delgado con la cara llena de cicatrices y un turbante pulcramente envuelto. Sus vaqueros, su camisa color burdeos y un chaleco gris de aspecto caro le conferían un aire de ejecutivo.

—Alienor, este es Talvir Singh, recientemente reclutado en Punjab por Saleema. Es un experto en tecnología y está trabajando con nosotros para asegurarse de que nuestra seguridad no se vea comprometida. El nombre Talvir significa 'hermoso regalo para el mundo', una afortunada coincidencia, ya que necesitamos con urgencia sus servicios—dijo Celia—. Talvir, esta es mi prima Alienor, de Seattle. Puedes confiar en ella. Allie es quien encontró a mi hermano Carlos.

Celia volvió la cabeza, intentando contener las lágrimas.

—Esto es tan terrible. Lo siento mucho, Celia—Talvir se inclinó y tomó la mano de Celia entre las suyas—Descanse en paz.

—Gracias, Talvir—respondió Celia, secándose los ojos. Compartieron un momento de recogimiento antes de volver al trabajo.

Quería preguntarle a Talvir por qué había venido desde la India para proteger los tesoros literarios de una época pasada, pero no había tiempo para el parloteo.

Él y Celia pasaron una hora revisando los monitores y asegurándose de que no nos hubiéramos perdido nada. Mi trabajo consistía en escuchar cualquier sonido fuera de lo común en la pista del audio. Excepto por los pasos de Saleema, todo estaba en silencio.

Antes de salir de la sala de control, le pregunté a Celia si la huella digital de Carlos se borraría de la base de datos como medida de seguridad. Palideció ante la idea, y Talvir respondió por ella:

—No sería prudente hacerlo. La única posibilidad que tenemos de atrapar al sujeto es esperar a que intente usar esa huella digital y active la alarma.

Celia empujó la silla hacia atrás y respiró hondo.

—Si me escuchas, Carlos, lo juro por la tumba de nuestra abuela Luzia, quien hizo esto no quedará impune.

Dejó a Talvir a cargo, con instrucciones de llamarla a la primera señal de algo raro, y regresamos a la casa, vía escalera y trampilla.

—Estaba planeando llevarte a conocer a mi madre, pero, evidentemente, hoy no es el día. Ella estará angustiada por Carlos y también enojada conmigo por no haberlo traído antes a verla. Y esto, a pesar de que fue ella en primer lugar quien me hizo jurar que mantendría en secreto su nueva vida de monja.

—¿No estás siendo muy dura con ella? Pilar tiene que saber qué situación tan difícil tú...

—No conoces a mi madre. Le gusta reescribir la historia familiar. Nunca ha perdonado a su propia madre por permitirle casarse con Eduardo. Como si la abuela Luzia o cualquier otra persona en la tierra hubieran podido detenerla. El día que se casó con mi padre, mi madre puso en peligro Zahara. Y el día que dejó a Eduardo y regresamos a la casa de mis abuelos, ella empeoró las cosas. Por eso terminó en un convento y yo me vi obligada a arreglármelas sola.

Este arrebato de Celia era su forma de procesar el dolor, al menos, por el momento. Así lo interpreté. Su angustia por perder a Carlos justo antes de su reconciliación se mezcló con ira y frustración—sentimientos que yo también experimenté a mi manera cuando decidí no ver a mi madre en mis *vijitas*. Bien podría haber compartido la conciencia de mamá a través de mi *maggid*, como Celia lo llamó. Pero ella nunca habría sido consciente de mi presencia ni habría podido escucharme decir las palabras "te amo". Era una calle de un solo sentido por la que me negué a conducir.

En el camino de regreso a mi apartamento alquilado, ya imaginaba la escena. La luz de mi habitación estaría encendida, Mico esperando allí para explicarlo todo. En su lugar encontré a Jeroen, leyendo un libro a la luz del fuego en la sala de estar. Me sentí algo más relajada a la vista de las cálidas paredes de terracota y la alfombra azul índigo. Sentí que la banda alrededor de mi pecho se aflojaba un poco.

—Espero que no hayas estado esperándome.

—Por supuesto que no... Bueno, tal vez un poco. Esos caminos montañosos pueden ser traicioneros.

Parecía sinceramente preocupado y, aunque no tenía intención de cargarle con mis problemas, había algo en la ingenuidad de este holandés que me desarmó.

—Estoy bien. Aunque ha sido un día intenso—admití.

—Te vendrá bien comer algo. Te haré una tortilla, dame un minuto.

Fue más que un minuto, pero valió la pena la espera. Devoré la tortilla de queso de cabra y tomate condimentados con orégano, y recuperé la energía.

—Eres un salvavidas, Jeroen.

Me ofreció una copa de coñac.

—Tal vez necesites algo más que huevos para fortalecerte. La Policía vino esta tarde. Les dije que no sabía dónde estabas. Después de eso, llegó tu amigo Mico, con mucha prisa por recoger sus cosas. Me pidió papel y lápiz, así que supongo que te habrá dejado una nota. Sea lo que sea en lo que se haya metido, señorita Crespo, respeto tu privacidad y puedes quedarte aquí todo el tiempo que quieras.

La forma en que Jeroen instintivamente se puso de mi lado me reconfortó. También me hizo ver lo poco que sabía acerca del lío en que me había metido. Le di las gracias y me fui a mi habitación. En la cómoda, un sobre con mi nombre irradiaba reproche. Como el escritor, la caligrafía era sencilla.

Querida Allie:

Esta mañana, cuando tú y yo nos dirigíamos hacia la casa de Celia, Carlos dejó un mensaje de voz en mi móvil, que escuché demasiado tarde. Me advirtió que Celia y sus amigos estaban en peligro. Dijo que deberíamos mantenernos alejados de su casa. El miedo en su voz era evidente.

Notifiqué al inspector Fernández que estaría de regreso en mi oficina mañana por la mañana y disponible para aclarar la situación. Nuestro amigo común, Luis Alcábez, me representará. Es natural que la Policía sospeche de mí, pero tú, Alienor, ¿cómo pudiste tomarte la molestia de rescatarme y luego volverte al extremo opuesto y juzgarme capaz de un crimen tan terrible? Siento gratitud por la forma en que me cuidaste, por eso te doy un tiempo para que reconsideres los hechos.

Respetuosamente,
Mico

Leí la nota dos veces, buscando pistas que me ayudaran a una toma de posición. Me molestó la prepotencia de Mico. Supuso que estaría dispuesta a ignorar lo que había visto con mis propios ojos y cuestionar mi propio juicio. El escepticismo de la periodista que llevaba en mí vio la carta como una manipulación de quien pretendía ser magnánimo. Si eso era cierto, tendría que decirle a Mico dónde se había equivocado. Mi lado intuitivo y emocional rechazó estos pensamientos fríos, los apartó para dar lugar a la atracción y a la fe en Celia . Ella había dicho que respondería por él. Quizá si lo volviera a ver... Demasiada confusión. Me tumbé en la cama y hundí la cabeza en una almohada suave con un ligero perfume a lavanda. Jeroen pensó en todo.

Capítulo 18

Fue una noche corta llena de sueños inquietos. Traté de mantener los ojos cerrados, pero esto solo alentaba una avalancha de imágenes: Mico tirado en el suelo de su oficina, la enfermera amenazándome con una jeringuilla, el cuerpo doblado y roto de Carlos. Bien podría irme de España y tramitar mi solicitud de ciudadanía en otro momento. Nunca me había considerado una persona especialmente valiente. Hasta ahora, mi tarea más peligrosa como periodista había sido una excursión en helicóptero con un equipo de rescate de aguas rápidas en una inundación en el oeste del estado de Washington.

Del otro lado de la balanza estaba Celia, atrapada en una investigación de asesinato de su propio hermano, sin tiempo para respirar y mucho menos para llorar. Necesitaba mi ayuda y tenía el presentimiento de que, si nadie seguía el hilo de lo que había descubierto Carlos, habría más muertes. ¿Y Zahara? ¿Cómo podría irme sin explorar ese lugar de maravilloso y profundo misterio?

Me senté en la cama y le envié un mensaje de texto a Todd Lassiter: *¿Qué te parece un artículo en profundidad sobre la política de Andalucía? Hay un vínculo con el resurgimiento de las ideologías de derecha en los Estados Unidos que creo que interesará a tus lectores. Ya tengo un contacto. Espero tu visto bueno. Saludos, Alienor.*

Todavía era por la tarde en Seattle y la respuesta de Todd llegó en una hora: *Ese inspector de Policía me llamó desde Granada y le dije que serías una prisionera modelo. Hablemos.*

Además de su extraño sentido del humor, Lassiter tenía una intuición asombrosa. Aceptó mi llamada al primer pitido, posiblemente por primera vez desde que trabajamos juntos.

—¿No es esta Alienor Crespo revolviendo en más problemas sobre los que escribir?

Este fue un golpe bajo. Sabía que, literalmente, yo había dado un puñetazo en la pared cuando mi primer artículo en *El Correo* resultó en que el hermano del sujeto fuera arrestado y amenazado con deportarlo a El Salvador. Un pez gordo del departamento de Inmigración había utilizado mis vagas referencias a la historia familiar del soldado Mario Flores para localizar a sus parientes indocumentados. Irónicamente, mi historia sobre la incapacidad del ejército para proteger a Flores me valió un premio de la Sociedad de Periodismo de mi estado.

—Cometí un gran error, Todd, y estoy segura de que nunca dejarás que lo olvide. Pero encontré un abogado para la familia y arreglamos las cosas. Después de eso, me prometí que tendría más cuidado.

—El inspector Fernández cree que tener cuidado significa que tomarás el próximo vuelo a Seattle.

Para mí, significa venderte una historia que pueda escribir con buena conciencia sin romper mi promesa a Celia.

—¿Y si te dijera que uno de mis parientes españoles lejanos es un político de derechas? Están sucediendo muchas cosas aquí, un reflejo de la división que tenemos en los Estados Unidos. Puedo contarte una historia que resonará en los lectores a nivel nacional.

Su respuesta tardó en llegar.

—Sabes cómo convencer por cansancio. De acuerdo, Alienor. Adelante, pero cuídate. No eres un corresponsal de guerra que arriesga su vida en Siria.

La comparación de Todd, combinada con mi noche de insomnio, me dejó nerviosa. Cuando fui a cepillarme los dientes, en el espejo redondo sobre el lavabo, vi a una persona culpable de engañarse a sí misma y a su editor. Aunque había planteado el asunto desde un ángulo bastante real, mi verdadera intención era investigar el asesinato de Carlos. Hacer esto a espaldas del inspector Fernández podría significar problemas. E incluso en caso de encontrar un motivo para el crimen, no podría escribir sobre ello sin desvelar el secreto de Zahara.

Me vestí. Me puse protector solar en los brazos, ya enrojecidos, maldiciéndome por haber usado manga corta el día anterior. Celia llamó.

—¿Sigues en Almendrales? Entiendo si ya estás de camino al aeropuerto.

—¿Tú crees que podría dejarte en una situación como esta? ¿La Policía quitó el precinto de la casa?

—Lo hará pronto. Llevaron a Carlos a la morgue en una ambulancia y terminarán la autopsia esta tarde. Celebraremos un servicio conmemorativo más tarde. ¿Por qué no te mudas aquí como habíamos planeado? A menos que te sientas incómoda en un lugar donde...

—Por supuesto que no. Aprecio tu invitación. De todos modos, Mico me envió algunas noticias que es mejor no discutir por teléfono.

—Hablemos cuando llegues. Después, mi madre quiere conocerte.

Me sorprendió la perspectiva de conocer a Pilar en persona después de haber visto y escuchado conversaciones tan íntimas con su madre, Luzia. ¿Era posible que ella me reconociera? Saber exactamente cómo funcionaban mis *vijitas* seguía siendo un misterio que, temía, nunca llegaría a comprender.

Fui a buscar a Jeroen y pagué algunos gastos extra. No tendría más tortillas a medianoche o reconfortantes conversaciones triviales.

La puerta de entrada a la casa de Celia estaba abierta. En el recibidor donde Carlos había muerto, sentí una presencia, como un fantasma que se levantaba para recibirme. Por un momento temí ser arrastrada a su conciencia y obligada a revivir su violento final. Por cierto, podría ser una rápida forma de identificar al asesino. Pero, ¿en qué estaba pensando? Mis *vijitas* pertenecían a un club exclusivo de mujeres.

Celia abrió la puerta interior para recibirme. Llevaba un sencillo vestido negro de manga corta y tenía los ojos hundidos por el llanto.

—Necesitas algo más para el servicio conmemorativo. Tal vez tenga algo que te sirva, déjame ver.

Solo había traído a España ropa informal de finales de otoño, un suéter o dos por si acaso, y ninguna premonición de que necesitaría algo más. Dejé mi maleta en el suelo y acepté la falda azul oscuro y la blusa de igual color que me ofreció mi prima. Le di la nota de Mico, no sin cierta preocupación por cómo podría reaccionar en el estado vulnerable en que se encontraba.

Me cambié en el baño. Cuando salí, vi a Celia con la carta de Mico apretada contra su corazón. Parecía que estaba tratando de absorber la tinta del papel que contenía las últimas palabras grabadas de su hermano.

—Carlos intentaba advertirnos. Si Mico hubiera escuchado el mensaje, mi hermano podría estar vivo. Qué terrible cuando alguien a quien amas es destruido por las consecuencias de algo que desearías haber cambiado. ¿De qué sirve el conocimiento si solo trae más sufrimiento?

Era difícil saber si estaba hablando consigo misma o conmigo, así que me quedé en silencio.

Celia recogió un ramo de nomeolvides de la mesa que estaba cerca de la puerta.

—Mi madre nos espera. ¿Vamos?

Esta vez, en la parte inferior de la escalera que conduce al túnel desde su habitación, giramos en una dirección diferente. Mi sentido de la orientación me dijo que íbamos a la Cartuja y supe por mi *vijita* más reciente que el convento había estado conectado a Zahara hace siglos.

—Celia, ¿no es raro que las católicas apoyen tu causa?

—Estas monjas son cartujas, místicas, en contacto directo con Dios. Han sido nuestras aliadas durante cientos de años, una cadena ininterrumpida de amistad.

Llegamos a un cruce donde las superficies lisas y las suaves luces de colores de los pasillos—todo de alta tecnología— fueron reemplazadas por olores a tierra y paredes de arcilla excavadas y techos bajos sostenidos por vigas de madera toscamente talladas. Celia aminoró el paso.

—Cuidado dónde pisas, a veces hay un pájaro muerto o una ardilla. Nadie sabe cómo entran y es imposible atraparlos.

Caminamos menos de una milla a la luz de las linternas de nuestros teléfonos que, por fortuna, no iluminaron cadáveres de animales. Celia se detuvo frente a una enorme puerta de metal y presionó un timbre anticuado.

—¿Por qué no podemos entrar por la puerta principal del monasterio?

—Están abiertas a los visitantes solo una o dos veces al año. Cambiar esa costumbre despertaría sospechas, así que usamos los túneles.

La puerta se abrió con un crujido y salió una monja, su rostro cubierto por una cofia oscura que contrastaba con el blanco inmaculado de su túnica.

—¿Quién viene a hablar con las que han elegido el silencio?

—*Shalom. Asalaam Alaykum.* Dios esté contigo, hermana—respondió Celia. Al escuchar estos saludos en tres idiomas, la hermana se hizo a un lado para dejarnos entrar.

Celia me dio un codazo.

—Cuando regrese, recuerda pronunciar estas palabras exactas y en el mismo orden. De lo contrario, te cerrarán la puerta, cortés, pero firmemente.

Pasó su linterna de pared a pared, revelando unos cubículos desiertos a ambos lados.

—En la década de 1930, estas viejas celdas ocultaban a refugiados de la guerra civil. Las monjas acogían a cualquiera, sin importar su religión, etnia o filiación política. Mis abuelos trajeron gente para esconderse aquí, pero eran tan reservados que dudo que mi madre lo supiera hasta que vino a vivir aquí al monasterio.

Al final del bloque de celdas, Celia me guio por una escalera de caracol que conducía al exterior. Salimos a un área verde rodeada de árboles en flor. Después de la claustrofóbica caminata subterránea, fue bueno respirar aire libre. Reconocí la torre que se elevaba frente a nosotras, ya la había visto desde el patio de la casa de mi prima.

—Las viviendas de las monjas están al otro lado de la iglesia—dijo—. Pasan la mayor parte del tiempo solas y en silencio para escapar de las tentaciones del mundo.

Pilar nos recibió en la puerta del mismo albergue de visitas cubierto de enredaderas donde yo la había visto abrazar a Luzia por última vez cuando se enteró de la muerte de su abuelo Ja'far. Aunque ahora era mucho mayor, el dolor en sus ojos luminosos no había cambiado. Aceptó las flores de Celia antes de saludarme.

—Mi hija me dice que has venido desde Estados Unidos para reunirte con nuestra familia. Es triste que sea en este momento. Sin embargo, debe haber una razón.

—Gracias por permitirme asistir al servicio conmemorativo y compartir su dolor. No hay mayor pérdida que la de un niño.

Ella me abrazó.

—No importa a qué poder superior invoquemos para consolarnos, el dolor nos visita a todos. ¿Rezarás conmigo?

Me conmovió su cálida acogida de alguien a quien apenas conocía. Pilar se sentó en el banco con movimientos lentos, sugiriendo una fragilidad física superada diariamente por la fuerza espiritual. Nos unimos a ella e inclinamos la cabeza, compartiendo un profundo silencio roto solo por el ocasional gorjeo de un pájaro fuera de la pequeña ventana octogonal. Celia fue la primera en hablar.

—Mamá, me han surgido unas preguntas.

—Adelante, pregunta.

—A menudo has dicho que mi padre es obsesivo con sus creencias. ¿Es muy fanático?

—Lo que puedo decirte es que Eduardo amaba a Franco y ha seguido odiando a los anarquistas. Estoy segura de que estaba bien enterado del plan para masacrar a los abogados laboralistas de izquierda en el setenta y siete. Pero dudo que él mismo hubiera perpetrado algún tipo de violencia. Aun así, hubo momentos...

Celia miró a los ojos a su madre.

—¿Le tenías miedo?

Pilar hizo un gesto de desprecio.

—Era Eduardo quien me tenía miedo. Lo escuché dando información a los falangistas sobre los abogados el día antes de los asesinatos. Si esto alguna vez saliera a la luz, sus ambiciones políticas se irían al traste.—Levantó y bajó las manos como si ajustara una balanza—. Al final hicimos un trato. Me dejó salir de Málaga a cambio de mi silencio. Pude llevarte conmigo, pero debería haber luchado más por la custodia de Carlos. No logré protegerlo y ahora está muerto.

—Mamá, no te quedó otra alternativa.

—Todo el mundo tiene una opción, hija.

Pilar se retiró a un lugar dentro de sí misma. Se meció de un lado a otro y luego agregó, con la voz más apagada:

—La verdad de Dios es que le fallé a tu hermano al dejar que lo criaran en un ambiente envenenado. Eduardo abrazó las locas teorías de Hitler sobre la superioridad racial y estoy segura de que no ha cambiado a pesar de su nueva apariencia más moderada. Vivo encerrada, es cierto, pero eso no significa que ignore las nuevas amenazas que enfrenta el país. Tu padre y los que son como él quieren librar a España de los indeseables: gitanos, judíos, musulmanes e inmigrantes que, según sus criterios, sean de sangre impura.

—No has visto a papá desde hace más de treinta años. Tal vez haya aprendido un par de cosas.

Pilar se recompuso y se enderezó al escuchar las palabras de su hija.

—No le creas, Celia. Si Eduardo ha suavizado su mensaje es porque la gente nunca lo votará en el Congresode los Diputados si revela su ideología. El partido se llama Enfrente... Lástima que no haya nadie dispuesto a hacerle frente a él.

—Carlos ya había empezado a enfrentarse, mamá. Le ayudé a ver más allá de las mentiras de papá y, a diferencia de la mayoría, él sí estaba dispuesto a admitir que lo habían engañado. Estoy segura de que esos primeros ocho años de su vida, los que pasó contigo, moldearon su carácter.

—Ojalá fuera así. Después de nuestra separación, Eduardo nunca me permitió ver a Carlos, aunque, por alguna razón, sí dejó que Luzia visitara a su nieto de vez en cuando. El niño merecía mucho más que una madre que le falló, una madre que fue—y todavía es— tan fácilmente engañada.

Ella tiró de las cuentas de su rosario en direcciones opuestas, atrapada en algún conflicto interno.

—¿Qué pasa, mamá?

—Puede que no sea nada, pero hay un sacerdote que viene aquí todos los meses para confesarnos. He llegado a confiar en él e incluso a veces hablamos de tu padre. No importa cuánto tiempo pase, no puedo evitar preguntarme si podría haber hecho las cosas de manera diferente. El domingo anterior me armé de valor y le conté al padre Gerard mis sospechas sobre la participación de Eduardo en la masacre de Atocha. Solo que no era el padre Gerard. ¡Había compartido mis secretos con un extraño! No tenía ni idea hasta que habló a través de la reja en el confesionario, y para entonces ya era demasiado tarde.

—¿Sabes su nombre?

—No, y algo dentro de mí me decía que no preguntara.

Celia le dio un suave masaje en la espalda.

—Aunque haya quedado consternado, este sacerdote nunca rompería la sagrada confidencialidad de la confesión, mamá.—Lo dijo en tono reconfortante, pero me miró preocupada.

Me pregunté, y no por primera vez, por qué—dados todos los desafortunados eventos que habían ocurrido desde mi llegada— los nuevos miembros de mi familia parecían confiar en mí tan completamente. No los defraudaría. Haría todo lo posible para desenmarañar esa red en la que sentía que nos encontrábamos atrapados.

—Tengo que ir a Málaga y completar una instancia— les conté—. Podría intentar hablar con Eduardo. Le diré que estoy investigando un libro o algo así. Tal vez encuentre algo útil.

Pilar levantó la mano, como interrumpiéndome.

—Recuerda que Eduardo cree que estoy muerta y que todos sus secretos están a salvo. Si descubre que no es así, él y sus compinches querrán atravesar estos gruesos muros y encontrarán los túneles.

Celia bajó suavemente el brazo de su madre.

—Tú sabes que siempre estoy de acuerdo contigo, mamá, pero ahora tenemos la certeza de que alguien está planeando algo grande, algo relacionado con Zahara. Carlos intentó alertarnos, y lo mataron. Creo que, en recuerdo de mi hermano, debemos hacer todo lo posible para evitar el desastre.

Ella dijo que lo *mataron*, no que *mató* a Carlos. No podía creer lo injusta que yo había sido con Mico.

Pilar se puso de pie, alisándose la túnica de su hábito.

—Y ahora, mostremos también respeto por la memoria de tu hermano y lleguemos a tiempo a la celebración de su vida.

Capítulo 19

Pensé que el servicio se celebraría en la iglesia de La Cartuja, pero aquí estábamos, volviendo sobre nuestros pasos
a través del viejo y lúgubre túnel que conducía desde el
monasterio a los pasadizos más modernos de Zahara. Éramos unas doce personas, más o menos, nuestros rostros
bañados por la luz azul verdosa, como un cuadro de Picasso. Con su amor por la diversidad de España, el artista
podría haberse deleitado con nuestro grupo: una monja
con velo de luto caminando junto a sus compañeras de cabeza descubierta; dos hombres con traje negro, uno con
una kipá y el otro una *taqiyah;* un grupo de mujeres con
atuendos oscuros y *hiyab;* y un par de ancianos de barbas
abundantes con sus túnicas de lino. Celia dijo que la mayoría eran bibliotecarios y sus familiares, gente de confianza. Reconocí a Talvir, el chico de los ordenadores, con
su turbante pulcramente envuelto.

—¿Entonces tu priora no tiene ningún problema en
que salgas de vez en cuando?—le pregunté a Pilar.

—Tenemos cerca de treinta monjas enteramente se-
cuestradas en la Cartuja, y otras como yo, que buscan
apartarse del mundo exterior y se las acepta como no ini-
ciadas.

Su pronta respuesta no mostraba ninguna ofensa.

—Las monjas conversas realizamos la mayoría de las
tareas domésticas y el trabajo físico y, a cambio, se nos

concede más libertad. Dado que siempre pondré a mi familia en primer lugar, nunca podría tomar mis votos y usar las bandas en mi capucha. Pero eso no significa que no tenga una verdadera vocación o una conexión cercana con Dios.

Noté la cruz de metal gris que colgaba de su cuello.

—¿Aún tienes el brazalete que te regaló tu padre, con el nombre de Jariya grabado?—le pregunté.

—Sí, claro.—Pilar me miró con curiosidad.

—Celia no me dijo que tenías un don.

¿Por qué no imaginé que estas mujeres sabían lo mío? Después de todo, era nuestra herencia compartida.

La procesión continuó a través de una serie de arcos cada vez más amplios que nos condujeron a una sala circular espaciosa de techo abovedado. Esta era la primera cámara que había visto en Zahara sin puerta blindada. Símbolos religiosos de todo tipo adornaban las columnas y muros.

—Bienvenida a nuestra área común—dijo Celia. Me tomó del brazo y señaló hacia arriba. Un mural realista cubría las paredes curvas hasta el techo. Era la misma escena que mi bisabuela Miriam había confundido con la realidad según vi en mi *vijita* en Granada. Como Miriam, a mí también me parecía tridimensional. Todos tenían la misma impresión de realidad, y la mezquita, la sinagoga y la iglesia, iluminadas a contraluz, creaban la ilusión de una vista al aire libre. Era una visión del futuro, imposible durante la vida de su creador, y poco probable que se materializara pronto. El área común se había construido para trascender la sensación de estrechez de la vida subterránea y supuse que alguna vez acogió a muchas más personas que las reunidas aquí ahora. Bancos de madera circulares rodeaban la circunferencia. Celia, que se había sentado junto a la pared circular junto con los otros, se puso de pie y levantó la mano, esperando el silencio.

—Quiero decir unas palabras sobre mi difunto hermano, Carlos Martín Pérez Crespo. Si hubiera vivido, podría haber cambiado el nombre de Pérez por Siddiqui, en honor a nuestro abuelo, Ja'far. Los recuerdos de nuestros juegos infantiles, a la rayuela, al dominó, quedaron sepultados por la distancia y el dolor de la separación. No tenía forma de saber en qué clase de hombre se convertiría, así que cuando comenzaron a juzgarlo por su reputación de estar difundiendo el odio, lamentablemente, lo creí. Recientemente descubrí lo equivocada que estaba. Mi hermano tuvo el valor de elegir la verdad sobre las mentiras con que lo nutrieron. Su último acto fue sacrificarse para mantener a salvo a su familia.

Mi prima se cuidó de mencionar la forma espantosa en que el asesino obtuvo la huella digital de Carlos y el peligro que esto representaba para Zahara. ¿No merecían sus compañeros bibliotecarios saber a qué se enfrentaban? Me dije que tendría sus razones.

Saleema al-Garnati, la misma mujer que había visto el día anterior en un circuito cerrado de televisión, cruzó la estancia y abrazó a mi prima.

—Mi más sentido pésame por tu pérdida. Que Dios te dé fuerzas.

—Gracias, Saleema. Lamento que Carlos nunca haya tenido la oportunidad de conocerte.

Celia se acercó a Pilar y recibieron las condolencias y los ramos de flores que se acumulaban en el suelo a sus pies. Cuando todos habían vuelto a sus asientos, ella me llevó a un lado.

—Si quieres quedarte, se te pedirá que hagas un juramento de secreto.

210

Me había acorralado. Me pidieron que pusiera la seguridad de Zahara por encima de mis propias necesidades como periodista. No era la primera vez que yo había hecho esto para proteger una fuente sensible. Pero esta vez, lo que estaba en juego era algo más importante.

—Está bien. Pero, a cambio, ¿puedo preguntarle por qué has elegido confiarme secretos tan celosamente guardados durante siglos?

—Hay dos razones. Conociste a Talvir, ¿verdad?

—Es cierto.

—Vale, con un poco de información no hay nada que él no pueda averiguar sobre alguien.

—Y sobre sus huellas digitales también. Tomada sin consentimiento, debo añadir.

Mi prima se encogió de hombros.

—¿No es suficiente que hayamos decidido incluirte?

—¿Cuál es la segunda razón?

Celia ignoró mi pregunta y caminó hacia el centro del círculo, con la cabeza alta, segura de que la seguiría. Tenía razón. A estas alturas, nada me habría impedido encontrarme con los ocupantes de este mundo celosamente protegido.

—Compañeros, esta es mi prima, Alienor Crespo. Por la presente, respondo por su honestidad e integridad. ¿Alguien se opone a que sea iniciada en nuestra comunidad?

Al no haber respuestas, Celia me puso frente al grupo y me preguntó:

—¿Tú, Alienor Crespo, prometes guardar en la más estricta confidencialidad cualquier conocimiento que se comparta contigo sobre Zahara y los libros que todos hemos jurado proteger?

—Sí, lo prometo.

Me presentó a todos los bibliotecarios, hombres y mujeres, por su nombre, que yo anoté en mi cuaderno:

Celia Martín Crespo - *Biblioteca de Poesía Tiferet y Jamal.*

Saleema al-Garnati - *Biblioteca de Khalud (Profecía). Libros sagrados musulmanes.*

Malik al-Bakr - *Biblioteca de Ciencias Islámicas.*

Reinaldo Luz - *Biblioteca Eterna de Babel.*

Reb Hakim - *Biblioteca de Hokhmah - Misticismo y sabiduría de todas las religiones.*

Abram Capeluto - *Biblioteca de Netsah, Libros sagrados judíos.*

Suneetha bint Hasan - *Biblioteca de Filosofía y Artes*

Rushd al-Wasim - *Biblioteca de Artesanía y Cría de Animales.*

Eso fue todo. Regresé a mi asiento y Celia anunció:

—Reb Hakim tiene algo importante que decir.

Lentamente, el rabino sufí se puso en pie y se hizo evidente su túnica multicolor, su rostro amable y su gorra de brillantes bordados. "Qué idea tan inteligente, pensé, celebrar reuniones en un espacio circular donde todos se ven fácilmente". Reb Hakim comenzó a hablar, y el brillo de sus ojos parecía tocarnos a cada uno de nosotros. Su manera era directa, sin exceso de seriedad.

—Por primera vez en nuestra historia, ha ocurrido un crimen violento, un asesinato, en el propio hogar de uno de nuestros bibliotecarios. En mi opinión, esto señala un momento crucial. Necesitamos protección más allá de nuestro sistema de seguridad. Por eso os pido permiso para hablar con Sandra Díaz Ramírez, miembro del Gobierno español y amiga de confianza. Mi plan es solicitarle que nomine a Zahara como Patrimonio de la Humanidad. Debido a la amenaza bajo la que ha vivido esta comunidad durante más de cuatrocientos años, y que ahora se ha exacerbado, el Comité del Patrimonio Mundial aprobaría la solicitud de manera urgente. Ahora debemos decidir si...

—Con todo mi respeto, ¡¿cómo puedes siquiera pensar en esto ?! Me niego a apoyar esta temeraria idea que divulgaría nuestra existencia al mundo entero.

La acalorada objeción provino de Saleema, quien no se contuvo.

—Reb Hakim, tú, más que nadie, debes saber que incluso hoy en día, los musulmanes tienen prohibido rezar en la gran mezquita de Córdoba. Políticos, académicos y fascistas encubiertos también están negando las contribuciones de las culturas semíticas a la española. Para ellos, todo el concepto de Convivencia es una amenaza. ¿Cómo crees que reaccionarán si su identidad de "españoles eternos desde la época visigoda" resulta ser una ficción, un completo fraude? No aceptarán nuestra existencia y lo que representamos, así, sin más.

Abram Capeluto era más joven que el rabino, pero el áspero pincel de la vida ya había jaspeado su barba de gris. Dirigiéndose a Saleema, dijo:

—Entiendo tu punto de vista, pero los tiempos han cambiado. ¿Necesitamos continuar con todo este secreto? Puede que encontremos una bienvenida donde antes sólo había odio.

—Abram, eres mi querido amigo, pero también eres ingenuo—intervino Celia—. Estoy totalmente de acuerdo con Saleema. Si lo hacemos público, los remanentes más sagrados e inspiradores de la Convivencia van a ser reclamados por diferentes grupos. Lo que queda de nuestra unidad se disolverá.

—Tiene razón Celia, ya lo sabéis—opinó Malik al-Bakr, de la Biblioteca de Ciencias Islámicas. Su autoridad era indisputable—. La mera existencia de la colección es una prueba de que la Convivencia existió una vez entre poetas, escritores, filósofos y científicos de diferentes creencias en el Al-Ándalus medieval. No estoy seguro de que la mayoría de los españoles estén dispuestos a aceptar esto y, como supimos ayer, hay algunos que se nos oponen violentamente.

Saleema lo respaldó.

—Quieren enterrar todas las aportaciones árabes a la cultura española. ¿Cuántos escolares saben que Gibraltar es la montaña de Tariq, que lleva el nombre de Jabal al Tariq, líder en la conquista de la España visigoda? Este país no está preparado para la verdad.

—Pero, aunque Saleema tenga razón—intervino Talvir—, cuanto más tiempo permanezcamos ocultos, mayor será la posibilidad de que los enemigos nos descubran y nos destruyan. Si salimos a la luz del día, nunca se atreverán.

—¡Como si no se hubieran atrevido a destruir la República!—exclamó Pilar—. ¿Cuántos de vosotros perdisteis familiares durante la Guerra Civil? ¡Y mirad lo que pasó con los que salieron de su escondite demasiado pronto!

—La diferencia es que estaremos bajo la doble protección de la Unesco y del Gobierno español—contraatacó Reb Hakim—. Y seamos realistas, después del horrible hecho que acaba de suceder, puede que sea imposible mantener nuestro secreto por mucho más tiempo. Para conseguir esta nominación que propongo, primero debemos permitir que un miembro del Comité del Patrimonio de la Humanidad inspeccione las bibliotecas y determine si este sitio cumple o no con sus criterios para entrar en su lista del Patrimonio Mundial. Os ruego que deis ese permiso.

—¿Y si el inspector decide conceder una entrevista a la prensa por su cuenta? ¿Entonces, qué?—preguntó Celia.

Reb Hakim entrelazó los dedos y permaneció reflexivo, reconociendo la importancia de la pregunta.

—La Unesco ha prometido proteger nuestra privacidad y les creo. Y recordad, incluso si se aprueba la nominación, votaremos otra vez para aceptarlo, o no.

Yo veía ambas posiciones. Si los bibliotecarios y los libros bajo su custodia permanecían ocultos, podrían evitarse una lucha publica con el partido Enfrente de Eduardo y otros de su calaña. Por otro lado, convertirse en Patrimonio de la Humanidad supondría contar con el apoyo estatal y la oportunidad de compartir un inmenso regalo con el mundo. Como beneficio adicional, me liberaría de mi juramento de secreto y podría escribir sobre ellos.

La discusión continuó sin llegar a una clara conclusión. En mi *vijitas* había vislumbrado algunas decisiones difíciles que los fundadores de Zahara debieron tomar bajo circunstancias similares a esta, con presión. Que ellos no tuvieran tiempo que perder en este proceso democrático tal vez fue una suerte. Jariya en particular era una mujer de acción, una guerrera; su espada estaba templada por las llamas de la injusticia. Deseé tener una fracción de su sangre fogosa fluyendo por mis venas.

***

Estoy ocupada desempacando una alforja de libros en un área apartada de la mina.

—Es difícil imaginar este nicho primitivo como algo más que una cavidad en una pared de sal—comenta Razin, que ha venido a buscarme. Coloca sus manos alrededor de mi cintura, ya engrosada—. Deberías estar descansando.

—Hasdai dice que esta habitación está destinada a convertirse en una gran biblioteca.

—Y tú, Jariya, estás destinada a ser una madre.

Razin y yo hemos vivido juntos como marido y mujer durante un año. Idris al-Wasim me entregó en matrimonio y recitó las hermosas palabras del contrato: *Alabado sea Dios, único en perfección, glorioso y exaltado, perfecto en actos y palabras, que armoniza los corazones de mujeres y hombres.* Después bailamos la zambra al son de gaitas y flautas, como lo hacíamos en aquellos felices días los moriscos, antes de que nuestra música fuera prohibida.

—Querida esposa, ¿has pensado en mi propuesta?

—Sí, y no quiero irme de Zahara.

—¿No deseas que nuestro bebé crezca sin preocuparse de que su madre no vuelva a casa de una batalla? ¡Vamos a Marruecos, Jariya! Antes de que el embarazo esté demasiado avanzado para viajar.

Resisto mi deseo de ceder.

—Y aunque yo estuviera de acuerdo, Razin, a ti te necesitan aquí. ¿Quién conoce mejor que tú las rutas secretas para la costa, o dónde encontrar los barcos que salen para el sur?

—No te dejaría hacer este viaje sola. Demasiados peligros en tierra y mar, incluso si no estuvieras embarazada.

Entiendo por qué mi amado esposo me quiere proteger. Pero ¿por qué no puede ver mi posición en esto? ¿No soy yo también una luchadora experimentada? Mi reputación habla alto: infundo temor en los que nos esclavizan. El bebé da patadas, seguro que está de acuerdo. ¿O me está hablando de su impotencia y me insta a que escuche a su padre? Razin siente que estoy cediendo.

—Sabes que tengo razón, Jariya.

—Está bien, entonces. Fátima vendrá conmigo. Después de dos años de guiar a otros por los senderos, conoce bien el camino. Una vez acompañó a un grupo desde La Alpujarra hasta el Magreb e hizo el viaje de regreso sola.

Fátima también es madre y comprenderá mis preocupaciones, un hecho que no menciono, ya que es difícil admitir ante Razin el enorme temor que me produce pensar en el parto.

—Bien, está arreglado entonces. Me uniré a ti cuando pueda.

Razin fuerza una sonrisa que trato de devolver. Últimamente me ha estado leyendo algunos de los libros rescatados. Mi favorito es el de las costumbres y los famosos mercados del norte de África, donde, con la bendición de Alá, pronto viviremos mi bebé y yo. Prometo aprender a descifrar las palabras de la página sin la ayuda de mi esposo para cuando nos volvamos a encontrar. Si alguna vez lo hacemos.

***

Me dio escalofríos la idea de que Jariya al-Qasam y Razin al- Siddiqui se tomaran el tiempo para leer los libros que trajeron a Zahara, arriesgando sus vidas. Cuánto les habría gustado ver a su descendiente, mi tío abuelo Ja'far ibn Siddiqui, regresar a España cientos de años después. Saber cómo él y muchos otros continuaron salvaguardando no solo la palabra escrita, sino la propia vida de quienes de otra manera habrían sucumbido.

Mientras reflexionaba sobre las conexiones entre el pasado y el presente confirmadas por esta última *vijita*, la reunión de la comunidad llegó a su fin y los bibliotecarios comenzaron a abandonar el área común. Reb Hakim apareció a mi lado.

—Hay algo que me gustaría mostrarte, Alienor, si tienes la bondad de acompañarme.

Busqué en la habitación el rostro de Celia.

—No te preocupes—añadió el rabino—. Ya hablé con tu guardiana y ella lo aprueba.

Lo seguí por el pasillo.

—Celia te tiene en muy alta estima y me confesó en privado que cree que tus dones jugarán un papel importante para ayudar a que Zahara sobreviva.

—Aprecio toda esta confianza en mí, Reb Hakim, pero ¿qué te hace pensar que soy digna de ella?

El rabino sufí se rio entre dientes, como alguien que sabe mucho sobre mi vida interior sin preguntar.

—No te imagino queriendo esquivar este desafío y eso es lo que importa.

Nos detuvimos ante una sencilla puerta de madera sin inscripciones ni marcas de ningún tipo, algo inusual en Zahara.

—Los místicos nunca se han dedicado a la ornamentación—explicó Reb Hakim, abriendo el candado primitivo—. La gloria que experimentan proviene de su contacto con la Fuente.

Los estantes dentro de la Biblioteca del Misticismo y Sabiduría de Todas las Fes estaban sin pulir, y la veta de su madera sin tratar sugería la humildad común a los autores de los libros que guardaban. En contraste, el bibliotecario mostró su colección con considerable orgullo.

—Tenemos decenas de libros escritos por místicos judíos y musulmanes, como Abraham Abulafia e Ibn al-Arabī. Incluso hay algunas obras cristianas de ese tipo, como *La restauración del cristianismo,* de Michael Servetus, en la que aboga por una mayor tolerancia de otras religiones, una herejía que lo llevó a la hoguera con sus creaciones. Pero no te traje aquí para ver eso exactamente.

Reb Hakim señaló un volumen abierto que se exhibía en un atril.

—Este valioso códice fue entregado a Zahara por Ja'far Siddiqui y Luzia Crespo, los tíos abuelos de Celia y, por lo que ella dice, también los tuyos. Le dijeron a mi predecesor que encontraron el manuscrito entre las posesiones de un soldado alemán que murió en el Camino de la Libertad mientras intentaba cruzar los Pirineos. Cómo el libro, que fue enviado a Dresde para su custodia, terminó en el maletín de un soldado en la Francia ocupada es un misterio.

Así que este era el libro que Ja'far le había quitado a Klaus, el soldado alemán, la noche en que lo mataron. ¡Qué típico de él y de Luzia resistir la tentación de venderlo a pesar de los tiempos difíciles!

Reb Hakim acarició suavemente la portadilla.

—Estás viendo la versión original iluminada del *Scivias*, escrita e ilustrada por Hildegard von Bingen, una monja mística que se negó a aceptar la jerarquía patriarcal de la Iglesia. En una de sus visiones vio la gran figura materna de *Ecclesia* con multitud de almas entrando y saliendo de su vientre. Hildegarda era una mujer extraordinaria que incluso se atrevió a oponerse a las Cruzadas en un momento en el que eso habría sido considerado herético.

Como escritora que a menudo necesita desesperadamente inspiración, me atrajo el retrato de santa Hildegarda en el frontispicio, que le mostraba dibujando, en una tablilla de cera, lenguas de fuego lamiendo su frente para despertar poderosos sueños.

—Es un milagro en sí mismo que el libro haya llegado hasta aquí. Seguro que habría sido destruido cuando los aliados prendieron fuego a Dresde.

Reb Hakim sonrió.

—Ciertamente. Imagínate el mundo recibiendo la noticia de que una preciada obra ha sido devuelta a la Biblioteca Estatal de Wiesbaden.

Siddiqui Para eso, Zahara tendría que salir a la luz— respondí.

—Sí. Es una de las razones por las que quiero que aceptemos la oferta de la Unesco.

—Es un buen argumento, pero el de Celia también parece sólido. Espero que podáis llegar a un acuerdo.

—Solo espero que no tardemos demasiado. Nuestros enemigos tienen otros planes para nosotros y no podemos permitirnos seguir sentados aquí y esperar a que actúen.

Capítulo 20

Cuando un ladrón tiene la llave de tu casa, tarde o temprano la va a usar.

Celia y yo nos reunimos con Talvir en la sala de control para discutir las medidas que se están tomando para evitar más intrusiones.

—He añadido un código a la base de datos—dijo—. En cuanto la huella digital de Carlos se use para entrar en Zahara, alertará los de seguridad y rastrearán cada movimiento. Tenemos voluntarios disponibles las veinticuatro horas del día, los siete días de la semana, para interceptar y detener al intruso.

No estaba totalmente de acuerdo con esta estrategia.

—¿No sería mejor dejarlo actuar para ver qué hace cuando se marcha? Podrían seguirlo y averiguar para quién trabaja.

—Eso es fácil de decir, Alienor—observó Celia—, pero si detectan la vigilancia, tomarán medidas para evadirla. Podrían hasta introducir explosivos en los túneles y hacerlos estallar. No podemos permitirnos correr el riesgo.

Tenía razón. Al igual que el patinador estrella de Seattle, Apolo Ohno, Celia había usado su visión periférica para evitar una colisión peligrosa.

Dejamos a Talvir afinando la tecnología de vigilancia, y Celia me invitó a caminar por una sección del túnel iluminada por un tenue tono amarillo.

—Allie, me gustaría presentarte a Reinaldo. Él puede explicarte mejor lo que sucede cuando este lugar no está completamente cerrado.

Las paredes de este sector estaban pintadas con diseños expresionistas abstractos que me parecieron inapropiados hasta que vi adónde nos dirigíamos. De todas las entradas de la biblioteca, esta era sin duda la más colorida. Los paneles de las puertas lucían un brillante *collage* compuesto por cubiertas de libros dispuestas según el género. Los romances se caracterizaban por modelos exuberantes y semidesnudos; los misterios, por callejones oscuros dibujados en tinta rojo sangre; los clásicos de la literatura, con letras exóticas, y la ciencia ficción, con escenas futuristas de coches voladores y monorraíles.

Un hombre de aspecto distinguido con un espeso cabello gris que caía sobre su alta frente nos abrió la puerta. Celia tocó su hombro y luego el mío, como un maestro de escuela que presenta a un par de estudiantes y espera que se hagan amigos.

—Alienor Crespo, este es Reinaldo Luz, guardián de nuestra biblioteca más inusual.

—He oído hablar de ti y me alegra poder mostrarte mi humilde colección—dijo Reinaldo. No había nada de humilde en su camisa rosa almidonada y su corbata burdeos.

—Necesito cuidar de mis gusanillos—añadió mi prima—. Con todo lo que ha pasado, los he ignorado por completo. Os dejo a vosotros dos para que os conozcáis.

Seguí a Reinaldo a una habitación de forma hexagonal, con estantes que se elevaban del piso al techo en cinco lados, cargados de libros. La sexta pared se abría a un área que conducía a otro hexágono, más allá del cual creí vislumbrar otro más. Los espejos colgados estratégicamente intensificaban la impresión de un espacio infinito. Me quedé paralizada.

—Parecería que *La Biblioteca de Babel* de Borges cobrara vida—observé.

En respuesta a mi fortuita suposición, Reinaldo me brindó una amplia sonrisa.

—Borges creía que las superficies pulidas de una biblioteca representaban y prometían el infinito.

Extendió los brazos como abrazando toda la colección.

—Todo lo que hay aquí se imprimió en el siglo XX y se prohibió su distribución en España. Nuestra versión de la Biblioteca de Babel fue concebida y construida por mi abuelo, Horacio Luz. Vivió la represión de Franco hacia ciertos títulos contemporáneos como una nueva Inquisición. Cerca de quinientos mil libros se publicaron bajo el gobierno del caudillo y todos ellos tuvieron que pasar por la censura. Mi abuelo pidió permiso a la comunidad de Zahara para rediseñar estas habitaciones al estilo Jorge Luis Borges, a quien tanto admiraba.

—¡Qué interesante personaje habrá sido!

—No tienes idea. Horacio amaba los libros y le enfurecía verlos castrados, como él decía de manera poco elegante, pero acertada. Viajó por toda España en busca de libros prohibidos, muchos de los cuales habían sido importados y traducidos al español. Tenemos copias de *Lady Chatterley's Lover,* de DH Lawrence, *Fahrenheit 451,* de Ray Bradbury y de *Lock 14,* de Georges Simenon. Lamentablemente, el abuelo no fue tan discreto como sus predecesores y sus esfuerzos no pasaron desapercibidos. En 1975, asaltaron nuestra casa. Afortunadamente, la policía secreta pensó que la biblioteca debajo de nuestra residencia era la única aquí. En lugar de quemar los libros de mi abuelo, arrancaron las cubiertas y rompieron las páginas. También lo arrestaron y cumplió tres años de prisión. Si no fuera por sus conexiones familiares, lo habrían matado.

Miré la cámara montada sobre la puerta.

—Zahara tiene mucha más seguridad ahora.

—Cierto. En la época de Horacio carecíamos de sofisticadas cerraduras en las trampillas de nuestras casas. Años después del desastre, mi padre y yo volvimos a montar la colección y usamos las cubiertas arrancadas para crear el montaje que ves en la puerta. Incluso tenemos las traducciones "sin purificar" de la serie original de James Bond, con todas las palabras picantes conservadas.

Reinaldo sacó un delgado volumen color rosa de un estante cercano.

—Este diario es uno de mis favoritos, *Los Cuadernos Ibéricos de Ruedo*, publicados en la década de los sesenta por los españoles exiliados en París que se oponían al franquismo. Las copias impresas son raras, pero he oído que en Valencia se ha publicado una recopilación de los sesenta y seis números. Los tiempos están cambiando para mejor. Hasta el día de hoy, las traducciones de muchos clásicos mundiales e incluso obras de la literatura española se están reimprimiendo utilizando textos expurgados durante la dictadura.

—¿Esta biblioteca estaba incluida en el diseño original de Hasdai el Vidente?

—El mejor de los clarividentes puede descuidar los detalles del futuro.—La respuesta me pareció tan brillante como su camisa.

Reinaldo se mostró tan perversamente inteligente como su vestimenta.

—¿Estás de acuerdo con Celia en que Zahara debería permanecer escondido del mundo exterior?—le pregunté.

El excéntrico bibliotecario frunció el ceño.

—Hace diez años era más optimista sobre el futuro. Pero ahora que la derecha se está reagrupando en toda Europa, y después de lo que le sucedió al hermano de Celia, parece que podríamos necesitar protección externa.

Estaba tratando de pensar algo esperanzador que decir y no se me ocurría nada cuando Celia llegó a buscarme.

—Pasa cuando quieras, Alienor—dijo Reinaldo, inclinándose con un aire patricio y semicónico—. La Biblioteca Eterna de Babel te estará esperando.

Capítulo 21

—Dijimos que no iríamos a interferir.

—¿Qué opción tenemos? Mucho depende de la supervivencia de esta valiente joven.

Una vez más, Abraham Abulafia, fundador de la escuela de la Cábala Profética, ha emprendido una misión con Ibn al Arabī, el sabio sufí conocido como el Gran Maestro. Viniendo de mundos separados, están aquí para hacer frente a una emergencia. Ninguno está contento. Al Arabī mira hacia las montañas, donde las nubes del atardecer ocultan los últimos rayos de sol bajo un manto de terciopelo cada vez más oscuro. Se vuelve hacia Abulafia y expone su caso.

—¿Por qué no dejar que estos humanos resuelvan sus problemas? ¿Sería tan terrible si esta joven mortal continuara su danza entre cuerpo y alma en otra dimensión?

Abulafia mira a su amigo con incredulidad.

—¿Has olvidado cómo sus antepasados, Jariya al-Qasam y Hasdai el Vidente, se dedicaron a cumplir nuestro propósito? Sin ellos, los libros que liberó el esclavo Tahir— escrito en más idiomas que los signos del zodíaco— no tendrían hogar y estarían esparcidos por la luna. Esta es nuestra oportunidad de saldar esa deuda que tenemos con ellos.

La aguda exhalación de Al Arabī pone el foco en su forma física.—Está bien. Esperemos que sea capaz de soportar el toque de la luz sin quedarse ciega.

Los místicos se materializan en el interior de la almazara, acompañados de un joven médico que lleva un maletín. No tiene idea de cómo llegó allí, por qué hay un cuerpo inerte en el suelo, o a quiénes pertenecen las voces dentro de su cabeza.

Ella estará bien si la escuchas con atención y haces lo que te decimos.

El médico observa de cerca al paciente. Alarmado por su rostro ceniciento y su respiración superficial, examina una herida en la parte posterior de la cabeza. Se limpia la sangre de las manos y está a punto de aplicar un vendaje cuando sus dedos comienzan a brillar tan intensamente que tiene que volver la cabeza.

—Ponle las manos sobre los ojos y nosotros haremos el resto.

El médico, seguro a estas alturas de que está soñando y pronto se despertará en la cama junto a su esposa, obedece.

***

Me desperté en medio de una oscuridad apenas rasgada por un delgado rayo de luz que fluía a través de una rendija en la pared. Mi cabeza descansaba sobre una roca que debería haberme aplastado el cráneo cuando caí, pero por alguna razón no sucedió así. No sentí dolor y cuando toqué la parte posterior de mi cabeza, donde debería haber estado la herida, mi mano notó una suave cicatriz. Extraño.

No había ni rastro de mi atacante. Entrecerrando los ojos en la penumbra, todo lo que pude distinguir fueron los contornos de dos moledoras cónicas montadas en una placa redonda de metal. Estaba presa en una almazara. A lo lejos, escuché a Celia llamarme por mi nombre. Respondí con un grito pidiendo ayuda y me levanté lo más rápido que pude, sorprendida de no encontrar moretones ni huesos rotos. Di un empujón a la puerta de madera, pero no se abrió. Gritando el nombre de Celia, apoyé mi hombro con fuerza, con el mismo resultado negativo.

Exploré el suelo y encontré lo que parecía una tubería desconectada. Pensando rápido, me quité la blusa, me desabroché el sujetador y até los tirantes al tubo de goma. Poniéndome de puntillas, estiré los brazos todo lo que pude y lancé mi improvisada bandera blanca a través de la estrecha abertura en la pared. Luego llamé de nuevo tan fuerte como pude, esperando que Celia me escuchara o viera mi ingeniosa señal de socorro.

A los pocos minutos, escuché ruidos al otro lado de la puerta. Un momento después, Celia estaba de pie frente a mí, el alambre grueso que había desenredado del pestillo del gancho colgaba de su puño cerrado.

—¡Te hemos estado buscando durante horas! ¿Estás bien? Tal vez deberíamos publicar tu sostén en YouTube como equipo recomendado para los kits de supervivencia.

Su tono de broma se desvaneció cuando le conté los detalles del ataque. Torpemente, me rodeó los hombros con su brazo en un gesto protector. Yo sabía lo que era luchar para superar las inhibiciones sociales. Me gustaba Celia cada vez más.

—Parece que tu atacante te quiere sacar del camino. No sabemos por qué y, si vamos a averiguarlo, necesitaremos ayuda.

Extrajo su móvil del bolsillo de sus vaqueros.

—Talvir, ha pasado algo gordo y tenemos que echar un vistazo a la antigua casa de Díaz. Nos vemos allí. Por favor, tráete a Reinaldo Luz.

Mientras me vestía, mi prima me interrogó.

—¿Le viste la cara?

—No.

—¿Cómo era de alto?

—Tal vez un metro ochenta. Le llegaba al hombro.

—¿Cómo vestía, recuerdas?

—Solo le vi una máscara antes de que me empujara dentro del molino. Había algo brillante en su pecho.

—¿Brillante?

Busqué en mi memoria y recordé algo.

—Llevaba una especie de broche rojo brillante sobre plata.

Talvir apareció con Reinaldo, quien, con su camisa mal abrochada por las prisas, podría haber sido un personaje de una de las novelas de la nueva ola de su Biblioteca Eterna de Babel. Cuando Celia dio los detalles, ambos me miraron preocupados. Talvir apartó suavemente el cabello que cubría mi cicatriz.

—Es un milagro que hayas sobrevivido.

—No lo dudo—dije, parpadeando para contener las lágrimas que su gesto me provocó.

Una imagen tenue de unos rostros amables que me miraban mientras yo yacía en el suelo del molino flotó hasta la superficie de mi conciencia por un fugaz instante.

Subimos la colina hasta la casa de Díaz. En el salón, los únicos signos de estar habitada eran unos rectángulos de luz en la pared donde una vez colgaron unos cuadros. El más grande de los dos dormitorios estaba vacío. En el más pequeño, un colchón de aire inflado se apoyaba en la pared y, junto a él, una caja de madera lucía unas gotas de cera de una vela medio quemada. Respiré hondo y ahí estaba, el olor a lavanda que anoche creí que venía del jardín.

Encontramos más evidencia de ocupación reciente en la cocina. Celia observó una taza de café medio llena que había dejado al lado de un fregadero lleno de platos sucios.

—Quienquiera que se metió aquí, se fue a toda prisa. ¿Habrá encontrado la entrada a los túneles?

Talvir examinaba el suelo de la despensa. Llamó a Celia para mostrarle un cuadrado de madera algo torcido y luego se puso a trabajar metódicamente quitando los tornillos.

—Esto se desarma con demasiada facilidad. Sé que Roberto Díaz habría hecho un mejor trabajo cerrando esto.

Reinaldo se agachó junto a Talvir.

—Parece que alguien sacó los tornillos y luego lo volvió a colocar. ¡Grave infracción!

El suelo original, varios tonos más oscuros, formaba el contorno de una trampilla. Mi prima salió apresuradamente de la habitación.

—¡Dime cuando estés listo!—llamó desde algún lugar de la casa.

—¡Vale!—gritó Talvir.

La trampilla se abrió de repente, pero de forma controlada, como supe más tarde, por una palanca escondida dentro de la chimenea. Tenía sentido que cada bibliotecario creara una forma única, conocida solo por él, de ingresar a su archivo subterráneo. Esta abertura era más grande que la del armario de Celia y estaba conectada a una empinada escalerilla de piedra. Reinaldo fue el primero en descender. Cuando hice un movimiento para seguirlo, Celia me agarró por la manga.

—Ya has tenido tu cuota de sustos, Allie. Podemos manejar las cosas desde aquí. Vuelve a mi casa, date una ducha y acuéstate. Tan pronto como sepamos algo, iré a buscarte.

No me cayó bien el rechazo, pero lo acepté. Me confortó comprobar que ella ya había tomado mi participación en los asuntos de Zahara como un hecho.

De vuelta a casa de Celia, limpié los restos de la comida que habíamos compartido antes de que mi desaparición la llevara al bosque a buscarme. Hasta donde yo sabía, todos en esta rama de mi familia en algún momento habían desaparecido o se les había negado el acceso a la esfera pública. ¡Qué crueldad que Eduardo haya prohibido a Pilar ver a su propio hijo y que luego controlara las visitas de la abuela Luzia después de la supuesta muerte de su esposa!

Y así, sin previo aviso, tuve una *vijita*. Mis manos eran las de Luzia, mis dedos agarraban los extremos de un chal de encaje negro.

***

Cruzo la puerta de hierro forjado. La ansiedad me oprime el pecho. El jardín delantero está lleno de coloridas rosas y azaleas. ¿Seré bien recibida o rechazada? ¿Desdeñada?

Una sirvienta uniformada me recibe en la enorme puerta de entrada. Examina sin disimulo mis zapatos gastados y mi falda de mezclilla arrugada. Parece dudar cuando digo:

—Por favor, dígale al señor Martín que estoy aquí para ver a mi nieto.

Me hace esperar en una biblioteca. Dudo que los ocupantes de estas sillas de terciopelo rojo lean mucho, aun rodeados de libros importantes de lomos de cuero grabados con letras doradas. Aparece Eduardo. Su traje celeste y su polo rosa le dan el aspecto de un modelo masculino. Han pasado cinco años desde que nos vimos la última vez.

—¿Qué haces aquí, Luzia? Sabes que mi acuerdo con Pilar fue que al chico lo dejaran en paz. Ahora que ha recibido lo suyo, las reglas se aplican a usted también.

231

Cualquier idea de compromiso que hubiera tenido, se desbarata con la embestida de estas crueles palabras. Eduardo trata de ponerme a mí, la afligida madre de su supuestamente fallecida esposa, en "su lugar". Más que nunca me alegro de que mi hija esté a salvo y haya elegido la vida anónima de monja en lugar de vivir con este hombre terrible.

—Le he traído un regalo a Carlos por su cumpleaños. ¿Me permitirás al menos dárselo en persona?

Eduardo frunce el ceño, pero finalmente cede. No querrá ser visto como el ogro que ambos sabemos que es. Ah, la vanidad de los hombres...

Esperamos en tenso silencio a que la institutriz, cuyo vestido negro con cuello de encaje sugiere una alergia a la moda de los ochenta, trae a mi nieto a la biblioteca. Carlos lleva un traje de marinero y su parecido con Pilar es sorprendente: el mismo cabello negro rizado y los ojos castaños verdosos, el mismo aire intenso e indagador. Noto que duda al verme, pero la mujer lo empuja en mi dirección sin mucho protocolo.

—Dale un abrazo a tu abuela Luzia—le dice. La renuencia le aprieta cada músculo de su rostro de doce años. Aunque entiendo su origen, esto me deja un poco cortada. Trago mi dolor y ensayo una sonrisa, tratando de hacer contacto visual con él.

—Tu abuela está muy contenta de verte, jovencito.

Carlos extiende una mano hacia mí y después de cumplir con ese doloroso deber, el chico se arriesga a echarme un vistazo. El padre, posesivo como es, ha permanecido en la habitación. Extiendo el paquete y Carlos lo toma, rompiendo la envoltura. Sus ojos se iluminan al ver las figuras del *Secret Wars*.

—Uy... ¿Cómo sabías que me gustan?

—Porque tu madre no paraba de hablar de ello. Ella habría estado muy contenta de que las tuvieras.

El niño toma en sus manos al Hombre de Hielo y mira a su padre. Con un gesto de desdén, Eduardo le larga:

—Dile que no intente comprarte con regalos.

Es una tortura ver cómo la alegría se desvanece en los ojos del niño y la reemplaza una rabia sorda que estoy segura de que ha sido generada por las mentiras de Eduardo. Carlos me arroja el juguete. Si tan solo pudiera borrar el dolor de mi nieto. Si tan solo pudiera encontrar una manera de decirle que su madre está viva, sin ponernos en peligro los dos.

La institutriz se lleva al chico y Eduardo camina hacia la puerta, indicándome que lo siga.

—Será mejor que te vayas antes de molestarlo más. Espero que no le hayas llenado la cabeza a Celia con historias sobre lo monstruosa que soy. Mi hija debería saber que no es culpa mía si Pilar me escondió la verdad de su origen y se marchó con ese notario judío. Lo que sea que le haya pasado, Pilar merecía morir. Y si veo a Mico Rosales merodeando por lo de Celia, lo voy a hacer sacar a patadas del país, que se junte con los de su raza.

Qué lamentable espectáculo ha montado para el pequeño Carlos. Si yo pudiera, agarraría al niño y se lo llevaría a su madre. Por desgracia, eso no es posible

***

Aunque Eduardo pensaba que Pilar estaba muerta, seguía sintiendo feroces celos de Mico. ¿Lo bastante celoso para haber ordenado matar al notario? Esta parecía una teoría plausible. Demostrarlo era otro asunto. Qué cruel criar a un niño contándole que su madre lo había abandonado antes de morir. Qué injusto que los muros invisibles

233

que rodean mis *vijitas* impidieran que yo le advirtiera a Luzia que su nieto eventualmente conocería la verdad y perdería la vida tratando de proteger a su madre y a su hermana. La pregunta ahora era de qué pensaba Carlos que los estaba protegiendo.

—Violaron una entrada, y no fue registrada.

No había escuchado a Celia entrar en la sala de invitados. Apenas percibió mi presencia, y continuó pensando en voz alta.

—Culpa mía, por haber quitado la cámara de vigilancia cerca de la casa de Díaz después de cerrar la entrada. Si este intruso es la misma persona que mató a Carlos, ¿por qué usó el único acceso a Zahara sin cerradura biométrica?

—Discúlpame si soy muy... directa, pero, ¿podría ser que intentara usar el pulgar de Carlos y no lo hizo? ¿Por qué no le funcionó?—Fui incapaz de encontrar una manera más suave de exponer mi espeluznante teoría. Celia se estremeció, pero sabía tan bien como yo que no había manera de esquivar el tema.

—Después de lo que pasó anoche, lo más probable es que sean dos personas diferentes, y que ambas hayan descubierto cómo eludir nuestro sistema de seguridad.

Un golpe suave en la puerta principal nos interrumpió. De todas las personas que podría haber imaginado, la más improbable hubiera sido esta anciana monja de hábito blanco y velo negro que siguió a mi prima hasta el salón. Celia se aclaró la garganta:

—Alienor Crespo, esta es la reverenda madre María Teresa, priora de la Cartuja.

Incluso con mi limitado conocimiento de las órdenes católicas contemplativas, aprecié lo inusual que era para la priora salir al mundo exterior.

***

Nuestra visitante se negó a sentarse y se dirigió a Celia de manera formal.

—Como sabéis, los cartujos en ocasiones han proporcionado santuario a los perseguidos. Durante la guerra, los nazis mataron a los monjes que dieron refugio a judíos y guerrilleros en la Cartuja toscana. Aquí en Almendrales, lo hicimos lo mejor que pudimos cuando nos llamaron y tus abuelos nos trajeron a muchos que buscaban refugio de aquella tormenta.

—Nunca hemos dejado de estar agradecidos por tu protección, madre.

—Tal vez sea así. Pero hoy es diferente, Celia. Hoy sucedió algo escandaloso que puede hacer que nuestra Cartuja sea censurada por la Iglesia. Eduardo Martín llegó a la puerta principal y se abrió camino hacia el corazón del monasterio, donde ningún hombre jamás ha traspasado la propiedad desde hace siglos. Estaba fuera de sí. Pude ver que estaba devorado por el dolor y lo invité a que me acompañara a la vicaría contigua, donde se permiten tales encuentros. Cuando se calmó lo suficiente para hablar, tu padre afirmó que un amigo de su familia llamado Mico Rosales había asesinado a su hijo Carlos. Luego acusó a tu madre, la hermana Pilar, de albergar al asesino en nuestra Cartuja.

—Lo siento mucho—dijo Celia—. Si yo hubiera sabido...

—Por favor, déjeme terminar—insistió la priora, respirando hondo—. Cuando me negué a dejarle ver a la hermana Pilar, o a dejar un registro en el monasterio, amenazó con denunciar a nuestra orden por indecente e inmoral e ir a Roma si era necesario para presentar cargos. Volví a

235

negarme y si el vicario no hubiera intervenido y expulsado al señor Martín de las instalaciones, no sabemos qué podría haber sucedido.

Celia parecía consternada.

—Ayer, cuando llamé a mi padre, el dolor en su voz me dijo que ya sabía de la muerte de mi hermano. Me llamó traidora y colgó.

La madre superiora había recobrado la compostura y habló con más amabilidad.

—Ven a verme cuando hayas resuelto esto.

Al verla salir de la casa por el recibidor donde había tenido lugar el horrible crimen, me estremecí. Celia cerró la puerta detrás de la priora.

—Eduardo sabe que Pilar está viva. Se entiende su preocupación por el nuevo sacerdote que tomó su confesión.

—Ese hombre es tan sacerdote como yo rabina— solté.

Capítulo 22

—¿Qué quiso decir tu padre al llamarte traidor?

Celia echó los hombros hacia atrás, descartando claramente la palabra desagradable y el peso de la ansiedad que la acompañaba.

—Voy a preparar un café—dijo.

La casa seguía vibrando con la indignación de la priora, así que sacamos nuestras tazas afuera y nos dejamos caer en un par de sillas bajas de lona en el jardín trasero. Celia estiró las piernas y plantó los talones en el suelo.

—Cómo se enteró mi padre de que mi madre está viva? ¿Y qué más sabrá?

Me tomó un momento darme cuenta de que Celia se había vuelto hacia mí en busca de respuestas.

—Este nuevo sacerdote que tomó la confesión de Pilar podría ser el informante de tu padre sobre lo que sucede en la Cartuja. Lo que es igualmente preocupante es que él podría estar al tanto de lo que está sucediendo en los túneles de abajo.

Celia apretó la taza de café.

—Zahara está en peligro en tantos frentes que estoy empezando a perder el hilo. Comprensiblemente, estaba frustrada y aun sufriendo el dolor por su hermano. Por muy capaz que fuera Celia, si íbamos a idear un plan, el trabajo recaía en mí.

—Celia, tengo un plan. Iré a Málaga a entrevistar a Eduardo para un análisis de la situación política, como periodista del *Seattle Courier*. Dadas las ambiciones de tu padre, creo que aprovechará la oportunidad de hablar con alguien de la prensa estadounidense.

—¿Y si fue él quien envió a tu atacante? Te arriesgas a caer en una trampa. Ese tío no tenía forma de saber que yo había venido a husmear y no dio indicios de que supiera quién era yo. Tendré cuidado, Celia. Lo prometo.

Mi móvil sonó y escuché la voz tranquila de Luis Alcábez.

—Alienor, ¿estás bien?

—Ah..., tratando de estarlo.

—No parece... Mico llamó hace dos días. Debe haber sido terrible para ti haber entrado tan directamente en la escena de un crimen. Lamento mucho que tu primer viaje a España se haya convertido en un desastre.

—Agradezco tu preocupación, Luis, pero estoy bien.—Quería decirle a mi abogado que recientemente había sido agredida por un desconocido. Pero ¿por qué compartir la mitad de una historia cuando es imposible hablar de la otra mitad? Tal vez algún día Zahara se haría pública, pero por ahora mi acuerdo con Celia hacía imposible la divulgación. Una promesa es una promesa, un voto es un voto.

—Hay algo más—continuó Alcábez—. Le pedí a Mico que se encontrara conmigo en la comisaría y hablara con el inspector Fernández para limpiar su nombre. Nunca apareció. ¿Tienes idea de dónde podría estar?

—No. Te avisaré de inmediato si se pone en contacto conmigo.

—Espero que vuelvas pronto a Granada. Felicia y yo estamos preocupados por ti.

—Gracias, Luis. Iré a veros después de entrevistar a Eduardo Martín para un artículo que estoy escribiendo.

El abogado tardó en responder.

—Alienor, esa es una familia poderosa y arrogante. Martín aspira a convertirse en uno de los primeros políticos abiertamente de extrema derecha electos al Congreso de los Diputados. Ten cuidado.

—No te preocupes. No se meterá con una periodista profesional—dije, consciente de que ambos sabíamos que esto era pura ilusión.

—Ah... Eh..., vale, estaré fuera unos días. Si surge algo, me avisas a través de Felicia.

Luis me deseó buena suerte y se despidió.

Le pregunté a Celia cómo podía contactar con Eduardo y me dio el número de la oficina de Transportes Martín en Málaga.

—Será más creíble si te comunicas con él a través de su negocio—sugirió.

Cuando llamé no hubo respuesta, y dejé un mensaje:

Buenos días. Mi nombre es Eleanora Benvenuto. Soy una periodista de Seattle y me gustaría entrevistar al señor Martín para un artículo sobre el nuevo partido que respalda su candidatura y el avance de la presencia de la extrema derecha en la política española.

En poco tiempo, la secretaria de Eduardo devolvió la llamada y me citó para esa misma tarde. Con una frase atravesé las capas de intermediarios que inevitablemente rodean a un aspirante a político. Si mi madre estuviera viva, seguramente me habría perdonado la italianización de su apellido. Como periodista, me enorgullecía de mi objetividad. Sin embargo, esta saga familiar que yo estaba queriendo desenredar me asignó el papel de una jugadora comprometida a cambiar el resultado de la historia.

Llegué a Málaga a última hora de la tarde y después de una ardua búsqueda encontré un lugar para estacionar en una calle destartalada que bordea la Avenida del Arroyo de Los Ángeles. Continuando a pie, escudriñé los extravagantes grafitis, y cada mensaje pintado con espray gritaba "¡Esto es mío!" desde las paredes grises y las rejas metálicas de las tiendas permanentemente tapiadas. Un buen lugar para un partido populista que busca plantar sus raíces en el suelo de la clase trabajadora.

El interior de la oficina del partido Enfrente era más silencioso de lo que sugiere el nombre. Una mujer joven con una falda de cuadros y una blusa blanca vino a recibirme.

—Estoy aquí para obtener las últimas noticias sobre la campaña—dije—. Escuché que el partido tiene buenas posibilidades de conseguir un puesto para representar a Málaga en el Congreso.—Con esta invención me gané una sonrisa de oreja a oreja de la mujer más elegante que había conocido en España.

—Solo soy una voluntaria—dijo ella—, pero el señor Martín dice que para mujeres como yo el cielo es el límite. Vamos a traer de vuelta los días de gloria de España.

Yo sabía que sus posibilidades eran casi nulas, pero le seguí la farsa. Salí con un póster enrollado con la consigna: "Volvamos a las glorias de España", adornado con las banderas y espadas del logotipo de Enfrente. Estaba destinado a la primera papelera que encontrara, pero el folleto lo guardé en mi bolso.

La última vez que había visto la mansión de ladrillos rojos, con su vista del Mediterráneo y el jardín rebosante de color, fue durante una dolorosa *vijita* que compartí con Luzia. La casa estaba tan inalterada como el sombrío uniforme de la criada, cuya contraparte en los años setenta había conducido a la abuela de Celia a la biblioteca de Eduardo. Era difícil saber si las sillas de terciopelo rojo eran nuevas o las mismas que vio Luzia cuando desafió la ira de Eduardo para visitar a su nieto. El marido de Pilar tenía ahora veinticinco años más que la última vez que lo había visto a través de los ojos de su suegra. Las canas evidenciaban del paso del tiempo, pero vi en el rostro demacrado un signo de dolor por la pérdida de su hijo.

—Gracias por recibirme, señor Martín. Primero, quiero decir cuánto lamento su pérdida.

Eduardo agachó la cabeza, como si la simpatía fuera un golpe que debía evitarse.

—No esperaba que se me acercara una periodista estadounidense. Sus compatriotas no destacan por su interés en la política internacional.

Me acompañó hasta un asiento en una mesa cubierta por un vidrio con cubiertos para dos y la asistenta nos trajo un almuerzo ligero. Tomamos una sopa de pescado y marisco y aproveché la apertura que me había ofrecido Eduardo.

—Es posible que su punto de vista no sea popular entre algunos estadounidenses, pero como sabe, ha habido un cambio de aires Incluso los medios de comunicación liberales están percibiendo los cambios en Europa.

Al oírme pronunciar este eslogan sobre la prensa, mi entrevistado se relajó y asintió con la cabeza. Quizá esta sería una experiencia más placentera de lo que yo había esperado.

—Es cierto que estamos experimentando en la política un giro mundial hacia la derecha—agregué—. Y ya era hora.

El folleto que saqué de mi bolso fue recibido, como esperaba, con una sonrisa de reconocimiento.

—Veo que ya está familiarizada con nuestra plataforma, señora Benvenuto. Nos proponemos eliminar la corrupción, frenar la inmigración, criminalizar el aborto y centralizar el Estado español, que se ha convertido en una confederación de feudos autónomos sin identidad nacional.

La mirada de mi anfitrión siguió la mía hasta una foto montada en la pared sobre la chimenea. Un hombre severo estaba de pie detrás de un atril frente a un micrófono.

—Ese es Blas Piñar López. Junto con mi padre, fundó Fuerza Nueva, un esfuerzo en gran parte incomprendido para establecer la continuidad después de la muerte de Franco. Nuestro partido se enorgullece de recoger su legado.

Reprimí mi impulso de comentar que 'establecer continuidad' sonaba como un eufemismo para mantener el fascismo y pregunté:

—Si se opone a la inmigración, ¿qué opina acerca de la nueva ley que ofrece la ciudadanía a los descendientes de los judíos expulsados en 1492?

—Me parece justo—respondió Eduardo con frialdad. La pregunta era un golpe que ya sabía cómo esquivar—. Los sefardíes no hicieron nada para merecer la orden de expulsión. Aunque debo decir que hay musulmanes que también reclaman el llamado derecho de retorno. No los necesitamos para hacer volar nuestros trenes—apretó el puño antes de agregar—: o para matar a nuestros hijos, incluido el mío.

Como no respondí, continuó:

—Supongo que no sabe que mi hijo murió como un héroe.

Compartimos un momento incómodo, mientras la asistenta despejaba la mesa y nos servía un café con unas pastas. Eduardo esperó a que ella se retirara antes de continuar con su línea de pensamiento.

—No tengo todos los detalles, pero uno de mis compañeros me informó de que el asesino de mi hijo es Mico Rosales, un judío que se convirtió en secreto al islam y se unió a una célula terrorista en las Alpujarras. Como mi padre, que fue ejecutado en 1950 por un asesino enviado por la guerrilla maquis en el exilio, mi hijo fue martirizado por ser un buen español.

Dejé mi taza de café con cuidado, para que no temblara en el platillo. El padre de Celia me observó de cerca.

—Sí, sé que es impactante.

—Horrible—fue todo lo que pude añadir. Lo que había dicho tenía demasiadas implicaciones para asimilarlo de una vez. El hombre sabía mucho más que Celia. Si realmente creía que Zahara era una célula terrorista, entonces, ¿quién lo había manipulado para que se tragara la mentira? Y si sabía que su hija Celia era una líder de la comunidad zahariana, ¿la culpaba por la muerte de su hermano?

—¿Cuáles son sus planes para fortalecer la economía?—pregunté, cambiando a un terreno más seguro.

—Simple. Primero, eliminaremos la corrupción. Drenaremos el pantano. Y luego...

Las puertas dobles se abrieron. Eduardo chasqueó la lengua con molestia cuando la asistenta hizo pasar a un hombre bajo con un traje gris claro, camisa amarilla y corbata a juego. Caminó hacia nosotros con cautela, su pecho hinchado y andar exagerado confirmando su identidad, incluso antes de quitarse el sombrero. Un destello de sorpresa en sus ojos delató que él también me había reconocido. Había pasado menos de una semana desde la visita del doctor Amado a la instalación de gusanos de seda de Celia.

—Eduardo, me alegro de verte—saludó, ignorando intencionadamente mi presencia. El alfiler rojo en la solapa de Amado se parecía al que llevaba mi atacante la noche anterior. En una inspección más atenta, vi una cruz al revés para convertirse en una espada levantada, con la empuñadura y los brazos terminando en forma de flor de lis. El alfiler podría haber señalado al médico como mi agresor en la casa de los Díaz, si la complexión de Amado no hubiera sido tan menuda.

—Eleanora Benvenuto, te presento al doctor Rodrigo Amado, mi mano derecha y asesor—dijo Eduardo—. Por favor, siéntate, toma una pasta.

Capítulo 23

A pesar de la llegada del doctor Amado, Eduardo no cortó la entrevista.

—Lance sus preguntas, señora Benvenuto, el doctor puede tener algo que aportar. Entonces..., ¿por dónde íbamos?

¿Dónde estábamos realmente? Este era un momento demasiado oportuno para dejarlo pasar y había algo que quería preguntarle al amigo de Eduardo.

—¿Fue usted quien informó al señor Martín de que un terrorista mató a su hijo?

El individuo se enfureció ante mi impertinencia.

—¿Qué le da el derecho a interrogarme, señorita?

Era casi gracioso, que yo estuviera allí con un nombre falso y el doctor Amado, el pseudocientífico, fingiendo no reconocerme. Supongo que tenía sus razones para no contarle a Eduardo sus actividades en las Alpujarras, en particular, sobre su contacto con Celia.

—La señorita Benvenuto es una reportera que tal vez pueda ayudar en nuestra campaña.—Eduardo me dirigió una sonrisa complaciente mientras hablaba con el médico—. No hay nada de malo en hablar con ella.

—Carlos Martín me alertó de unos yihadistas en La Alpujarra que estaban planeando un ataque sobre un objetivo en Granada. Él se había infiltrado en su escondite situado en la montaña. Antes de que pudiera actuar, estaba muerto.

La historia inventada del doctor Amado demostró que era tan buen improvisador como impostor.

—Entonces ¿usted lo notificó a las autoridades?

—Esto no es Estados Unidos, señorita, donde las acusaciones son todo lo que uno necesita.

Se sirvió de la pomposidad para enfrentar el desafío.

—Estoy aquí para debatir la situación con el señor Martín —continuó— y asegurarme de que contamos con pruebas suficientes para que los cargos contra estos terroristas se mantengan.

La actitud imperturbable de Amado demostraba que no tenía ningún problema en revelarme esta información. ¿Ya era demasiado tarde para advertir a Celia y a los demás? A estas alturas, la Policía ya habría allanado Zahara basándose en los cargos de los que hablaba este "doctor". Miré la pantalla de mi teléfono como si estuviera leyendo un mensaje de texto.

—Lo siento mucho, señor Martín. Mi editor quiere que cubra otra noticia de última hora. Debo irme, pero espero completar nuestra entrevista pronto.

Eduardo se levantó de la silla para estrecharme la mano.

—He disfrutado de nuestra interacción —murmuró.

—Ha sido un placer también para mí —dijo el doctor Amado.

Cualquiera que sea la razón, había decidido no descubrir mi falsa identidad, aunque solo fuera durante el tiempo que me tomara guardar mi cuaderno y dirigirme hacia la puerta. Caminé lentamente, agarrando mi bolígrafo con tanta fuerza que temí que se rompiera en mi mano.

Ya en el coche, me encaminé hacia Montril, conduciendo un poco por encima del límite de velocidad indicado en la A-7 Este, cuando Celia llamó.

—Si todavía estás en Málaga, quédate allí. Si no, da la vuelta y aléjate de las Alpujarras todo lo que puedas. ¿Entiendes?

Cortó antes de que pudiera contestarle. Era obvio que Celia estaba en una situación problemática y trataba de protegerme. Quería llamar a Luis y pedirle ayuda, pero estaría rompiendo el acuerdo de confidencialidad con mi prima y no me atrevía a hacerlo. Llegué a Almendrales habiendo evitado milagrosamente un pinchazo mientras atravesaba los caminos sin pavimentar hacia la casa de los Crespo. Un camión militar marrón estaba estacionado en el claro y el follaje que bordeaba el camino hacia la casa se veía pisoteado. Me imaginé a hombres con botas altas aplastando todo a su paso. Pero esto no sirvió para prepararme para los agentes de la Guardia Civil que pululaban por la casa con sus uniformes verde oscuro, examinando las delicadas posesiones de Celia con un descuido calibrado con el propósito de intimidar. La vi en medio de la sala de estar, desafiando cara a cara a un oficial con tres estrellas doradas en la manga.

—Capitán Suárez, sabe que este registro es ilegal y no será aceptado en un tribunal. Usted sabe que requiere una orden judicial y la presencia del secretario del juez.

Parecía que el dolor le había conferido fuerzas a su voz. El capitán parecía haber mantenido la misma postura rígida durante décadas bajo el mandato de Franco. Se mantuvo imperturbable al asalto de Celia, sin un sonrojo o una sonrisa culpable que reemplazaran la burla que se leía en sus labios.

—Ciertas reglas se suspenden durante una investigación terrorista—soltó.

La acción se trasladó al dormitorio y por la rapidez con que los invasores localizaron la trampilla en el suelo del armario deduje que alguien les había dicho exactamente dónde buscar. En lugar de quedarse quieta mientras forzaban la cerradura con una palanca, Celia optó por abrirla voluntariamente, usando su huella digital.

—Déjeme bajar con usted. Yo le puedo guiar. Por favor, tenga cuidado con los libros.

Sus angustiados ruegos fueron ignorados. La mano de Celia buscó la mía, mientras los oficiales desaparecían por los túneles. Celia sacó su móvil.

—Talvir, la Policía está aquí. Ya están en los túneles. Será mejor que avises a los demás.

—¿Está bien si llamo a mi abogado, Luis Alcábez?—pregunté—. Sé que podemos confiar en él.

—Adelante, ¿qué opción tenemos? El mundo entero va a saber sobre Zahara ahora y no nos van a tener ninguna compasión.

El teléfono de la oficina daba ocupado. Llamé a su casa y Felicia me informó:

—Luis está fuera del país, haciendo un trabajo para la Federación Judía en Inglaterra. Por si aún no lo sabes, Mico Rosales ha sido acusado de homicidio y la Policía quiere interrogarlo, y a ti también, como testigo.

No había ni rastro de calidez en su voz; y no tenía por qué haberlo, después de mi injusto trato hacia su viejo amigo Mico. No obstante, necesitaba su ayuda. Respiré hondo.

—Felicia, en este momento la Guardia Civil está registrando la casa de Celia y los túneles.

—¿Guardia? ¿Túneles? ¿De qué diablos me estás hablando?

Para entonces, un par de agentes habían subido la escalera y vuelto a entrar en la casa por la trampilla. Pisando fuerte, cruzaron la habitación para informar a su superior.

—Felicia, tendré que volver a llamarte.

Desconecté a tiempo para escuchar al más bajo de los dos oficiales y el que tenía más adornos en el pecho informar al Capitán Suárez:

—Encontramos dos bloques de explosivo Semtex en una habitación debajo de la casa de Saleema al-Garnati, la musulmana que lleva en nuestra lista de vigilancia desde hace tiempo. También hay detalles del desfile de la fiesta Cruces de Mayo que puede ser de interés para la Unidad de Terrorismo; y un cuaderno de instrucciones escritas en árabe. Hemos detenido a Al-Garnati.

—Buen trabajo, teniente Romero—dijo el capitán.

La voz de Celia en mi oído temblaba de rabia:

—Cuando esta Saleema estaba en la universidad tenía un novio paquistaní. Ahí tienes, ¡el perfecto chivo expiatorio!

El capitán Suárez convocó a sus hombres y a continuación les anunció:

—Los que viven sobre estos túneles son testigos y tendrán que ser interrogados. La americana, también.

Celia deslizó algo en mi mano y susurró:

—¡Vete ya mismo!

Me colé por la cocina. Me oculté detrás de la puerta y vi al teniente acercarse a mi prima:

—Celia Crespo, tenemos pruebas que proporcionan una causa justa para llevarla a un interrogatorio.

Ella se movió para bloquear la vista de la cocina.

—Si encontraron explosivos en los túneles, es porque fueron colocados allí por alguien ajeno a nuestra comunidad. En mi opinión, la misma persona que agredió a mi prima y entró anoche.

El teniente la agarró bruscamente del brazo.

—Puede protestar todo lo que quiera, pero tendrá que acompañarme.

A la salida, Celia se resistió, agarrándose al marco de la puerta.

—Un momento, teniente. ¿Y las bibliotecas? ¿Qué garantía me da de que sus hombres no dañarán los libros?

—Son también pruebas y deberán estar bajo custodia.

—Pero, escuche teniente, por el amor de Dios, algunos de los libros son extremadamente frágiles. No puede moverlos sin supervisión profesional.

—Entiendo. A partir de ahora los contenidos de las bibliotecas están precintados. Pero tenemos derecho a incautar todo lo que haya en los túneles si así lo consideramos. De la misma manera que estamos autorizados a detenerla para interrogarla. Así que, muévase, por las buenas o por las malas. Es su decisión.

Con la cabeza en alto, Celia se fue con Romero. Yo me alejé de la puerta de la cocina tratando de hacerme invisible. El capitán Suárez habló brevemente por su móvil y escudriñó la habitación, sin duda, buscándome. No había ningún policía apostado en la parte de atrás y me escurrí hacia afuera, rogando no ser descubierta.

Sin tener idea de qué camino tomar, instintivamente elegí una senda estrecha que serpenteaba a través del bosque. Corrí durante media hora, antes de detenerme para recuperar el aliento y sacar de mi bolsillo el mensaje de

Celia. Era la tarjeta del inspector Fernández, y en el reverso ella había garabateado: *averigua qué sabe él*.

Esto tendría que esperar, porque allí no había cobertura para el móvil.

Los libros habían sido cargados en un camión y se dirigían Dios sabe adónde. Pero ¿qué estaría ocurriendo ahí abajo? Podría volver y bajar para comprobarlo, pero ¿cómo iba a hacerlo, con todas las entradas vigiladas por la Policía? No estaba preparada para la simple respuesta que se me presentó.

***

Jariya está esperando, su silueta se ve a contraluz en un prado que termina abruptamente. Las campanillas azules y los copos de nieve cubren el borde del acantilado, junto a los descendientes de la aulaga que recuerdo vívidamente. Mi audaz antepasada morisca del lado de los Siddiqui observa con atención mientras yo aparto las ramas que cubren la estaca de metal y el cable enrollado alrededor de su base. Me agacho y agarro un extremo del alambre trenzado.

—¿Puedo confiar en esto?

Su voz suena suavemente dentro de mi cráneo.

—¿Por qué no?

Este es un tipo diferente de *vijita*. Yo soy yo, Alienor, actuando en mi propio nombre, en mi propio cuerpo y en mi propio tiempo. Es Jariya quien parece estar fuera de su elemento, ligeramente transparente, pero encarnada lo suficiente como para vigilarme desde otra dimensión. Miro hacia abajo y siento la adrenalina fluir en mi cuerpo con tanta fuerza como los rápidos del río que se halla abajo. Sé lo que tengo que hacer y estoy aterrorizada. Sin embargo, tal vez porque he experimentado este descenso antes, después de haberme fusionado con Jariya cuando ella lo hizo hace siglos, puedo controlarme. Alternando mis manos a lo largo de la cuerda, me concentro en convertirme en una con el tirón hacia abajo de la fuerza de gravedad y permanecer solo el tiempo necesario en cada punto de apoyo antes de seguir adelante. Cuando llego a la cornisa que rodea la cueva, reboto ligeramente en la pared de la roca para darme impulso antes de balancearme y aterrizar suavemente en suelo firme.

El alivio es momentáneo. Otra vez aparece el miedo a lo que vendrá.

***

No había antorchas ni conductos de aire por los que entrara luz. Sin la linterna de mi móvil, habría quedado inmovilizada. Di un paso adelante, luego otro, antes de que una idea me paralizara: solo una rama del túnel conducía a mi destino y no sabía cuál.

Decidí recorrer metódicamente y a tientas los bordes de la caverna principal, donde una vez había presenciado la dramática llegada de Jariya, Hasdai e Idris con sus alforjas cargadas de libros y tintes para la seda. Tanteé un afloramiento irregular de una roca, como si fuera una elocuente mano extendida hacia mí. ¡Cierto! Era el mismo saliente que usaron Jariya y Fátima. Los recuerdo hablando de defender su patria. Detrás, encontré la entrada que estaba buscando.

Era un laberinto estrecho y mohoso, de techos bajos y numerosos callejones sin salida para desalentar a posibles intrusos. Recordé cómo los moriscos habían caminado a través de un laberinto memorizado por Jariya hasta que llegaron al sitio de la primera biblioteca tallada en la mina de sal. Hice lo mismo ahora, tres vueltas a la derecha, una a la izquierda, otra a la derecha. La linterna iluminó una puerta y suspiré con alivio cuando el haz de luz reveló una cerradura biométrica.

Presioné un pulgar sobre la almohadilla y el pestillo se abrió con un clic. Al otro lado reconocí la sección del túnel que se extendía por debajo de la casa de mi prima.

Por un momento me alegré de haber completado el círculo, hasta que vi a un miembro de la Policía frente a la Biblioteca Tiferet y Jamal.

Estaba atrapada. Rogué que no estuviera haciendo un turno de veinticuatro horas. Aplastada contra la pared, quise fundirme en ella. ¿Cómo es posible que la respiración de una persona suene tan ruidosa? ¿Cómo es posible que diez minutos se vivan como una eternidad? Ya me estaba resignando a mi suerte cuando la radio del oficial emitió una serie de instrucciones rápidas e indescifrables. El tipo se encaminó hacia la Biblioteca de Khalud. Esta era mi oportunidad de acercarme y ver si la sala de control había sido violada. Era un riesgo que tenía que correr.

Capítulo 24

Cuando entré, agradecí a quien había camuflado tan bien el seguro a la entrada más importante de Zahara. La puerta de la sala de control se mimetizaba perfectamente con el exuberante follaje verde y amarillo del mural de la pared. Evidencia de su buen funcionamiento eran las huellas de barro en el suelo de hormigón del túnel, dejadas por aquellos que habían pasado recientemente sin detectarla.

Corta de tiempo y en peligro de ser vista en cualquier momento, traté de recordar lo que había visto hacer a Talvir y a Celia en el tablero de control. Las cámaras de vigilancia estaban en funcionamiento, pero no sabía cómo acceder a las señales. Los botones con cinta azul e iniciales negras no me decían mucho. Después de varias pruebas al azar, pude ver en la pantalla a los policías frente a cada biblioteca, con los rifles listos y a la espera de órdenes. Mi experiencia en la creación de noticias digitales dio sus frutos. Accedí a un canal etiquetado como área común, y allí estaba el doctor Amado, enfrascado en una conversación con el capitán Suárez, quien había orquestado el arresto de Celia. Al fondo aparecía un tipo alto con pantalones de chándal azul oscuro y una sudadera con capucha.

Subí el audio y la voz irritada del capitán Suárez retumbó en la sala de control.

—Entiendo, doctor Amado, pero mis hombres no son mulas de carga y sospecharán en cuanto vean el valor de estos libros. Los manuscritos iluminados por sí solos podrían valer millones y realmente no le puedo ayudar en un robo de esta magnitud. Estamos obligados a registrar toda evidencia *in situ* y a dejarla en su lugar hasta que pueda ser examinada por nuestros superiores. Y eso es exactamente lo que pienso hacer.

El vídeo mostró el rostro enrojecido de Amado.

—Si no puede llevar a cabo todo el trabajo, no debería haber aceptado mi generosa oferta. La Sociedad tomará nota de su actitud poco cooperativa.

El capitán se puso rígido.

—Buscábamos evidencias de terrorismo, y de hecho, las hemos encontrado. La persona sospechosa, Saleema al-Garnati, ha sido arrestada y hemos reunido a los demás para interrogarlos. Estoy orgulloso de lo que hemos logrado hoy aquí.

Caminó hacia la puerta, deteniéndose una vez para girarse y decir:

—Le repito, no se acordó nada con respecto al contenido de las bibliotecas. Y le aconsejo que no haga nada temerario.

Esta mezcla de oportunismo y ética profesional me dejó atónita. Después de que el capitán Suárez abandonara el área común, Amado fijó su atención en el hombre alto, quien se bajó la capucha para dejar al descubierto una cabeza de cabello largo y grasiento.

—Buen trabajo, Mauro. Ya verás cómo estos idiotas se atacan después de una semana pudriéndose en la cárcel. Se correrá la voz sobre sus planes antipatriotas y la gente apreciará el compromiso de nuestro partido con la lucha contra el terrorismo.

Como su jefe, Mauro llevaba en el pecho el broche de la espada roja con una empuñadura de flor de lis. Me lo imaginé arrojándome al molino y colocando Semtex debajo de la casa de Saleema.

—¿Qué vamos a hacer con los libros?—preguntó.

—Por el momento, nada. Habrá que tener a la Guardia Civil de nuestro lado. Bien, no hay por qué preocuparse, tengo un plan. Pero mientras tanto, hay otras cosillas que resolver. La prima americana de Celia Crespo, una tal Alienor, se nos has escapado de las manos.

—Déjamelo a mí. La encontraré.

—Vale. Y entrégala a Suárez, la deportará de inmediato. Después tienes que ocuparte de la chica de Díaz, que prometió cooperar. Vive en la calle Miguel Servet 13, en Madrid. Ya sabes cómo manejar las cosas.

—¿Igual que Carlos Martín?

Amado se estremeció ante lo que sin duda era un recuerdo desagradable.

—Ese tío habría arruinado nuestros planes, ¿y para qué? ¿Para salvar a la solterona y a sus compinches?

¡Increíble! ¡Carlos había sido asesinado a sangre fría por el amigo de su padre para hacerse de una fortuna con los libros robados! También me resultaba claro la suerte que corría esta Carmen Díaz. Celia me había contado de su traslado a Madrid para cuidar de sus padres. Amado debía haberla chantajeado para que confesara la ubicación de Zahara, y ahora había que borrarla del mapa.

Anoté su dirección.

***

La evidencia del vídeo no sería inútil si pudiera llevarme la grabación. Busqué en el panel de control y encontré el manual de instrucciones. La visión de un diagrama esquemático me alivió cuando me indicó que había una memoria externa conectada al USB. La quité y la guardé en mi bolso. Tenía lo que necesitaba no solo para demostrar que el doctor Amado era un asesino, sino también para librar a Mico y a Saleema al-Garnati de cualquier acusación.

Aunque el vídeo no mostraba a Amado colocando el Semtex, la grabación era una mina de oro. Todo lo que necesitaba era una persona confiable con autoridad para verla. Como Alcábez no estaba disponible, mi única opción era convencer al inspector Fernández para que interviniera con un operativo de la Guardia Civil.

Fernández respondió enseguida, pero a mitad del relato me interrumpió con tal enojo que tuve que quitarme el teléfono de la oreja.

—¡Ocultaste información sobre el asesinato de Carlos Martín! ¡No me hablaste de los túneles! ¡Esperaste hasta que la redada de la Guardia Civil estuviera totalmente en marcha y la noticia en todos los medios antes de llamarme! ¿Y aun esperas que vaya a rescatarte?

—Entiendo cómo se siente, inspector. Sé que podría estar arriesgando su carrera investigando a otro cuerpo de seguridad en la aplicación de la ley. Pero ¿qué me dice de este capitán Suárez que ha sido engañado haciéndole creer que la biblioteca es un terrorista? ¿O que tal vez sabía de la farsa y no le importó? Creo que el doctor Amado y su gente pertenecen a una sociedad oculta con una ideología fascista. Por favor, sé que cree en la justicia. Usted mismo me lo dijo cuando nos conocimos.

Un clic me indicó que el inspector había desconectado. Esto fue perturbador, pero nada comparado al estruendo que hizo la puerta de la sala de control cuando se derrumbó, dejando entrar a dos oficiales de la Guardia Civil, cada uno sosteniendo un extremo de la barra que había servido para echar abajo la puerta.

Antes de que los oficiales pudieran reaccionar ante mi presencia, me levanté de la silla frente al panel de control y les dije con indiferencia:

—¿Por qué destruir la puerta cuando podría haberos dejado entrar? ¿No os dais cuenta de que el mecanismo de bloqueo podría darnos pistas sobre quién está proporcionando tecnología a los sospechosos?

No hubo respuesta, así que continué:

—Me hacéis perder el tiempo. El capitán Suárez me pidió que analizara este sistema y mi trabajo aquí aún no está completo.

El oficial más cercano a mí parecía un joven de unos 20 años, muy ingenuo. Se arrodilló para examinar la cerradura de la puerta que habían destruido. El otro guardia era mayor y llevaba su gorra un poco caída. Me miró las piernas, luego la cara, y arqueó las cejas. Yo miré hacia abajo y noté los bajos de mis pantalones manchados de barro, evidencia de mi paso por los viejos túneles. Por fortuna, era de color gris claro y no extremamente notable. Gracias a Dios, mi camisa de seda rosa estaba presentable.

—¿Quién es usted?—preguntó—. Nunca la he visto en ninguna asignación nuestra.

—Soy especialista en tecnología cibernética de la Guardia Nacional de los Estados Unidos. Como sabéis, tenemos un programa de intercambio que comenzó el año pasado. Su capitán me llamó porque necesitaba a alguien de inmediato. Como veis, no tuve ni tiempo para cambiarme de ropa y es posible que me haya estropeado los zapatos por esos pasajes embarrados que conducen a la casa de la sospechosa.

Temerosa de que uno de ellos usara la radio para verificar mi historia, reproduje una vieja grabación de los bibliotecarios atendiendo sus funciones y caminando por los túneles.

—Tengo un montón de metraje para revisar, ya que estos aspirantes a yihadistas fueron lo suficientemente estúpidos como para registrar sus propias actividades.

El guardia de más edad se inclinó para mirar más de cerca y apagué el monitor antes de que pudiera ver la fecha de la grabación.

—Si sois tan amable, os pido que me dejéis volver al trabajo.

—Lamento haberla molestado—dijo el de la gorra ladeada antes de salir.

Encontré un archivador de metal y extraje una carpeta repleta de papeles. Asomando la cabeza por la abertura donde había estado la puerta, solo vi a unos pocos guardias en sus puestos. Apreté la carpeta debajo del brazo y revisé mi bolso para asegurarme de que el disco duro que había confiscado estaba a buen recaudo. Como era de esperar, había un guardia apostado cerca de la escalera que conducía a la trampilla de Celia. Agarré la carpeta de archivos con ambas manos para mostrar que era un objeto de importancia.

—¿Sabéis dónde podría estar el capitán Suárez?—pregunté a uno de ellos.

Negó con la cabeza.

—¿Quiere que lo llamemos por radio?

—No, gracias, no es necesario. Transmitiré mi informe tan pronto como se ponga en contacto conmigo.

Subí la escalerilla y escuché un casi imperceptible clic de sus talones.

No encontré a nadie en la casa de Celia. Encontré mi maleta que había traído del apartamento alquilado. La operación de la Guardia Civil estaba llegando a su fin y me

imaginé la furia y la consternación del capitán cuando des-
cubriera la sala de control ya "saqueada". Consciente de
que Mauro estaría a mi caza a instancias de su amo, caminé con cierta aprehensión hacia mi coche. Tenía poquí-
sima gasolina. Busqué en mi teléfono una gasolinera a la
que pudiera llegar con unos pocos litros. Entonces recordé
el pequeño dispositivo que Mico había encontrado debajo
del chasis y me aconsejó que lo dejara en su lugar. Amado
probablemente había usado el GPS para rastrear a Mico
cuando estaba conmigo y así fue como pudo tenderle una
trampa para incriminarlo en el asesinato de Carlos. Claramente, el supuesto doctor Amado le servía para el crimen.
Qué tonta había sido al caer en su táctica. Más que nunca
lamenté mi mal informada declaración al inspector Fernández y deseé que hubiera una manera de retirarla.

El Land Rover de la Guardia Civil estaba estacionado
a pocos metros de mi vehículo. Me escurrí debajo de este,
tomé el rastreador y lo transferí al Land Rover. Esto llevaría
a mi enemigo a una interesante persecución y me daría a
mí más tiempo para actuar.

Capítulo 25

Aunque acelerar con el depósito casi vacío nunca es una buena idea, me arriesgué, y llegué a Órgiva en un tiempo récord. El sol se estaba poniendo detrás de las montañas, lo que indicaba que eran más de las 8 de la tarde, y tuve la suerte de encontrar una gasolinera abierta. Llené el depósito y salí de prisa. Aparqué en un lugar discreto.

Saqué mi ordenador portátil del bolso y enchufé la unidad flash que me había desconectado de la grabadora de vídeo en la sala de control. Solo tomó unos segundos copiar el archivo a una carpeta enterrada bajo varias capas dentro del sistema operativo. Para mayor seguridad, me hice una segunda copia en otra memoria USB que siempre llevo conmigo y la pegué con cinta adhesiva al interior del guardabarros delantero izquierdo. Al menos no se lo pondría fácil a nadie. Escondí la otra memoria USB debajo de la llanta de emergencia, al lado de la llave de hierro que planeaba usar para defenderme si fuera necesario. Conduje hasta un mercado cercano y compré unos sándwiches, patatas fritas y un refresco. Me sentía más como una fugitiva que como una periodista, viviendo de salto en salto. No me gustaba eso. Llevaba conmigo mi pasaporte y por un momento consideré la posibilidad de ir a la Embajada de Estados Unidos y pedir que me despacharan de vuelta a casa. Qué gran idea, si no fuera por la probabilidad de que el capitán Suárez pidiera mi extradición acusada de complicidad con el terrorismo. La realidad es que era una mujer sin patria, una forajida obligada a dormir en su coche.

Al amanecer, conduje hasta el apartamento de Luis y Felicia Alcábez en Granada sin ser invitada. Felicia tardó un poco en abrir la puerta. Su serena frialdad, *Hola, Alienor,* dejó claro que no se alegraba de verme. ¿Cómo podría culparla? Al cruzar el umbral de su casa yo no les había traído nada más que peligro e incertidumbre.

—Lo siento, pero no es un buen momento—dijo.

Ya estaba con la mano en el pomo de la puerta para cerrarla cuando desde el fondo escuché la voz chillona de Diego:

—¡Es la americana!

El chico empujó a Felicia a un lado para tomar mi mano y me remolcó a su habitación para mostrarme sus últimos pósteres de música pop. Cuando Felicia entró, no estaba sola: Mico estaba con ella. Se había escondido en la casa de los Alcábez, seguía siendo sospechoso del asesinato de Carlos, en gran parte por mi culpa. Supuse que Felicia contaría con su ayuda para expulsarme del apartamento.

—Me iré en paz—dije—. Pero primero quiero disculparme con Mico. Cometí un gran error y te juzgué mal y...

—Tranquila—me interrumpió—. Estabas en estado de shock al ver a un muerto, y ahí estaba yo, de pie junto a Carlos. En tu lugar, yo habría llegado a la misma conclusión errónea. Me salvaste la vida en el hospital. Nunca perdí la fe en volver a verte en mejores circunstancias.

—Es muy generoso de tu parte decir eso, Mico. Pero eres sospechoso en un caso de asesinato por no pensar en lo que decía.

—Soy un sospechoso porque fui engañado por quien asesinó a Carlos.

—Y yo sé exactamente quién fue. Pero primero, tengo que explicaros algunas cosas a ti y a Felicia. Es una historia interesante.

Mico sonrió.

—¡Periodista al fin!—Me tomó de la mano, presionándola levemente mientras caminábamos hacia el comedor. Felicia había dejado en la mesa un poco de café y unos pasteles de canela. Había migas en el suelo y el mantel blanco inmaculado que mostraba ahora suficientes manchas de comida para que me sintiera cómoda.

—Perdón por todo este lío. Luis está fuera de la ciudad, y yo, ocupada con la fecha de entrega de mis trabajos—dijo Felicia.

Compartir lo que sabía sobre Zahara sería un gran alivio. Celia difícilmente podía reprenderme, ya que todos sus secretos ya estaban ventilados, gracias a la incursión de la Guardia Civil. Y ella ya me había dado permiso para pedirle a Luis que actuara como su abogado.

¿Por dónde empezar?

—Supongo que ambos conocéis los hechos históricos sobre los libros que se quemaron en la Plaza Bib-Arrambla en 1499. Bien, no todos fueron incinerados. Algunos miles fueron rescatados y transportados a una antigua mina de sal en Sierra Nevada para su custodia. Mi prima Celia vive directamente sobre un laberinto de túneles conocido como Zahara. Hay ocho bibliotecas subterráneas, archivos de libros sagrados y profanos que prueban la existencia de la Convivencia en la España medieval.

El bocado de leche frita de Felicia se detuvo a medio camino de su boca.

—¡Mito hecho realidad! Increíble. Pero ahora que lo pienso, ¿por qué no? Finalmente entiendo tu confusa llamada telefónica. ¿Alguien ha allanado ese lugar?

—Sí, y colocaron explosivos como falsa prueba de terrorismo en los túneles, y alguien llamó a la Guardia Civil.

Describí mi encuentro con el padre de Celia, Eduardo, y la conspiración del doctor Amado para desacreditar a los bibliotecarios y robar los tesoros que alberga Zahara.

—Lo siento. Os hubiera llamado a vosotros y a Luis y compartido todo esto antes, pero juré guardar el secreto. Desde el registro de la Guardia Civil, Celia y los bibliotecarios están detenidos, incomunicados. Nadie sabe dónde.

Me recibió un silencio atónito.

—Si alguna vez necesito que alguien guarde un secreto, te lo diré a ti—dijo Mico.

—También hay un vídeo que debéis ver.

Puse mi portátil en la mesa e inserté la memoria externa. Cuando llegamos a la secuencia en la que el doctor Amado confesó haber matado a Carlos, Felicia y Mico se quedaron pasmados.

—Por lo que dices—observó Felicia—, tu prima tiene unos enemigos poderosos, incluido su propio padre, tal vez.

Me volví hacia Mico.

—¿Sabes algo de la Sociedad que el doctor Amado dijo que "tomaría nota" de la desobediencia del comandante de la Guardia Civil? Los miembros llevan un broche en la solapa. Es una cruz roja al revés que recuerda una espada en alto. La empuñadura y los brazos terminan en una flor de lis.

Desde el otro lado de la mesa, los ojos de Mico se clavaron en los míos.

—Es una variación de la Cruz de Santiago y puede proporcionar una pista importante sobre a quién y a qué nos enfrentamos. A Santiago se le conocía como el "matamoros" y en la época medieval los cristianos le rezaban para que les concediera la victoria sobre sus vecinos islámicos. Eventualmente su espada se convirtió en un símbolo de la Orden Militar de Santiago.

—¿Y qué significa hoy?

Mico sacó su teléfono.

—No estoy totalmente seguro, pero el hecho de que hayan girado la hoja de la espada hacia arriba significa que son propensos a la violencia. Mis compañeros de Basta de Odio les siguen la pista a estos fanáticos. Dadme un momento.

Mico fue a la cocina para hablar en privado. Oí correr el agua en el baño del pasillo y Felicia me trajo unas toallas.

—Relájate ahora. Has pasado mucho.

El baño caliente liberó la tensión en mis músculos y también rompió las defensas que, como una cinta adhesiva o pegamento, me habían mantenido durante los últimos días. Las hormonas del estrés en las que había confiado para impulsarme ya no estaban y todo lo que me quedaba era respiración profunda y gratitud por tener un lugar seguro para aterrizar entre amigos. Cuando salí del baño, pude escuchar a Mico hablando con Felicia en el comedor.

—Mis fuentes me informan de que Eduardo Martín, el padre de Celia, está profundamente involucrado con la Sociedad Cisneros. Tienen influencia sobre el Gobierno y la aplicación de la ley mucho más allá de lo que podemos imaginar. Creo que están preparando las cosas para que el público vea a Eduardo Martín como el héroe que rompió una conspiración yihadista. Su partido político agitará todo en su favor, y la Sociedad promoverá su eslogan de "pureza racial".

Me uní a mis amigos en la mesa.

—No podemos quedarnos sentados y dejar que destruyan quinientos años de historia, cooperación, conocimientos valiosísimos.... Pensad, las vidas de personas inocentes se arruinarán. El miedo, el odio... pueden llegar a ser incontrolables. Pienso escribir un artículo y veré si la Reuters lo publica en los medios internacionales. Mi editor del *Seattle Courier* tiene contactos.

Mico parecía dudoso.

—Las palabras no van a sacar a los bibliotecarios de la cárcel. Como confirma el vídeo, pusieron los explosivos en los túneles para que la Guardia Civil los encontrara. La estrategia de estos fanáticos de la derecha es burlar la ley. Y como para el pueblo lo primordial es detener el terrorismo, pensarán que se está haciendo justicia y poco les importará la opinión internacional.

—Entonces, busquemos un juez para que revise las pruebas—propuse.

Felicia se animó:

—Cuando Luis regrese, podrá ponerse en contacto con el juez de instrucción que le han asignado a este caso.

—Buen comienzo, pero nada sencillo—intervino Mico, acariciando su barbilla mal afeitada—. El vídeo de Allie no contiene una confesión detallada de la culpabilidad de Amado. Luis necesitará más pruebas si quiere convencer al juez de no presentar cargos contra los acusados. De lo contrario, serán juzgados en la Audiencia Nacional de Madrid, en la sala que se ocupa de los casos de terrorismo.

—¿Entonces mi prueba, que tanto me costó, no sirve?

—No es que no sirva, pero necesita corroboración. Me han informado de que la Sociedad Cisneros tiene su reunión anual mañana, en el Valle de los Caídos. Eduardo estará allí con sus seguidores. Por supuesto que no permitirán que asista el público general, ni ningún periodista que no haya demostrada lealtad.

—Por lo que yo sé, Eduardo cree que soy una reportera neutral llamada Eleanora Benvenuto Tal vez pueda encontrarme con él y enfrentarlo a los hechos sobre el asesino de su hijo. Y tal vez se vuelva un poderoso aliado nuestro.

—Eso es mucho esperar—dijo Mico.

—No si quiere a su hijo tanto como creo—respondí.

Felicia negaba con la cabeza con vehemencia y sus rizos rubios se movían al compás.

—Tan pronto como este doctor Amado te vea, te entregará a sus amigos de la Guardia Civil—dijo.

—¡Por dios, no dejaremos que eso suceda!—añadió Mico—. Allie tiene razón. Esta puede ser nuestra única oportunidad de confrontar a Eduardo con la verdad.

Cada uno siguió con sus argumentos hasta que Felicia cedió.

—Ojalá pudiera ir contigo a Madrid.

—Necesito que te quedes aquí y le cuentes todo a Luis cuando llegue—pidió Mico.

—Entonces, déjame alquilarte un coche a mi nombre—sugirió Felicia—. Va a ser más seguro para ti y evitaremos un encuentro con la Policía. Lo hago por Internet.

Antes de irnos, subí la grabación digital de la conversación del doctor Amado con Mauro a mi cuenta de YouTube. Lo protegí con contraseña y envié el enlace por correo electrónico a Todd Lassiter, pidiéndole que no hiciera nada hasta que tuviera más noticias mías. Pase lo que pase, en eso estábamos asegurados.

Aunque era media tarde, Mico y yo estábamos psicológica y físicamente agotados y hablábamos poco mientras conducíamos por turnos el Ibiza. Paramos a comer algo en Jaén y pasamos por varias ciudades pequeñas en nuestro camino hacia el norte. A medida que nos acercábamos a

Madrid, Mico se volvió más hablador y se refirió a la controversia que rodea el Valle de los Caídos.

—Mucha gente siente que es un crimen que la tumba de Franco comparta espacio con los cuerpos no identificados de quienes lucharon contra él. Y recientemente un alto tribunal dictaminó que el Gobierno puede trasladar sus restos a otra parte.

—¿Y cuál es el papel de la Sociedad Cisneros en todo esto?

—Estos creen en la importancia de lo que eufemísticamente llaman pureza de sangre y usan el monumento de Franco para promover su visión distorsionada de la historia. Por supuesto, en última instancia, se trata de obtener el poder.

En el barrio de Las Delicias de Madrid, nos registramos en un pequeño hotel, también reservado a nombre de Felicia. La recepcionista se encogió de hombros cuando le dije que había olvidado mi pasaporte en el tren. Arriba, en nuestra pequeña habitación, había una ventana del suelo al techo que daba a una calle estrecha bordeada de restaurantes muy concurridos. De las dos camas dobles elegí la más cercana a la ventana. Desempaqué mi camisón. Mico no tenía ropa para cambiarse y se disculpó de antemano por dormir en ropa interior. Su consternación me hizo reír tanto que parecía preocupado por mi salud mental.

—¿Te acusan de asesinato y esto es lo que más te preocupa?—le dije entre risas.

Alrededor de las nueve salimos de nuevo. Dadas las instrucciones del doctor Amado a Mauro de silenciar a Carmen Díaz, teníamos que advertirla. Yo también quería saber cómo la casa de sus padres llegó a ser el punto de partida para la invasión de Zahara.

Cogimos el metro y nos bajamos en la estación de Lavapiés. El vecindario parecía haber acogido a las Naciones Unidas de comerciantes, incluidos bangladesíes y senegaleses. ¿Estaba el mundo más preparado de lo que yo pensaba para adoptar la filosofía de Zahara de coexistencia pacífica? Mi optimismo terminó cuando nos detuvimos en un quiosco de revistas donde los titulares pregonaban la lucha de España por mantenerse íntegra y la tendencia mundial hacia la ultraderecha. Aunque Mico y yo podríamos tener éxito en denunciar a la Sociedad Cisneros, sería como deshacerse de una comadreja entre miles.

Según la dirección que el doctor Amado le dio a Mauro, Carmen Díaz vivía en la calle Miguel Servet. Su residencia resultó ser una corrala, un estilo de edificio compuesto por numerosos pisos pequeños que, según me explicó Mico, tiene los pasillos al aire libre, de ahí el nombre. Era cerca de la hora de la cena, así que, con suerte, la familia estaría en casa.

Una mujer con el pelo teñido de color caoba se acercó a la puerta. Cuando vio a Mico, se puso una chaqueta sobre su ropa de casa.

—¿Es usted Carmen Díaz? Soy Alienor Crespo, prima de Celia Crespo—me presenté.

Carmen entrecerró los ojos, delineados con kohl, y dio un paso atrás.

—¿Y cómo tiene usted nuestra dirección?

No había forma de responder directamente a esa pregunta sin asustarla.

—Vine porque necesitamos su ayuda para descubrir algo que sucedió en su antigua casa en Almendrales—dije—. Hace unos días, alguien me quiso atacar. Usó la trampilla para bajar a los túneles. Es sorprendente que supiera dónde encontrar la entrada, ya que estaba bien oculta.

—Hay mucho más que eso—agregó Mico—. Por eso estamos aquí.

Un vecino salió al patio para curiosear. Carmen, algo a regañadientes, nos hizo entrar y cerró la puerta.

Estábamos apiñados en el vestíbulo, rodeados de paraguas y abrigos.

—Si le cuento lo que pasó, ¿me asegura que ese cretino irá a la cárcel?

—Ese es el plan—afirmó Mico.

—Se hacía llamar doctor Amado y aseguraba saberlo todo sobre mi padre, a quien acusaba de traición y subversión. Amenazó con arrestarlo si no le decía cómo entrar en los túneles. Mi padre nunca me contó mucho, pero yo sabía de las bibliotecas debajo de nuestra casa. Después, cuando enfermó y nos mudamos a Madrid, me prohibió hablar de nuestra vida allá. Solo le quedan unos años. No iba a dejar que fuera a la cárcel por proteger un montón de libros viejos.

—¿Sabe de dónde sacó el doctor la información sobre los túneles?

Carmen apretó los labios con firmeza. No podía culparla por proteger a su padre.

—Por favor—intervino Mico—, mucha gente inocente irá a la cárcel si no habla con nosotros.

Ella miró al suelo y luego al techo, como si la perspectiva de lo que estaba a punto de decir la obsesionara.

—Sospecho que es el tío Ramón—le resultó difícil admitirlo y le tembló la voz—. Mi tío es un buen hombre, a pesar de sus ideas políticas—siguió—. Es un viejo falangista y desaprueba las opiniones liberales de mi padre. Ramón y mi padre siempre estaban discutiendo. Sospecho que le transmitió lo que sabía de mi padre a alguien que conocía a este tal profesor malvado.

Profesor malvado. El doctor Amado estaría complacido con la nomenclatura. La hija de la ex bibliotecaria nos había ayudado y era hora de ponernos de acuerdo con ella.

—Carmen, debes saber que Amado conoce tu dirección. Lo escuché planeando silenciarte. Por desgracia, no podemos llamar a la Policía porque algunos de ellos están pagados por él. La buena noticia es que tenemos un plan.

—¡Y ahora me lo dices! ¡Después de engañarme para que os revelara todo!

Se agarró al borde del paragüero, ya sea para apoyarse o para prepararse para agarrar uno y golpearme.

—Como ha comentado Alienor, tenemos un plan para acabar con el profesor y hacer que lo encierren—la voz tranquila de Mico hizo poco para calmar la ira que ardía en los ojos de la mujer, pero él siguió—: Lamento que esto haya sido un gran impacto para usted, pero todo estará bien si se queda en casa con las puertas bien cerradas hasta que nosotros la contactemos.

—Y si su precioso plan falla y no tengo noticias suyas, ¿entonces, qué?

—Mico sacó una tarjeta de su cartera y se la entregó a Carmen.

—Si no tiene noticias nuestras en veinticuatro horas, llame a Luis Alcábez. Es un abogado bien conectado y se encargará de la protección policial con la que podemos contar.

Carmen le dio a Mico su número de teléfono y se volvió hacia mí.

—Supongo que esperas que te agradezca la advertencia.

—Debería haber contactado antes con usted—expliqué—. Han pasado muchas cosas, y muy rápido. Lo que puedo decir es que todo lo que nos has contado será útil para detener a aquellos que quieran lastimarla, no solo a usted, sino a todos los vinculados con Zahara.

Nos empujó fuera del vestíbulo y cerró la puerta antes de que pudiera terminar mi pequeño discurso.

Capítulo 26

De vuelta en la pequeña habitación del hotel, Mico y yo nos sentamos en los bordes de nuestras camas en la penumbra y compartimos una botella de vino. La única luz provenía del letrero de neón de la panadería al otro lado de la calle que se filtraba a través de las cortinas adquiriendo un brillo rosa suave. Quería enviarle un mensaje de texto a mi padre y decirle que estaba bien. Mico puso su mano sobre mi teléfono.

—No debes subestimar la capacidad de vigilancia de la Guardia Civil ni la sofisticación tecnológica de los neofascistas.

Al escucharlo hablar, pensaría que él lidiaba con situaciones como esta todos los días. Quizá así era.

—Me apena que estés pasando por esto, Alienor.

—Tengo a mi valiente notario a mi lado.

Se sentó en mi cama, luego se acostó a mi lado, con los tobillos cruzados. Estiré mi cuerpo para que coincidiera con el suyo y ambos nos fijamos en el par de vigas de madera del techo, a un metro de distancia.

—Se parecen a nosotros—comentó Mico—. Fuertes por sí solos, pero más fuertes si están juntos.

Sin esa segunda copa de vino, tal vez no hubiera girado la cabeza de manera tan tentadora. Y si el beso no hubiera sido tan dulce como el de Almendrales, podríamos habernos detenido allí. Pero lo fue y no nos detuvimos. Leí

273

en alguna parte que la líbido se estimula con la presencia del peligro. Estar con un hombre bastante mayor que yo era diferente. Era como hacer el amor con la vida misma, saborear los momentos que tenemos aquí en la tierra sin prisa para que uno lleve al otro. Cuando nuestra respiración se hizo más lenta y llegó el momento de compartir algo más que lo físico, le pregunté a Mico si ya había estado casado.

—Creo que fue su elegancia lo que inicialmente me atrajo de Naomi—dijo—. Mi exmujer tenía una forma de llevar el cabello despeinado que se parecía a las plumas de un pájaro carpintero negro que mi madre una vez fotografió en los Pirineos. Tú, por otro lado, te pareces a un loro curioso que nunca deja de hablar.

En venganza por este insulto, le hice cosquillas en los pies. Mico reaccionó pasando sus manos por mis pechos. Estaba empezando a pellizcar mis pezones cuando lo aparté con firmeza.

—Cuéntame más sobre tu matrimonio con Naomi.

—No hay mucho que contar. Nos separamos porque ella estaba más preocupada por vivir dentro de los límites.

—¿A qué límites te refieres?—Esperaba que no fuera el de la fidelidad.

—Cuando me uní a Basta con el Odio y comencé a ir a las reuniones, Naomi se opuso. No entendía por qué yo estaba dispuesto a correr riesgos por personas extrañas. Es difícil cuando tienes una pasión y tu pareja no la comparte. Y cuando no tienes hijos... ¿Y tú? ¿Alguna vez te atreviste a dar el paso?

—No.

De repente, no tenía tantas ganas de continuar nuestra charla.

—Vamos, es justo. Dime.

—Bueno, viví con alguien durante un tiempo, un programador de Microsoft llamado Joel. Cuando me era difícil ganarme la vida como reportera independiente, me presionó para que firmara un trabajo a tiempo completo como redactora de tecnología. Y hubo ciertos... episodios excéntricos por mi parte que no me sentí cómoda compartiéndolos.

Terminé guardándome muchas cosas. No es saludable para una relación. Mico parecía satisfecho y no se entrometió. Podría imaginarme confiándole mucho más, eventualmente. Hicimos el amor por segunda vez, dejando que nuestras manos y bocas conocieran los secretos de nuestro cuerpo. Había una ligereza en su toque que, lenta pero seguramente, prendió fuego a mis miembros, primero ardiendo, luego estallando en llamas. Fue la noche en que mejor dormí desde que había llegado a España.

Mico se paró frente a la ventana y quedó iluminado a contraluz por la claridad de la mañana. Estaba completamente vestido y su ceño fruncido no era lo que esperaba después de nuestra hermosa noche juntos.

—¿Qué pasa?

—Estaba pensando irme al valle sin ti.

Me senté.

—¿Por qué diablos harías eso?

—Por favor, no te enfades. Como dije anoche, no es justo que tú te arriesgues con todo esto. Aún no eres ciudadana y nuestros problemas no son tuyos para que los resuelvas. Me parece que no te das cuenta de lo traicionera que puede ser esa gente.

—¿De veras? ¿A mí me lo dices, después de ver el cadáver de Carlos? ¿De ser atacada y encerrada en una almazara? Y lo que es más importante, ¿después de haber jurado ser una guardiana de Zahara y todo lo que representa? Nadie usó mi nacionalidad en mi contra en todo eso.

—Justamente por eso decidí esperarte, Alienor. Te has manejado muy bien. Lo único que quiero es que sepas a qué te enfrentas y, cuando tomes una decisión, que consideres mis sentimientos.

Nunca debí tomar esa segunda copa de vino. Mico estaba actuando como un caballero dormido al que le clavan un palo. Sus instintos protectores se despertaron justo cuando yo más necesitaba que tuviera fe en mí. Busqué mi camisón, sintiéndome de repente en desventaja por mi desnudez. Mico lo encontró en el suelo y me lo entregó. Esto me dio tiempo para calmarme antes de responderle:

—Entonces, Mico, cuéntame más sobre esta sociedad que temes que le haga picadillo a la mujer que luchó contra tu asesino en el hospital. ¿Sus miembros son realmente seguidores del cardenal Cisneros, el fanático inquisidor de España? ¡No es posible que sean tan viejos!

Su risa rompió la tensión entre nosotros.

—Es peor que eso. Creen que son sus descendientes. Tal vez algunos de ellos lo sean...

—Es difícil creer que gente así exista en el siglo XXI.

Mico arqueó las cejas un poco sorprendido por mi ingenuidad. Ahora que lo pienso, yo habría reaccionado de la misma manera si algún iluso cuestionara la existencia del Ku Klux Klan.

—Voy a darme una ducha y espero que sigas aquí cuando salga—dije.

—Pues claro. Date prisa.

Mientras esperaba que el agua se calentara, pensé en todos los altibajos que Mico y yo habíamos pasado en tan poco tiempo. Nos habíamos convertido en mucho más que amigos y él merecía mi total confianza, no una versión censurada de mí. La perspectiva de compartir mi verdadero yo con él era estimulante y aterradora.

Decidimos dejar el Ibiza en Madrid. Como anunció Mico, quienquiera que nos estuviera buscando supondría que viajamos en automóvil. En el transporte público podíamos pasar desapercibidos entre los escolares y los ancianos franquistas que se dirigían al monumento.

Era ya entrada la mañana cuando nuestro bus llegó a El Escorial y encontramos un taxi que nos llevó en veinte minutos al Valle de los Caídos. El conductor, que parecía lo suficientemente mayor para haber tenido experiencia de primera mano de la Guerra Civil, no tuvo reparos en expresarse.

—El monumento no es un destino muy visitado. Allí están enterradas decenas de miles de víctimas de ambos bandos. Es un lugar sombrío y siniestro.

Mientras avanzábamos, continuó con su monólogo no solicitado:

—Como todo en este país, no hay estabilidad. Cada vez que la izquierda gana unas elecciones, prometen trasladar el cuerpo de Franco a otra parte y cambiar el nombre del santuario. Quizá esta vez el Tribunal Supremo apruebe el plan. A menos que, como suele suceder, la derecha vuelva al poder y comencemos de nuevo.

El camino serpenteaba hacia arriba y apareció la cruz conmemorativa más alta del mundo, perforando el cielo desde lo alto de una enorme gruta cubierta por árboles raquíticos. La santa cruz parecía casi tan alta como la aguja espacial de Seattle, de ciento ochenta metros, pero ahí terminaba la similitud. Uno era un símbolo oscuro dedicado al ego colosal de un dictador y su obsesión por el catolicismo; el otro fue construido para la Exposición

Universal de 1962, una torre de observación futurista que celebra la ciencia y los viajes espaciales.

A medida que nos acercábamos, vislumbré las cuatro enormes estatuas talladas al pie de la gigante cruz.

—Los cuatro evangelistas—anunció Mico—. Franco pudo construir a una escala tan grande porque utilizó como mano de obra de los prisioneros, los republicanos. La basílica que está debajo de las rocas es casi tan grande como la de San Pedro, en Roma. Pero no estamos aquí para visitar el monumento. Reservé una habitación en el Hospedaje del Valle, un antiguo monasterio ubicado directamente detrás del santuario.

Mico mostró un folleto en el que se decía a los visitantes: *Quedaos con nosotros en el Valle de los Caídos.* Yo esperaba que nuestra estadía no fuera permanente.

A través de mis *vijitas,* conocí a un feroz oponente del régimen de Franco que sobrevivió hasta la década de 1980, antes de perder la vida a manos de los falangistas. El cuerpo de Ja'far nunca fue encontrado. Fuera lo que fuera lo que mi tío abuelo estuviera haciendo después de terminada oficialmente la Guerra Civil Española, Luzia lo había ayudado, de eso estaba segura. Ella viene a mí ahora. En un lugar poco iluminado, sus pensamientos se vuelven míos.

***

Ja'far me dijo que los traería esta noche. He instalado catres en el pasillo que conduce a la biblioteca de debajo de nuestra casa. Ojalá tuviéramos más luz aquí abajo. Lo que han pasado estos niños ha sido aterrador, para qué añadir más oscuridad a sus miedos. Ja'far asegura que sus madres son presas políticas. Por imposible que parezca, un guardia arriesgó su vida para advertirles que sus bebés serían robados por la noche. Quizá el centinela estaba pensando en sus propios hijos. Les dicen a las madres que llevarán a sus hijos a bautizar, pero todos saben lo que sucede después de la desaparición de un niño: una adopción patrocinada por el Estado con una nueva familia "aprobada" por el régimen. Franco afirma que está salvando a la raza de la enfermedad mental del comunismo al corregir la "inferioridad racial" de los niños republicanos. Es como si estuviéramos rescatando a refugiados de los nazis una vez más. Alguien llama a la trampilla, tres golpes suaves seguidos de dos fuertes. Aflojo el pestillo y escucho la voz tranquilizadora de Ja'far. Es bueno con los más pequeños. Entre ellos está nuestra Pilar, de cinco años. Quizá algún día, cuando toda esta locura haya quedado atrás, tengamos más hijos.

Hay cuatro de ellos, como ratoncitos silenciosos, ni un solo chillido entre ellos. Una niña con un vestido rasgado, tal vez de cuatro años, sostiene a un bebé dormido envuelto en una manta sucia. Extiendo la mano para tomar al bebé en mis brazos y con labios temblorosos su hermana lo suelta. Los dos chicos son un poco mayores y me miran con los ojos muy abiertos y alarmados. Mientras los niños devoran las tazas de leche de cabra con cereales que he preparado, el bebé llora clamando por lo suyo. Ja'far ha encontrado un biberón y ha calentado la leche, un pequeño milagro. Y el bebé da cuenta de él en un minuto.

—Sabemos que no podemos tenerlos aquí durante mucho tiempo. Las carreteras están embarradas en esta época del año y la Guardia Civil podría detectar fácilmente las huellas del coche de mi marido desde la carretera principal. Trato de no pensar en lo que les pasará a las madres cuando el director de la prisión descubra que los niños han desaparecido, o en el destino del guardia que tuvo el coraje de sacarlos ilegalmente.

—¿Cuánto tiempo?—pregunto.

Antes de responder, Ja'far devora un poco de cereal.

—Por la mañana, Paco los llevará en su camioneta a una escuela para ciegos en Málaga. A nadie se le ocurrirá buscarlos allí. Su esposa lleva una lista de los nombres de las madres, para el caso de que algunas sobrevivan y puedan reunirse con sus hijos.

Cuando traigo algunas naranjas de la cocina, nuestros pequeños visitantes gritan de alegría. Por su bien, trato de sentirme esperanzada.

***

Dejamos a nuestro taxista escapar del Valle que tanto odiaba. Mico y yo nos encaminamos hacia la casa de huéspedes por un camino que cruzaba un área de césped diseñada como un tablero de ajedrez. Todo tenía un aire surrealista, incluida la cruz colosal que se veía desde cualquier ángulo. Ciertamente, no era lugar para niños.

—¿Algunos de los bebés robados por los franquistas durante y después de la guerra habrán sido encontrados por sus padres?—le pregunté a Mico.

—Ah, estás al tanto de eso también.

—-He investigado y, además, como mujer sé que una madre nunca pierde la esperanza.

—Tienes razón, Allie. Continuaron buscando a sus niños, pero se han destruido muchas pruebas, y los de ADN son de poca utilidad. Hasta treinta mil padres han muerto en el limbo, sin saber si sus hijos están vivos o no. Quizá por eso la gente afirma haber visto el fantasma de Franco girando alrededor de este monumento. ¿Te imaginas la culpabilidad?

Cerca de la entrada de la casa de huéspedes, Mico se detuvo para colgarse al cuello una delicada cadena de oro con una cruz.

—Supongo que preferirías una estrella de David, pero claro, hay que cuidar las apariencias.

Nos registramos como un matrimonio, mostrando a la recepcionista el privilegio que era estar en la amplia abadía, hoy hotel y administrado por los mismos monjes benedictinos que cuidaban de la basílica situada al otro lado del camino.

Nuestra austera habitación con dos camas individuales y calefacción era mínimamente cómoda, y tan romántica como una cama de clavos. Un ligero golpe en la puerta me sobresaltó.

—He contratado una visita guiada—me dijo Mico—. Si nos cuentan que hoy hay una sala de conferencias en uso y que no está disponible para ver, sabremos por dónde empezar.

Apareció un monje con túnica negra y se presentó como el hermano Benito, nuestro guía. Su juventud y personalidad conversadora encajaban mejor con un sociable estudiante universitario que con un solitario acólito.

Después de mostrarnos la iglesia, la impresionante biblioteca, algunas aulas pequeñas y los restaurantes y cafés de debajo de los arcos, nuestro guía anunció que el recorrido había terminado. En el camino de regreso, pasamos frente a unas robustas puertas dobles.

—¿Y qué hay ahí?—preguntó Mico al hermano Benito.

—Esa es nuestro salón de actos, para reuniones privada. Hoy ha sido reservada por una organización, pero cuando se retiren, estaré encantado de mostrársela.

Mico acarició la puerta, aparentemente admirando su lustre, mientras yo distraía al hermano, acribillándolo con preguntas sobre cómo se había convertido el monasterio en un hotel. Admiré el juego de manos de mi socio cuando adhirió un pequeño micrófono en un hueco del tallado y oculto debajo del ala de un ángel.

—Será mejor que nos vistamos para la cena—dije, agradeciendo al hermano su hospitalidad, mientras nos despedíamos.

—¡Eleanora Benvenuto! ¿Es usted?—resonó la voz de Eduardo por el pasillo. Me vi obligada a detenerme y responder a mi nombre ficticio.

Mico, que caminaba unos pasos al frente, sabiamente no se detuvo. Esta era una oportunidad que yo no podía dejar pasar.

—¡Qué agradable sorpresa, señor Martín! Mi primera visita a este ilustre lugar y tengo la suerte de encontrarme con un amigo.

Detrás de Eduardo venían los miembros de la Sociedad Cisneros, conversando de manera reservada, como la nobleza. Los trajes hechos a medida, azul oscuro o gris, eran la norma y, en lugar de siniestras capuchas, llevaban alfileres rojos en las solapas, fáciles de reconocer para quien sabe lo que busca: la Cruz de Santiago invertida, tallada como una espada en alto.

Estaba pensando cómo sugerir a Eduardo que se reuniera conmigo en privado, cuando sonrió como quien ya tiene sus planes.

—Encantado de verla, Eleanora. Tenemos un descanso de media hora y necesito un poco de aire. ¿Le gustaría acompañarme?—me propuso.

O Eduardo quería coquetear o me iba a pedir que escribiera un largometraje entonando alabanzas sobre su partido. De cualquier manera, me estaba metiendo a fondo en una maraña de mentiras en la que fácilmente podría quedar atrapada.

Capítulo 27

Tan pronto como echamos a andar, Eduardo Martín comenzó una diatriba escupiendo una sarta de palabras hasta el final del paseo, pasando por la plaza hasta el semicírculo de piedra gris y áspera situada frente a la entrada del monumento. Las paredes exteriores estaban libres de ornamentación, excepto por un águila con expresión voraz tallada en relieve y cubierta con los símbolos de la Falange: la flecha y el yugo.

Me había equivocado con Eduardo, no quería coquetear. No me dijo directamente que iría a reclutarme como la primera mujer miembro de la Sociedad Cisneros. En cambio, inyectó en la conversación una gran cantidad de preguntas interesadas, como: ¿No es una vergüenza ver tantos países invadidos por inmigrantes que no respetan la cultura o religión de sus anfitriones? ¿No cree que necesitamos líderes con mano dura para controlar la disensión que ha estallado en todo el mundo?

Yo me puse en mi rol y cuando pronuncié algunas frases: "Puede que lleve tiempo, pero líderes como usted van a prevalecer", pude ver que estaba conmovido.

—Eleanora Benvenuto, deberías unirte a nuestra sesión de la tarde—dijo, tuteándome—. Debatiremos cuál es la mejor manera de apoyar la próxima campaña de Enfrente. Su aportación podría significar una gran ayuda para el futuro de España.

—Espero que el doctor Amado también esté ahí.

Eduardo aminoró el paso.

—¿Cómo sabes que el doctor Amado pertenece a la Sociedad Cisneros?

—¡Hombre, pues lleva el mismo broche que vi en su solapa cuando nos presentó!

—Ah, a ti no se te pasa nada por alto, ¿verdad? Está previsto que el buen doctor llegue mañana. Tendrás que conformarte con mi presencia.

Dejamos atrás la brillante luz del sol y cruzamos el umbral hacia la penumbra de la basílica subterránea. Eduardo se dirigió al guardia de seguridad en la puerta como a un viejo amigo.

—Me alegro de verte, Jorge.

Curvándose a una altura impresionante, la bóveda de la catedral había sido diseñada para inducir asombro en algunos, y en otros, como yo, una sensación de claustrofobia mezclada con pavor. Mientras caminábamos por el vasto piso de mármol negro que conducía al lejano altar, los reflejos de las antorchas en las paredes parecían llamas lamiendo nuestros pies. Ángeles tallados en piedra poblaban los nichos a ambos lados, y sus espadas no dejaban duda de la seriedad del asunto. Y por si eso no fuera suficientemente ominoso, los tapices que representaban el apocalipsis de San Juan dominaban las paredes. La dogmática guerra entre el bien y el mal se libraba aquí mismo. El canto coral en latín retumbaba amplificando la intensidad.

Eduardo me tomó del brazo y lo envolvió en el suyo. Esta era su idea de un paseo y casi esperaba que saludara a otros visitantes.

—Miles de seguidores del general vienen aquí para celebrar su cumpleaños—dijo con orgullo—. Deberíamos volver en diciembre y unirnos a ellos.

Me maravillé de ver cómo no solo se había tragado mi historia, sino que se había convencido a sí mismo de que compartíamos el mismo mundo ideológico, y que yo era otra fanática del brutal régimen del generalísimo.

Llegamos a la nave y nos quedamos mirando al Cristo crucificado del altar.

—Es una lástima que no tengamos tiempo para ver la tumba del gran líder—dijo.

¿Y qué pasa con los miles de cuerpos no identificados enterrados sin ceremonia bajo el bosque de ahí afuera?

Con esfuerzo, contuve el impulso de confrontarlo con la pregunta. Fue un alivio regresar a la casa de huéspedes.

Me había desviado de nuestro plan y mi cómplice estaría preocupado. Iba a ser imposible buscarlo sin disparar la alarma de paranoia de Eduardo. Solo podía esperar que la configuración del micrófono de Mico funcionara y que estuviera atento a lo que sucediera en la sala de conferencias.

Eduardo me condujo a un asiento junto al que le habían reservado en la mesa larga y pulida. El murmullo de la conversación entre este grupo de hombres impecablemente vestidos dio paso a una tranquila expectativa, y mi "nuevo amigo" me presentó:

—La señorita Benvenuto ha expresado un gran interés en la Sociedad Cisneros y, como íntegra periodista, podemos contar con ella para que transmita nuestro mensaje con seriedad.

Controlé las náuseas y sonreí tan dulcemente como pude.

Había una cierta similitud en la docena de rostros reunidos, una mirada bien educada aprendida por el buen vivir. A pesar de la cordial presentación de Eduardo, al ser la persona más joven de la sala y además la única mujer, sentí un toque de animosidad mezclado con envidia proveniente de este grupo de fanáticos.

Los muebles indicaban una época diferente. El candelabro, las sillas de cuero y las pinturas al óleo con marcos dorados le daban un aire barroco, al igual que la espada de bronce colocada de manera prominente en la pared. La única feliz excepción era un proyector que entró en la habitación empujado por un joven increíblemente rubio. Metí la mano en mi bolso y encontré la memoria USB. No parecía dañada de su viaje pegado al guardabarros del Outback que apenas ayer yo había conducido con tanta prisa desde Órgiva a Granada.

Eduardo andaba ocupado ordenando algunos papeles y preparándose para dar una charla que supuse se complementaría con diapositivas de PowerPoint. Toqué su hombro ligeramente, como un amigo que pide un favor, y llené mi voz con tanta sacarina como pude.

—Tomé algunas fotos de su personal cuando visité su oficina. Me encantaría compartirlas, si no le importa.

Estuvo de acuerdo de inmediato. Le entregué la memoria al joven rubio encargado del proyector y le pedí que la conectara al iPad que felizmente vi en la mesa.

—Lo siento mucho, señorita—dijo, y sonaba con genuino displacer—. No hay conexión USB, solo un VGA para el proyector.

Mis esperanzas si hicieron pedazos. No puedo creerlo, me dije, por falta de un estúpido adaptador, perdí la batalla.

El técnico sonrió con simpatía, ajeno a mi enorme frustración. Si no podía mostrarle a Eduardo las pruebas contra este asesino, estábamos perdidos.

A estas alturas los miembros de la sociedad estaban inquietos y murmuraban observando la pantalla en blanco. Eduardo, nervioso, golpeó la mesa con el índice.

—Sigue con la presentación del señor Martín—le indiqué al joven.

Regresé a mi asiento junto al invitado de honor, quien me susurró al oído:

—Esta es la primera vez que presento la versión completa. Estoy ansioso por saber lo que piensas.

Las luces se apagaron y la pantalla mostró no las fotos, sino un vídeo. Era una hábil propaganda que comenzaba con música marcial y tomas de la valiente Guardia Civil acorralando a un grupo de terroristas. Según la narradora, cuya voz en off sonaba como un melodramático noticiero anticomunista de la década de 1950, la Policía había recibido una denuncia de un vigilante miembro del partido Enfrente,y estaba limpiando de yihadistas y simpatizantes unos túneles subterráneos escondidos debajo de casas de aspecto inocente en La Alpujarra. Reconocí al capitán Suárez, pero los rostros de los bibliotecarios detenidos estaban borrosos, posiblemente por razones legales. El cámara, que debe haber filmado subrepticiamente el metraje con su móvil, no iba a correr el riesgo de meterse en un lío por difundir prematuramente las identidades de los acusados. Curiosamente, se hizo una excepción para un espectador en la puerta de la casa de mi prima. La consternación indignada en mi rostro había sido capturada a la perfección. La cámara permaneció en mi rostro durante dos segundos antes de que el vídeo pasara a una toma de Celia y los demás cuando eran obligados a entrar en un furgón.

Sucedió tan rápido que por un momento pensé que Eduardo no me había reconocido. Su mano agarrando firme mi brazo y la forma en que sus uñas se clavaron en mi piel decían lo contrario.

Me solté de su garra y me levanté, consternada al ver a Mauro bloqueando la salida. Si el hombre fuerte estaba aquí, entonces el doctor Amado andaba cerca. Eduardo me empujó con tanta fuerza que la parte de atrás de mis rodillas se atascaron en el borde de mi silla.

—No empeores las cosas—siseó.

En los fotogramas finales del vídeo, Eduardo aparecía frente al Congreso de los Diputados, grabado en su pórtico de piedra. Era difícil saber si habían usado una foto de fondo o si había viajado a Madrid para el rodaje. Habló con autoridad dirigiéndose directamente a la audiencia:

Utilizad vuestro voto para asegurar nuestras fronteras contra la entrada de criminales como estos y contribuir a la seguridad de nuestra patria. Apoyad nuestro partido Enfrente y os prometemos que vuestras voces serán escuchadas no solo en España, sino en toda la Europa temerosa de Dios.

Los créditos fueron breves, con "Cine Superba" encabezando la lista.

Reconociendo el aplauso de sus colegas, Eduardo se puso de pie y los guio en oración. Apenas escuché la discusión sobre estrategia política que siguió. Mi plan para exponer al doctor Amado había sido desbaratado por un fallo tecnológico. Y mi terrible mala suerte se vio agravada al exponer mi cara en un vídeo durante el registro. Me señalaron como miembro del equipo equivocado y no tenía ningún plan de apoyo.

El doctor Amado tomó el asiento vacío que le habían reservado en la cabecera de la mesa. Cuando me vio mirar en su dirección, sus labios se curvaron en una sonrisa de satisfacción. Los demás se sentaron, en medio de un silencio chocante. La mano de Eduardo se levantó presta a darme una bofetada, pero, en el último segundo, dejó caer su brazo.

—¡Espía, estafadora, impostora! Recibirás lo que te mereces.

Lo miré directamente, sosteniendo su mirada todo el tiempo que pude.

—No soy yo quien le ha traicionado. El asesino de tu hijo está en esta misma habitación. Todo lo que yo he hecho ha sido para delatarlo. Y tengo la prueba aquí mismo.

Levanté la memoria USB para que él y los demás la vieran. Eduardo me quitó la memoria USB de la mano y voló por el aire, aterrizando en la alfombra del suelo, cerca de la puerta.

—O eres una mentirosa patológica o una tonta engañada.

Se dirigió a sus compañeros situados alrededor de la mesa.

—Siento exponeros a este espectáculo y permitir que esta infiltrada me manipulara. El asunto estará resuelto.

Mauro se acercó a mí, una presencia ominosa. Traté de controlar mi respiración y cerré los ojos, pero no había consuelo en la oscuridad, solo miedo.

—No es una mentirosa.—Mico estaba en la puerta con mi portátil bajo el brazo. Rápidamente se inclinó para recuperar la memoria USB de la alfombra y la conectó.

—Si esto no os convence, nada lo hará—dijo, dirigiéndose a la sala en general, abriendo la pantalla y sosteniendo en alto la computadora para que todos pudieran ver.

Capítulo 28

Los ojos del doctor Amado se fijaron en la pantalla del portátil mientras trataba de mantener bajo control los músculos del rostro. Con tantos miembros de la Sociedad Cisneros presentes, sin embargo, se vio obligado a dejarles ver el vídeo que había protagonizado, cortesía de las cámaras de seguridad de Zahara. Quizá había olvidado cuánto se había autoinculpado durante el registro, un error razonable para un narcisista atrapado en el mito de su propia infalibilidad.

Cuando la grabación llegó al punto en que el médico justificó fríamente haber ordenado la muerte de Carlos, observé el rostro de Eduardo y vi a un padre confrontado con una verdad tan horrible que ser convertido en piedra podría haber sido una bendición. Este era el instante que contaba, pero no pude evitar sentir pena por él. Segundos después, Eduardo reaccionó. Agarró la espada de su caja en la pared y sostuvo su hoja, temblando, a menos de una pulgada de la garganta del doctor. Sabiendo que él sería el próximo, Mauro fue hacia la puerta. Mico sacó el pie y derribó al matón, quien se estrelló contra la pared.

Manteniendo la hoja de la espada firme en la yugular de Amado, Eduardo ordenó:

—Cierra la puerta.

Mico obedeció. El doctor Amado intentó salvarse:

—Los vídeos son manipulables. Todo el mundo lo sabe.

—Tiene razón—le dije—, el original está subido a YouTube y se dará a conocer públicamente si algo nos pasa a mí o a Mico Rosales.

—¿Y por qué íbamos a creer en tu palabra?—La voz de Amado sonaba a sarcasmo incluso mientras su garganta temblaba ante el contacto del frío metal debajo de su barbilla—. Esta mujer ya mintió sobre su nombre, que, en realidad, es Alienor Crespo, y sobre su afiliación política. Estoy nuevamente ante vosotros para darme una audiencia justa, tal como me eligieron con razón como presidente de esta venerable sociedad.

Hablaba con astucia, como alguien que confía en haber medido correctamente el estado mental de sus compañeros.

Eduardo bajó lentamente la espada.

—Ella ya ha dado su opinión. Ahora le toca al doctor defenderse—dijo alguien, provocando un murmullo general de acuerdo.

El "profesor" hizo un buen trabajo al ocultar el alivio que sin duda sintió.

—Lo que voy a deciros es solo para los oídos de la Sociedad. No hablaré delante de esta mujer ni de su conspirador.

—Haré que los acompañen a su habitación—dijo Eduardo.

Llamó a un monje y lo llevó a un lado para susurrar sus instrucciones. Nuestro cuidador parecía más un luchador profesional apodado Goliat que un devoto benedictino. Nada en este lugar era lo que parecía. Era como si la realidad expansiva de mis *vijitas* se hubiera invertido. Estaba rodeado de mentes cerradas, imposibles de penetrar.

—Antes de que te vayas, dame ese portátil—ordenó Amado, y Mico se vio obligado a abandonarlo y a someterse a un registro humillante.

Cuando Goliat nos echó de la sala de conferencias, los miembros de la Sociedad Cisneros evitaron visiblemente el contacto visual. Estaban aquí debido a sus fuertes convicciones en el Nacional Catolicismo y por el regreso a un régimen autoritario. Solo por esa razón, preferirían la versión de los hechos de su líder sobre la mía. Peor aún, considerarían Zahara o, para el caso, cualquier prueba de la existencia de una coexistencia entre las tres religiones que vivieron bajo el dominio musulmán, como una gran amenaza para su credo nacionalista y racista. Entonces, ¿qué pasaría si se hubieran colocado algunos explosivos y un mapa como evidencia falsa para desacreditar a sus enemigos? Ningún ciudadano resultó herido. Y si Amado lograba confiscar los tesoros escritos más valiosos de Zahara para su propio beneficio, ninguno de estos hombres lo culparía por cosechar el botín de guerra.

Goliat insistió en unirse a nosotros en nuestra espartana habitación, depositando su considerable peso en la única silla. Sus jefes deben haber razonado que un guardia de seguridad en la puerta habría alarmado a los otros invitados. Examinó cuidadosamente las ventanas, lo que era una pérdida de tiempo, ya que estaban cerradas; y siempre nos mantenía bajo su mirada.

Mico se sentó con las piernas cruzadas en la cama, con los auriculares conectados a su teléfono, escuchando con atención. Movía la cabeza de arriba abajo como llevando el compás de una música—o eso creería Goliat—cuando en realidad monitoreaba la discusión de la Sociedad sobre nuestro destino al final del pasillo.

De inmediato apagó el dispositivo y se lo colgó al hombro. Cuando le pregunté con la mirada, hizo un movimiento de barrido que terminó con un fuerte golpe sobre el colchón. La sala de conferencias había sido barrida y los dispositivos destruidos.

No había nada que hacer, salvo esperar el veredicto de la Sociedad. No fui optimista.

Pasó una hora muy lenta. Empezaba a parecer que Mico y yo caminábamos exitosamente hacia una trampa de nuestra propia hechura. ¿Mi padre estaba a punto de perderme como había perdido a mi madre, ella siguiendo su sueño de bailar y yo en el intento de reclamar la ciudadanía en la tierra que dio a luz a la música que ella amaba?

Goliat fue a responder a un golpe en la puerta que sonó como una señal preestablecida. Eduardo entró y me sorprendió verlo besar al monje en ambas mejillas.

—Gracias por cuidar de mis amigos, hermano Darius. Sabía que nadie se atrevería a perseguirlos mientras estuvieran bajo tu cuidado.

—De nada—dijo el monje, a quien estaba comenzando a ver bajo una luz completamente nueva.

Volviéndose a mí, Eduardo parecía arrepentido.

—Espero no haberte lastimado el brazo. Si este Rosales no hubiera aparecido y mostrado el vídeo condenatorio, podría haberlo hecho mucho peor. Por favor, perdóneme, señorita Crespo. Ese es tu verdadero nombre, ¿no? Según Amado, eres la prima segunda de mi hija. Voy a ayudarte.

Me quedé sin palabras, pero no Mico, que se levantó de la cama para dirigirse a su némesis de toda la vida.

—¿Esto es lo que la Sociedad ha decidido cuando nos hemos ido? ¿Enviarte para engañarnos y llevarnos más fácilmente al matadero?

Eduardo sonrió cínicamente.

—Un escenario razonable, si te basas solo en mis acciones anteriores. Pero eso no es lo que pasó.

—Entonces, cuéntanos—exigió Mico.

—Os lo diré, pero rápido. No tenemos mucho tiempo. Al doctor Amado le resultó fácil presentar su caso. Primero, describió a la señorita Crespo como "una periodista judía que inventa pruebas". Luego dijo que teníamos que estar unidos por el bien del partido. Amado sonaba más suave que un flan.

Mico levantó la mano para interrumpirlo.

—Está diciendo la verdad, Alienor. Lo escuché, y esas fueron las palabras exactas de Amado. Fue incluso antes de que descubrieran la grabadora.

—¿Y después? ¿Qué más?—le pregunté, ya impaciente.

Eduardo cerró los puños con frustración.

El doctor los convenció de que los yihadistas de La Alpujarra mataron a mi hijo. Era como si la evidencia incriminatoria que habían visto con sus propios ojos se hubiera evaporado. Los muy idiotas lo absolvieron de toda culpa. Pero después de ver tu vídeo, lo entendí todo. Debería haber escuchado a Carlos cuando me llamó la semana pasada y trató de advertirme sobre el doctor Amado. Yo estaba furioso y le corté.

A veces, la verdad realmente nos libera. Atrás quedó el político tan confiado y el fanático de la intimidación. En su lugar ahora estaba un padre dividido por la culpa, por el papel que había jugado en la muerte de su hijo. Un hombre que parecía dispuesto a redimirse cambiando de bando.

—Hermano Darius, ¡es hora!—gritó Eduardo, y Goliath salió del baño con una toalla envuelta en una mano. El musculoso monje hizo un ademán para que nos apartáramos, luego, con un eficiente golpe, rompió el cristal de una ventana que daba al bosque en la parte trasera de la casa de huéspedes. La argamasa se había desintegrado o había sido un cristal de ventana disfrazado todo el tiempo.

Mico limpió los cristales rotos y enseguida arrojamos hacia afuera nuestro equipaje antes de saltar por encima del alféizar, dejando atrás a Eduardo. El hermano Darius nos siguió, con un poco más de dificultad debido a su tamaño. Corrimos agachados alrededor del edificio, manteniéndonos lo más cerca posible del suelo.

—Podéis uniros a la multitud de afuera—aconsejó el monje— y subir al autobús.

Mico estaba justo detrás de mí cuando doblé la esquina, a unos treinta metros del área pública. La puerta de una camioneta de reparto estacionada cerca de una entrada lateral se abrió y, antes de que pudiera reaccionar, Mauro me empujó hacia adentro y me apuntó a la cabeza. con una pistola Mico levantó las manos.

—Llévame a mí.

—¿Por qué no a los dos?—contraatacó Mauro—. Entra o ella muere ahora mismo.

Mico avanzó y escuché un ruido seco como un chasquido. Se me cerraron los ojos,como si se negaran a ver a mi amante muerto.

—¡Allie, vamos!—gritó Mico.

Fue entonces cuando vi al mercenario Mauro doblado sobre sí mismo en la batea de la camioneta. Desvié la vista y alcancé a ver al hermano Darius corriendo hacia el bosque. Un revólver con silenciador quedó tirado en el suelo.

Un autobús estaba aparcado lejos, cerca de la entrada del monumento. Mico y yo nos escabullimos entre el enjambre de turistas y llegamos al embarque. El letrero verde iluminado decía, El Escorial. Se había formado una fila para esperar a que el conductor abriera la puerta para los pasajeros. En el grupo éramos unos turistas más.

Eduardo apareció de pronto.

—Antes de que te vayas, quiero decirte algo, Mico.

—Te escucho—invitó Mico, en tono neutral.

Eduardo empezó:

—Quiero que sepas que fue Amado, no yo, quien envió a Mauro a asesinarte en tu oficina, y cuando eso falló, a terminar el trabajo en el hospital. No es que pretenda ser totalmente inocente. Fui yo quien le conté sobre la carta que te escribió Pilar y te entregó para tu custodia, documentando sus sospechas de que organizamos la masacre de Atocha.

—¿Participaste en la masacre o no?—le pregunté.

—No. ¡Fue Amado! Y cuando se me presentó la oportunidad de postularme para un cargo público, bueno, vosotros podéis ver por qué el doctor quería librarse de Mico. ¡Me he dejado utilizar por ese mal nacido y los otros imbéciles! Me reclutaron después del asesinato de mi padre. Quise vengarme de los republicanos comunistas, de los anarquistas y de sus simpatizantes. ¿Comprendes? La Sociedad Cisneros me sedujo con su retórica de venganza y rechazo a la "falsa" reconciliación.

—Te ofrecieron el poder y no pudiste resistirlo, fue eso, ¿no?—añadí.

Eduardo no lo negó.

—Son todopoderosos, con tentáculos que se extienden por todas partes, incluso en el poder judicial. Son capaces de atribuir el asesinato de Carlos a los supuestos terroristas de La Alpujarra.

—Incluida tu propia hija.

—Sí, incluida Celia, a quien juzgué tan mal... Pero, por su bien, ahora necesito continuar en la Sociedad y averiguar lo que están planeando Fingí creerle a Amado cuando te acusó de manipular la grabación. Me obligué a rogarle que no me expulsara. El hipócrita estuvo de acuerdo, argumentando que el partido sufriría sin mi liderazgo.

Eduardo puso algo en mi mano. Era el broche de Santiago que se había quitado de la solapa.

—Alienor, quiero que tomes esto como un signo de tu coraje. Ojalá pudiera darte algo más sustancial a cambio de lo que has hecho y por tu disposición a escucharme después de todo el mal que he provocado.

—Eduardo, deberías venir a la Policía con nosotros. Conozco a un inspector que está más interesado en la justicia que en la política. Caso contrario...

Su rostro se suavizó.

—Gracias por tu preocupación. No pude salvar a mi hijo, pero si me quedo aquí, tal vez ni pueda ayudar a Celia y a mi exesposa, con quienes tan mal me porté. Dile a Pilar cuando la veas que lamento mi comportamiento en el monasterio. Cuando me enteré de que estaba viva, me enfadé con ella por habérmelo ocultado durante tantos años. Pero considerando lo que ella pensó que yo había hecho...

—¿Está viva Pilar?—Mico nos miró como si fuéramos extraterrestres que traen noticias de otro planeta.

—Celia iba a contártelo cuando llegara el momento adecuado—le dije.

El autobús se estaba llenando. Después de un intercambio de palabras, Mico tomó nuestras maletas, se las entregó al conductor y subió rápidamente.

Eduardo y yo intercambiamos números de teléfono y nos estrechamos la mano. Era una de las personas más difíciles de leer que había conocido. Nunca hubiera pensado que me elegiría como confidente. Sin embargo, entendí su necesidad de limpiar su conciencia. Aunque había dividido a su familia con sus feroces convicciones políticas y su fanatismo religioso, parecía dispuesto a pagar un altísimo precio para enmendarlo.

Una vez en el autobús, me senté al otro lado del pasillo de Mico, quien se negó a mirarme. Le di algo de tiempo para pensar las cosas, estiré el cuello para observar por la ventana trasera, alerta a cualquier señal de persecución.

Capítulo 29

Estábamos de vuelta en la habitación de hotel en Madrid, recuperándonos de la terrible experiencia. Mico finalmente estaba haciendo contacto visual después de haberme desairado durante todo el viaje de regreso desde el Valle.

—Allie, lamento haber reaccionado tan mal. Todo lo que hiciste fue ceder a los deseos de Celia y está claro que ella y su madre tenían sus razones para mantenerme en la oscuridad. Lo principal es que mi querida amiga Pilar sobrevivió.

—Ahora es monja, Mico. Y eso no va a cambiar.

Yo estaba bromeando, pero la punzada de los celos era real. Mico se sonrojó ante mi comentario imprudente y luego me agarró y simuló un castigo. Mi móvil interrumpió la fingida lucha. Era Luis Alcábez.

—Llegué a casa anoche. Lamento no haber llegado a tiempo para verte. ¿Cómo fueron las cosas en el Valle de los Caídos?

—Mal, pero logramos convencer a Eduardo Martín de que su verdadero enemigo es la Sociedad Cisneros. Creo que se ha dado cuenta.

Acto seguido, activé el altavoz del teléfono para que Mico pudiera escuchar.

—Esas son buenas noticias. Agregaré a Martín a la lista de testigos para la jueza.

—¿Qué jueza?

Patricia Rubio de Martínez es la jueza adjudicada por la Audiencia Nacional. Manejan los casos penales más graves, incluido el terrorismo.

Pensé que los jueces no se involucraban activamente en las investigaciones.

—En España, sí. Ayer ella tomó el tren a Granada. Mañana entrevistará a Celia y a todos los bibliotecarios en la escena del presunto crimen. Tú también deberías estar allí, Alienor.

—Entonces ¿todos han sido puestos en libertad? Parece imposible...

—No todos—advirtió Alcábez—. Han presentado una denuncia en contra de Saleema al-Garnati por conspirar en un acto de terrorismo. La van a interrogar en Madrid la semana que viene. El fiscal también me notificó que se encontraron las huellas dactilares de Saleema en el Semtex. Según lo que halle la jueza Rubio durante su investigación, dará instrucciones al tribunal para que la juzguen o la declare inocente y retire los cargos.

—Espero que podamos llegar a La Alpujarra a tiempo para hablar con ella—dije.

Hay un tren de alta velocidad que sale de Madrid a las once de la mañana. Te encontraré en la estación de Granada a las tres de la tarde y de allí nos vamos en coche al juzgado. Llegaremos a tiempo—aseguró Mico.

—¡Lo siento, amigo!—respondió el abogado—. Si tú apareces por ahí, es probable que te arresten, y eso va a complicar las cosas. Hasta que no estés absuelto, seguirás siendo sospechoso de asesinato. Recuerda que encontraron tus huellas dactilares en la escena. Y aunque solo hayas descubierto el cuerpo, podría interpretarse como prueba de culpabilidad.

—Entiendo—aceptó Mico—. Pienso entregarme a la Policía cuando lleguemos a Granada...—Hizo una pausa antes de agregar—: solo si aceptas representarme.

—Por supuesto que lo haré.

Luis habló con más calma, ahora que esto fue resuelto.

Durante el desayuno en la panadería, le envié un mensaje de texto a Mico con el enlace y la contraseña del vídeo que incriminaba a Amado.

—Luis tiene razón—dije—. Necesitas limpiar tu nombre. El inspector Fernández me parece un hombre justo y cuando vea las pruebas, esperemos que deje de perseguirte.

Hubiera querido creer en mis propias palabras.

Nuestro tren salió de Madrid unos minutos antes. Ninguno de los dos había dormido bien la noche anterior y, dado que la conversación llevó a la deprimente posibilidad de que a Mico lo metieran preso, no abrimos mucho la boca. Normalmente yo habría estado absorta en la vista que pasaba por la ventanilla a toda velocidad, pero estaba cansada como un perro y me quedé dormida, despertando cuando llegamos a la estación de Granada. Era hora de despedirnos y la casi certeza de Mico de que nos veíamos pronto no lo hizo más fácil. Nos abrazamos, ambos reacios a ser los primeros en soltarnos. Por fin él se desenredó de mí y dijo:

—Buena suerte con la jueza. Serás un gran testigo.

Estaba demasiado emocionada para responder y se fue antes de que pudiera recuperarme. Cuando bajé del tren, una *vijita* me atrapó en medio de un buen llanto y reconocí la brillante energía del espíritu de Jariya girando dentro de mí.

***

Estoy caminando junto a un burro, sosteniendo su correa con una mano y cargando un pesado bolso en la otra. Aunque Fátima está conmigo y no podría desear una mejor compañía, es difícil sofocar mi anhelo por Razin. Me temo que no llegará a tiempo para el nacimiento de nuestro bebé. Como yo, Fátima está vestida de cristiana, las dos de negro. Si nos encontramos con alguno de los asentados que ahora ocupan las casas que nos robaron, afirmaremos ser viudas que nos a íbamos a reunir con las familias de nuestros maridos en Murcia.

Caminando por la orilla del río, pasamos una noria y llegamos al fuerte abandonado donde murió mi padre durante la rebelión. Esta vez no me detengo. Es demasiado doloroso pensar que él podría estar viéndome darle la espalda a nuestra patria a cambio de una vida más fácil al otro lado del mar. Yo estaba con Baba cuando él, apostado en las murallas de la torre, disparaba implacablemente su arcabuz contra las filas enemigas. Yo le iba pasando las municiones, y mi corazón se hundía al ver menguarse el suministro de balas y pólvora, apilado en el suelo. Cuando quedó claro que no había esperanza, me sacó por un pasadizo secreto que conducía a la costa. Me obligó a subir a un barco que tenía preparado. Un hombre esperaba al timón.

—Debes irte, Jariya. Tu madre te necesita.

Quería recordarle cuán ferozmente habían luchado las mujeres de nuestro pueblo contra los soldados. ¿No me había ganado el derecho a quedarme y morir con él? Pero pude ver que no había posibilidad de que mi obstinado padre accediera. Hoy tengo mi propio hijo en quien pensar. Espero que Razin tenga razón y que Fátima y yo seamos recogidas en Almería por uno de los muchos barcos enviados por el sultán otomano que recorren la costa en busca de personas como nosotras. Si llegamos a Marruecos, encontraré un lugar para asentarme en Nueva Órgiva, donde las flores y hierbas favoritas de mi padre puedan florecer en un jardín de recuerdos.

***

Esta *vijita* me preocupó. ¿Había sido permanente la separación de Jariya de Razin? ¿Nos pasaría algo similar a Mico y a mí ahora que había decidido entregarse?

Vi a Luis en el andén, de traje verde oscuro, el cabello castaño cuidadosamente peinado hacia un lado y su aire de dominio de sí mismo, como siempre. Tomó mi maleta y examinó mi rostro.

—Tienes los ojos enrojecidos. ¿Ocurre algo?

—Fue duro dejar que Mico fuera solo a la comisaría. Debería tener a alguien con él.

—Le irá bien. Uno de mis asociados estará presente en su interrogatorio. Hasta ahora, la evidencia es puramente circunstancial.

Yo no estaba tan segura. La justicia tenía tantas posibilidades de fallar en contra como a favor. Es solo pensar en las pruebas de ADN en el sistema penitenciario de los Estados Unidos, que una y otra vez pudieron demostrar que algunos condenados eran inocentes.

Luis condujo hasta el casco antiguo de la ciudad, donde paramos para comer. Tomé un té helado. Él se tomó una saludable caña de cerveza.

—Es una buena señal que la jueza Rubio quiera entrevistar a todos los amigos y colegas de Saleema. Si se le presentan en carne y hueso, ella podría confiar en sus testimonios y liberar a la señora Al-Garnati.

En la calle, fuera del restaurante, Alcábez me dio un abrazo, algo torpe.

—Cuando esto termine, vamos a conseguir tu ciudadanía. Suele ser un procedimiento sencillo.—Me guiñó un ojo y nos reímos.

Con Luis al volante conduciendo hacia el sur, a La Alpujarra, finalmente pude relajarme y disfrutar del cielo abierto y las formaciones de nubes que se cernían sobre los cerros. El campo, con sus ruinas moriscas y antiguos acueductos, se me hacía cada vez más mío.

De repente, vimos detrás el parpadeo de luces intermitentes. Tenía la esperanza de que fuera la Policía Municipal, más fácil de tratar, pero cuando salieron de su vehículo, las insignias de la Policía Nacional en los uniformes azul marino de los dos oficiales eran inconfundibles.

Luis se detuvo. Lo vi marcar el número de emergencias 112. Se inclinó y habló en voz baja:

—Llevan uniformes robados. El azul oscuro es solo para ceremonias. Tenemos que entretenerlos hasta que lleguen los oficiales verdaderos.

Le entregó su carné de conducir al oficial cuando se lo solicitó.

—Soy abogado en ejercicio, e inscrito en el Colegio de Abogados.

—Bájese, por favor. Usted está conduciendo un vehículo robado. Tendrá que acompañarnos, como sospechoso de un robo.

Los falsos guardias nos obligaron a bajar. Cuando uno de ellos quiso empujarme hacia su vehículo, resistí, manteniéndome firme hasta que el automóvil más cercano en el tráfico que venía en sentido contrario estuvo a más de cien metros de distancia. Entonces me dejé caer al suelo, simulando un desmayo que me puso sobre la línea blanca en el camino de la muerte que se aproximaba. No parecía haber otra opción que esta, potencialmente mortal y pública. Los frenos chirriaron cuando el coche que venía patinó hasta detenerse, creando un atasco instantáneo en la carretera. Sonaban las bocinas y los conductores gritaban de frustración. Al escuchar el gemido de las sirenas que se acercaban, nuestros fracasados secuestradores retrocedieron y salieron haciendo chirriar los neumáticos.

La Policía inicialmente se mostró reacia a creer nuestra historia sobre los falsos guardias y el intento de secuestro. Estaban a punto de arrestarnos por crear un altercado público, cuando Luis mostró la foto de los hombres con sus uniformes robados que había tomado con su teléfono.

—Andaban detrás de mi amiga—dijo—. Ella es una periodista famosa. Tal vez querían pedir un rescate a su editor.

Yo estaba demasiado alterada por mis arriesgadas maniobras de fuga para pensar sobre la inteligente mentira de Luis, pero supuse que él sabía lo que estaba haciendo. El que parecía mayor, un tío corpulento, arqueó las cejas.

—Los periodistas rara vez son blanco de secuestros por dinero—dijo, sacando un pañuelo de tela para secarse el sudor de la frente en esa tarde de sol—. Supongo que algún artículo suyo ha tocado algunos nervios. Trate de no meterse en problemas, señorita, y tengan un buen día.

Luis temblaba de ira cuando entramos en el coche, esperando calmarnos antes de seguir.

—¿Le contaste a alguien nuestros planes de viaje?

—Solo a Mico.—Las palabras salieron automáticamente. A mi cerebro llegaban *flashbacks* de estar postrado en la carretera, temblando y con mi corazón disparado escuchando el tráfico que se me venía encima.

—¡Coño! Alguien sabía exactamente dónde encontrarnos. Le informaré a la jueza sobre la posibilidad de que un empleado del tribunal, alguien que conoce su horario, pueda estar trabajando para la Sociedad Cisneros.

Yo simplemente me sentía contenta de estar viva.

Capítulo 30

A última hora de la tarde, Luis y yo llegamos a la casa de Celia. De la puerta del cobertizo de los gusanos de seda emergió mi prima, conversando con una mujer alta vestida con traje de chaqueta y un maletín de cuero. Llevaba un collar de pequeñas gemas y el cabello castaño rojizo recogido con una hebilla de caparazón de tortuga.

—Sabía que la industria de la seda estaba reviviendo en La Alpujarra—dijo—. Pero no cuánto trabajo implica.

Mi prima nos saludó y presentó a la jueza Patricia Rubio de Martínez, quien expresó su placer de conocernos.

—Su reputación de excelente abogado le precede— señor Alcábez—. Y Celia ya me ha contado mucho sobre ti, Alienor.—Su calidez me cautivó—. Echemos un vistazo al sitio donde encontraron los explosivos y el mapa—prosiguió, después de haber roto el hielo. Y se puso manos a la obra.

Celia nos condujo al interior de la casa, que se veía en buen estado considerando el daño causado por el registro.

—Su Señoría, me alegra ver que calza zapatos cómodos. Los vas a necesitar.

Aunque los ojos de la jueza se agrandaron al ver la trampilla abierta en el armario del dormitorio, bajó la escalera sin vacilaciones. Seguimos a Celia hasta la sección del túnel acordonada por la Policía.

—Aquí es donde encontraron el Semtex—indicó Luis. La jueza extrajo de su maletín una fotografía de 20 por 25 centímetros que procedió a comparar con sus propias observaciones de la escena.

—Si yo fuera una terrorista, no dejaría pruebas incriminatorias en un lugar tan obvio. ¿Por qué no lo escondieron?

—Su Señoría, es una excelente pregunta—observó Luis—. La noche anterior al registro, alguien irrumpió en una casa desierta conectada a los túneles. Mi teoría es que la evidencia fue colocada en ese momento, con el propósito expreso de incriminar a Saleema al-Garnati.

—Puede considerar todas las teorías que quiera, señor Alcábez. Lo que busco es la verdad. Y las huellas dactilares de su cliente fueron encontradas en los explosivos.

—Algo que todos en España saben, gracias a quien eligió pasar esta información a la prensa.

La jueza sonrió levemente.

—Soy consciente de cómo se explota este caso en determinados círculos, señor Alcábez. Puede estar seguro de que no afectará mi imparcialidad.

Me impresionó la forma directa en la que Luis le dijo lo que pensaba a la jueza y su disposición a escuchar y responder sin burlarse de él.

Celia abrió la puerta de la Biblioteca de Khalud, la que cuidaba la familia de Saleema. Los estantes estaban vacíos. La jueza frunció el ceño, disgustada.

—¿La Guardia Civil vació todas las baldas?

—No, su Señoría, solo esta.

La jueza sacó su móvil.

—La cobertura aquí no es buena, pero os aseguro que en cuanto regrese a mi hotel en Almendrales, ordenaré a la Guardia Civil que devuelva todos y cada uno de los libros que confiscó a su lugar correspondiente, en veinticuatro horas.

Los ojos de Celia. brillaba de gratitud.

—Le agradecemos mucho.

La jueza asintió, pensativa.

—Sois una comunidad muy unida. ¿Muchos de vosotros conocéis a Saleema al-Garnati lo suficientemente bien como hablar de su carácter?

—Sí, muchos de nosotros estamos ansiosos por constatar su integridad moral—respondió Celia.

—Excelente. Regresaré mañana al mediodía y realizaré los interrogatorios en presencia de su abogado.

Su Señoría recorrió algunas de las bibliotecas y me sorprendió lo bien informada que estaba sobre algunos de los textos más antiguos. Parecía abrumada de que existiera un lugar como Zahara. En un momento dijo: "Estos libros pertenecen no solo a España, sino al mundo entero". Esto reforzó mi impresión de que, como mínimo, sería imparcial y descartaría la versión distorsionada de nuestras actividades difundida por la prensa sensacionalista y los aliados de la Sociedad Cisneros.

Cuando llegó el momento de su partida, Alcábez aprovechó la oportunidad que, yo presentía, había estado esperando.

—Su Señoría, permítame acompañarla de regreso a su automóvil. Hay un asunto urgente que me gustaría abordar.

Pasamos la noche en casa de Celia, yo en el dormitorio de invitados y Luis en el sofá de la sala de estar. Nos quedamos despiertos hasta tarde, principalmente porque él quería saber qué había descubierto yo sobre la Sociedad Cisneros que casi nos mata en la carretera.

—La desesperación en un adversario es una buena señal—comentó—, si uno sobrevive para contar la historia.

Medio dormida durante el desayuno, me fui despertando con cada palabra que escuchaba de la conversación telefónica entre mi abogado y su esposa.

—Me siento esperanzado, querida. La jueza, Patricia Rubio, está llevando a cabo una investigación exhaustiva. Y cuando le dije que se había filtrado a los periódicos la información sobre nuestro encuentro con ella, accedió a investigar quién de su personal podría ser responsable.

Alcábez había optado por no contarle a Felicia sobre la espantosa experiencia en la carretera de Granada a Almendrales. No lo iba a criticar. Yo tampoco tenía la intención de compartir ciertos eventos con mi editor o mi padre hasta que los viera en persona.

La jueza no iba a regresar hasta el mediodía. Quizá podría usar el tiempo para redactar en mi cuaderno los eventos de los últimos días. Una hora después, Celia asomó la cabeza por la puerta.

—Vamos a tener una reunión en el área común para prepararnos para los interrogatorios con la jueza. ¿Por qué no os unís Luis y tú?

—¡Cómo no!

—Necesitamos tu perspectiva—explicó Celia—. No todo el mundo ve el papel de Saleema de la misma manera. Habrá sido terrible ser detenido por la Policía, por poneros en riesgo, vosotros y nuestra seguridad y privacidad.

Los tres bajamos a los túneles y nos reunimos con los bibliotecarios en el área común. La discusión ya estaba en marcha y la atmósfera era de ansiedad.

—Ojalá ella estuviera aquí para defenderse, pero es un hecho que durante el año pasado a Saleema se la veía cada vez más perturbada por lo que considera la creciente persecución de los musulmanes en España y en todo el mundo.

Me sorprendió escuchar estas palabras en boca de Talvir. Después de todo, fue Saleema quien lo convenció de que viniera desde la India para ayudar a la causa de Zahara.

Reinaldo, de la Biblioteca de Babel, fue el primero en responder a Talvir.

—Puede que tengas razón sobre el enfado de Saleema, que, en mi opinión, está justificado. Pero estamos hablando de una artista que se expresa con sus manos en la arcilla, no con violencia.

—Si hay algo que he aprendido es que la gente es compleja—dijo Abram Capeluto—. Basándonos en las observaciones de Talvir, tenemos que esperar lo mejor y prepararnos para lo peor.

—¡Eso es ridículo!—prosiguió Celia—. Alguien no cambia de la noche a la mañana de ser un individuo dulce y cariñoso a un terrorista insensible.

—Guiémonos por la lógica, no por la emoción—insistió Reinaldo.

Continuó la discusión. Tanto Talvir como Reinaldo insistieron en negarse a responder por Saleema ante la jueza.

—¿Cómo puedo defenderla cuando quedan tantas preguntas sin respuesta?—fueron las palabras exactas de Talvir.

Suneetha bint Hasan, la mujer de voz suave que cuidaba de la Biblioteca de Falsafa y Bina (la filosofía y la sabiduría, en árabe y hebreo), habló de todas las bondades que Saleema había brindado a sus colegas, incluyendo cocinar para los enfermos, y hasta limpiar el polvo y reencuadernar libros que no estaban oficialmente bajo su cuidado.

Celia agradeció a Suneetha y continuó diciendo:

—Esto parece un complot para dividirnos. Todo el mundo sabe que Saleema es alfarera. Alguien depositó el Semtex para que ella lo encontrara, sabiendo que lo confundiría con un bloque de arcilla y lo recogería. Eso explicaría las huellas dactilares.

—No había pensado en eso—admitió Talvir.

En ese momento, Celia presentó a Luis Alcábez.

—Tenemos suerte de que el abogado de Alienor haya venido a ayudarnos.

—Bien. Su situación legal es peligrosa, pero no desesperada—dijo Luis—. En realidad, no se cometió ningún crimen y espero que podamos probar ante la jueza que la evidencia contra Saleema fue colocada por alguien ajeno.

Reb Hakīm había estado esperando pacientemente su turno y ahora hablaba con serena autoridad.

—Si no os dais cuenta de lo delicada que es la situación en la que nos encontramos, después del registro de la Guardia Civil tan publicitada y nuestra falta de unidad frente a estos cargos de terrorismo, no hay mucho que pueda decir. Por lo tanto, voy a suponer que este grupo ha recuperado el sentido y una vez más pediré su permiso para invitar a Stephan Roman, miembro del Comité del Patrimonio Mundial, a examinar Zahara.

—¿Y si condenan a Saleema? Entonces, ¿creéis que ese comité dará el visto bueno?

La pregunta de Talvir tenía sentido.

—Esta sería nuestra oportunidad para liberar los valiosos artefactos que han estado bajo llave durante demasiado tiempo, y presentarlos a los ciudadanos de España y al mundo entero—respondió el Reb—. Creo que el nombre de Saleema quedará limpio. Independientemente de eso, ahora que la existencia de Zahara es de conocimiento público y nuestros enemigos todavía están activos para tratar de desacreditarnos o, Dios no lo quiera, destruirnos, el comité debería actuar rápidamente para proteger todo este patrimonio que está a nuestro cuidado.

Entendí su lógica, aunque fuera una frase fría cuando se hablaba del destino de una mujer inocente.

Talvir levantó las manos en señal de rendición. Reinaldo asintió con la cabeza y Reb Hakim pidió silencio.

—Quienes estéis a favor de la visita del señor Roman, por favor, decid sí.

El voto fue un sí unánime y Celia se acercó para estrechar la mano del Reb.

—No siempre nos hemos puesto de acuerdo, pero tú has trabajado incansablemente para salvaguardar lo que todos valoramos y amamos. Gracias.

El área común se llenó de murmullos de acuerdo, incluido el mío. Celia se llevó la mano al corazón para reconocer la emoción del momento.

—Bien, amigos, tenemos que preparar un lugar para que la jueza haga su trabajo. Si aún no habéis redactado una declaración para que ella la revise, por favor, hacedlo antes del interrogatorio.

Mientras esperábamos a que la juez comenzara su trabajo, continué mi redacción, tratando de hacer una versión más completa de mi familia. Agregué datos del lado de Siddiqui, comenzando con Jariya y luego el nacimiento de Ja'far, alrededor de 1920. La estancia de Siddiqui en Marruecos seguía siendo un misterio.

Celia me tocó ligeramente el brazo.

Árbol Genealógico de la família Crespo

Jariya al-Siddiquí (n. 1548, La Alpujarra) - Casada con Razin al-Siddiquí huyen a Marruecos en 1572

Jaco CRESPO Malka (n. 1898, Bruselas) Casado con Míriam LAREDO Gomez (n. 1899) en 1922. Ella toma el nombre de Míriam LAREDO de Crespo

El hermano de Jaco, Emile CRESPO Malka n. 1901

Ja'far íbn Siddiquí alías Mateo PÉREZ (n. 1920, Morocco) muere in La Alpujarra, 1985. La Alpujarra

Luzía CRESPO Laredo (n. 1924, Bruselas) y Ja'far íbn Siddiquí (alías Mateo PÉREZ) se casan en España en 1946. Ella toma el nombre de Luzía CRESPO Pérez.

Aharon CRESPO Laredo (n. 1936, Bruselas) y Nona Solbella BENVENISTE Levy -(n. 1937, Rhodes) se casan en Seattle en 1958. Ella toma el nombre de Solbella BENVENISTE Crespo.

Pilar PÉREZ Crespo (n. 1950, Almendrales) y Eduardo MARTÍN Sánchez (n. 1948, Málaga) se casan en 1970. Ella toma el nombre de Pilar PÉREZ Crespo de Martín.

Elías CRESPO Benvéniste (n. 1960, Seattle) y Eleanora GALANTE Santangel (n. 1962, Seattle) se casan en 1983. Ella toma el nombre de Crespo.

Carlos MARTÍN Pérez (n. 1974, Málaga)

Celia MARTÍN Pérez Crespo (n. 1972, en Málaga)

Alienor CRESPO Galante (n. 1984 en Seattle, A.A.U.U.)

—Es un árbol hermoso, Allie. Ojalá las hojas representaran más a los vivos.

Tragué saliva y dije:

—Hubieras querido mucho a Eleanora, mi madre. Estoy segura. Y mis abuelos te habrían adorado.

Después de una compartida pausa de recuerdos, Celia me pidió que la ayudara con la cosecha de la seda.

—Hay que poner el negocio en marcha. De lo contrario, no habrá manera de pagar las cuentas.

—Manos a la obra—dije. El trabajo sería una bienvenida distracción que me alejaría un poco de mi preocupación con el próximo testimonio ante la jueza.

Dentro del cobertizo de producción, Celia me mostró tres grandes palanganas de metal, cada una llena de capullos blancos flotando en un líquido marrón.

—Comencemos antes de que el agua se enfríe. Espero que no te dé asco.

Con cuidado para evitar derrames, trasladamos uno de los recipientes a una mesa de metal junto a un artilugio que, según explicó mi prima, era la rueca, para hilar.

—Usamos el antiguo método chino. Primero, hervimos los capullos con las crisálidas adentro, para que no se conviertan en polillas y no rompan los hilos continuos de seda que producen. El calor también ablanda los capullos, permitiéndonos desenrollar los hilos.

Quedé algo espantada con el procedimiento. Mi prima lo observó en mi rostro, y pasó a explicarme:

—Las crisálidas ya están en estado de coma, así que dudo que sientan algo. Y aunque las dejáramos vivir, solo tienen veinticuatro horas, ya que mueren poco después del apareamiento.

Mientras reflexionaba sobre esta triste realidad, vi a Celia revolver el agua con un cepillo de paja de unos ocho centímetros de largo. Al extraerlo, algunos hilos y sus capullos se habían adherido y los sostuvo encima del barreño. Agarrando firmemente los filamentos, sacudió los capullos de nuevo en el agua y envolvió la seda cruda alrededor de su mano.

—Ahora mira cómo lo vamos a devanar.

Enroscó varios filamentos en el ojo de una varilla sujeta a la rueca y presionó un pedal. La rueca comenzó a girar, desenrollando los hilos de los capullos en el barreño y envolviéndolos alrededor de sus carreteles a un ritmo constante.

—¿Quién te enseñó a hilar?

—Conociste a Rushd al-Wasim, nuestro bibliotecario de Artesanía y Cría de Animales, el día que te uniste a nosotros en el área común. Su madre, Suna, que no tenía hija propia, antes de morir me transmitió sus conocimientos sobre la fabricación de seda.

—¿Conocimiento que comenzó con Idris al-Wasim?

—Sí, sin el antepasado de Rushd, Idris y el negocio de la seda que transfirió aquí desde Granada en el siglo XVI, nuestra comunidad nunca habría sobrevivido.

Le conté a Celia sobre la amistad de la que había sido testigo entre Idris al-Wasim y Hasdai el Vidente y de cómo Jariya se había unido a ellos para rescatar a unos niños moriscos de los soldados del rey Felipe. Cuando mencioné el matrimonio de Jariya con Razin Siddiqui, mi prima se rio con alegría.

—Tienes que contarle a Pilar todo el romance que corre por nuestras venas. Ella ya ha decidido renunciar a nuevos votos. ¿Quién sabe? Esto podría traerla de regreso al mundo.

Comprendí el deseo de Celia de que Pilar se reincorporara a la sociedad. Como alguien que hasta hace poco se sentía como una extraterrestre varada aquí en la tierra, sabía qué atractivo podía ser el retirarse.

Celia me asignó el trabajo de alimentar la rueca cada vez que ella reunía un nuevo lote de filamentos. El ritmo de la tarea y la coordinación de nuestros movimientos calmaron mis nervios antes crispados y ralentizaron el tiempo de una manera agradable. De repente, las manos de Celia dejaron de moverse.

—¿Crees que le habré dicho algo al doctor Amado que insinuaba la existencia de los túneles, o vino aquí sabiendo ya de nosotros?

Pasé los últimos filamentos por la rueca antes de contestar.

—¿No estarás buscando una forma de culparte, verdad, Celia? No es una buena idea. Sabemos que Amado chantajeó a la familia Díaz y cuando llegó a tu casa, sus planes ya estaban en marcha. Hablaste con él sobre gusanos de seda y sericina, eso es todo.

—Supongo que tienes razón. Pero no puedo evitar sentirme culpable por mi falta de discreción—sacudió la cabeza con tristeza—. Hay momentos en los que todo lo que podemos hacer es aceptar lo que sucede y seguir adelante.

Después de eso, seguimos trabajamos de forma coordinada, cada una perdida en sus propios pensamientos.

Capítulo 31

—Señora Crespo, por favor, tome asiento.

La jueza Rubio estaba sentada frente a una mesa improvisada con una tabla de madera sobre tres caballetes y cubierta de documentos, ubicada en el centro del área común. El espacio circular de esta era una metáfora adecuada para el poder que ejerce un juez.

La impresionante túnica negra de Su Señoría hacía juego con el traje oscuro y la corbata roja de su taquígrafa. Me senté al lado de Luis, ambos frente a la magistrada. Él sonrió. Ella, no.

—Veo que ha traído su portátil, señorita Crespo. Tenga en cuenta que nuestro interrogatorio es privado y confidencial y solo se puede compartir con las partes involucradas en este procedimiento. Si publica cualquier detalle de esta investigación en cualquier forma, se expondrá a un proceso judicial por interferir deliberadamente con el proceso de la justicia.

Su severa formalidad fue un cambio repentino de su cordialidad inicial. Expresé mi respuesta con cuidado.

—Lo entiendo, Señoría. No tengo ninguna intención de tomar notas durante nuestra entrevista. Sin embargo, hay algo en mi portátil que creo que debería ver.

La jueza fijó una mirada inquisitiva en Luis.

—Señor Alcábez, ¿sabe que tengo la obligación de compartir cualquier nueva prueba con el fiscal, quien tiene derecho a ser informado del avance de la investigación?

—Sí, Señoría.

—Entonces, procedamos.

La mujer esperó pacientemente mientras yo tecleaba y giraba la pantalla hacia ella. Hice clic en Reproducir, esperando que el vídeo fuera mejor recibido por ella que por parte de los amigos del doctor Amado en el Valle de los Caídos. Esta versión era más larga y contenía más pruebas condenatorias. La jueza Rubio miraba impasible, con las manos cruzadas sobre la mesa. Cuando comenzó la diatriba del doctor Amado, se inclinó hacia adelante, con los ojos pegados al rostro lívido mientras él despotricaba: *No veo la hora de que estos fanáticos de kikes y kebabs se empiecen a tirar de los pelos después de una semana pudriéndose en la cárcel.*

Durante el resto del vídeo, la jueza sacudía la cabeza rápidamente, como si intentara librarse de las vergonzosas palabras. Yo sabía cómo se sentía.

—Señorita Crespo, ¿cómo se hizo con este vídeo ?

—Copié este fragmento de una grabación mucho más larga que hicieron las cámaras de seguridad de aquí, de Zahara, Señoría. El metraje restante está guardado en un servidor y está disponible para usted.

—Esta es una prueba importante sobre el asesinato de Carlos Martín y se la pasaré al juez asignado a ese caso. El vídeo también tiene algo que ver con el asunto en cuestión, ya que demuestra que hay algunos que buscan usar las acusaciones de terrorismo contra Saleema al-Garnati para favorecer sus intereses.

Animada por sus comentarios, le dije a la jueza cómo el doctor Amado había chantajeado a Carmen Díaz para que confesara la ubicación de Zahara.

La jueza se reclinó en su silla y frunció el ceño.

—Gracias por esta nueva información. Yo misma entrevistaré a la señora Díaz y consideraré cuidadosamente todas las pruebas al juzgar si la Corona debería enjuiciar a Saleema al-Garnati.

Rebuscó entre los papeles y encontró lo que buscaba.

—Señorita Crespo, leí la declaración escrita que presentó sobre su estancia en España y, en particular, sus interacciones con los bibliotecarios aquí en este lugar que llama Zahara. Dígame, ¿conoce a Saleema al-Garnati?

—Su Señoría, la conocí una vez en un servicio conmemorativo y una reunión comunitaria. Habló con mucha sensatez sobre la necesidad de proteger Zahara de la hostilidad exterior.

—¿Ha sospechado alguna vez que podría estar planeando un ataque terrorista?

—No, Su Señoría. Es una artesana con un sentido estético muy desarrollado. Una creadora de belleza, no una destructora.

—¿Ha sospechado en algún momento que un miembro o miembros de esta comunidad podrían estar involucrados en actividades terroristas?

—No, Su Señoría. Absolutamente, no. Los bibliotecarios se han dedicado íntegramente a preservar la amplitud del conocimiento acumulado durante y después de la Convivencia, un período importante de la historia de España que también es valiosa para el mundo entero.

—Gracias por su cooperación, señorita. Crespo. Eso es todo.

Me sentí aliviada de lo rápido que fue. Luis me acompañó y me dio un apretón cálido en la mano antes de dirigirse a la Biblioteca de Tif'eret y Jamal, donde los demás esperaban para ser convocados.

—¿Han entrevistado a Talvir Singh?—le pregunté.

—Sí. Y quiere verte de inmediato.

La puerta de la sala de control estaba otra vez en su lugar y se abrió fácilmente con el toque de mi pulgar. En el interior, las únicas señales del reciente saqueo eran algunas perillas rotas de la grabadora de vídeo. Talvir giró en su silla para mirarme.

—Tienes una memoria externa que nos pertenece—dijo—. Y escuché que le diste un buen uso. Quizá ahora sea el momento de...

Se interrumpió al ver mi cara de susto. Me estaba imaginando el coche alquilado siendo conducido por algunos turistas, la caja de metal que había escondido todavía pulcramente metida debajo de la llanta de emergencia en el maletero. El experto en Internet escuchó mi relato de lo que había sucedido el día del registro, cómo quité la unidad de la grabadora de vídeo y los eventos que siguieron.

—Dudo que lo recuperemos—dijo—, pero tenerte aquí sana y salva, vale una docena de Samsung T3. Además, lo subimos a una ubicación segura en la nube.

—De haber sabido...

—Lo siento. Estábamos muy ocupados el día que Celia te mostró los alrededores.

—Luis me dijo que querías verme.

—Correcto. Creo que sé cómo podemos demostrar la inocencia de Saleema.

—¿Entonces reconoces que podría haber caído en una trampa?

Celia se había unido a nosotros.

—Por supuesto—dijo Talvir—. Es una gran posibilidad que hasta ahora carece de evidencia que lo demuestre. Si la Sociedad Cisneros fue quien dejó el Semtex, necesitamos acceso a su sitio web y otras comunicaciones para verificarlo.

—¿Eso no es algo que la jueza puede conseguir con una citación?—pregunté.

—La burocracia podría llevar más tiempo del que tenemos, especialmente si queremos adelantarnos a los planes de la Sociedad para desacreditarnos.

Celia se inclinó sobre el hombro de Talvir para mirar la pantalla.

—¿Qué estás planeando?

Talvir esbozó una sonrisa de satisfacción.

—Dado que el nombre de la Sociedad Cisneros no aparece en ningún resultado de búsqueda en Internet, yo diría que están usando una VPN para mantener el secreto.

—¿Y qué es eso?—Celia parecía perpleja y yo, también.

—Significa que ellos tienen su propia red privada virtual oculta, paralela a la pública. Todos sus datos fluyen a través de túneles encriptados que nadie más puede ver.

—Hum..., como nuestros túneles antes del registro.

—¡Eso mismo, Celia! Y si vamos a romper sus defensas, tenemos que descubrir la ubicación física de su servidor, que está conectado a la VPN mediante un rúter. Una vez que pirateamos el rúter, podemos instalar un *software* que intercepte su tráfico. Podremos leer sus mensajes y, mejor aún, modificarlos.

—Pero ¿cómo vamos a averiguar dónde está ese servidor?—preguntó Celia.

—Esa es la parte complicada. ¿No es tu padre miembro de la Sociedad? Escuché que se ha puesto de nuestro lado.

—¿Y cómo se te ocurre que podemos confiar en él?— la voz de Celia se elevó angustiada—. Hace solo unos días que invadió la Cartuja, asustó a la priora y acusó a mi madre de albergar al asesino de mi hermano.

—Eso fue antes de que abriera los ojos con respecto a Amado. Imagínate, el doctor dando la orden de matar a su hijo... Y dijo que iba a quedarse en la Sociedad el tiempo suficiente para ayudar a librarte de los cargos falsos de terrorismo. ¿No es suficiente prueba de que ha cambiado?

Las dudas se agolpaban en mí, contradiciendo mis palabras en cuanto las enunciaba. Quizá estaba siendo ingenua. Los fascistas de pura cepa no van contra sus hermanos de la noche a la mañana por un simple evento. A menos que Eduardo, que había perdido a su propio padre a manos de los izquierdistas, y ahora a su hijo a manos de los lunáticos de la derecha, estuviera honestamente harto del ciclo de violencia. Había sido convincente cuando apareció en la parada del autobús. ¿Fue una conversión circunstancial? La gente retrocede todo el tiempo desde posturas morales más elevadas.

—¿Y qué perdería mi padre si le pedimos que nos dé el dato del servidor?

Talvir tenía razón.

—¿Y quién debería hacerlo?—pregunté.

—Es mi padre. Me corresponde a mí—indicó Celia, y salió hacia la casa, donde tendría cobertura en el móvil.

Talvir me preguntó, de repente, si quería jugar a las cartas. Él ya estaba repartiendo, así que acepté. Es asombroso cómo unas pocas manos de Shanghai Rummy pueden distraerte. Pronto me vi perdiendo a lo grande.

—Dime, Talvir, ¿qué te trajo aquí? Estoy segura de que podrías ganar bastante dinero en el mundo empresarial.

—Eso pensaron mis padres—sonrió con pesar—. Su error fue educarme para honrar las enseñanzas de un libro sagrado, el *Guru Granth Sahib,* y respetar el derecho de toda persona a seguir su fe. Un verdadero sij apoyará a aquellos que luchan por lo que les pertenece por derecho. Cuando Saleema me contó acerca de Zahara, la suerte ya estaba echada.

Talvir estaba a punto de contarme cómo su familia aceptó su decisión de venir a España, cuando Celia respondió, con emociones encontradas pintadas en su rostro.

—Fue extraño hablar con mi padre tan abiertamente, después de todos estos años de mantener en secreto el paradero de mi madre. Pero quiere ayudar. Me dijo que el servidor del correo electrónico está en la trastienda de Cine Superba.

Los créditos de la película rodando en una pantalla en una sala de conferencias de pronto afloraron en mi mente.

—Hay una empresa que produce propaganda para la Sociedad Cisneros. Y hace un buen trabajo—les dije.

—Correcto. Ojalá que mi padre pudiera contarnos más. Por desgracia, me ha contado que ha sido excluido de las comunicaciones más sensibles de la Sociedad desde el incidente en el Valle de los Caídos.

—Culpa mía, y me sorprende que lo dejaran salir sin mayores consecuencias—añadí

—Si el partido Enfrente no fuera tan popular entre los de extrema derecha, creo que la Sociedad se desharía de tu padre.

Celia asintió con tristeza.

—Confieso que me gustaría que estuviera a salvo. Por cierto, dijo que te tiene mucho respeto, Alienor.

No sabía bien cómo reaccionar ante este cumplido, dada la naturaleza ambigua de su origen. Sin embargo, Talvir parecía complacido.

—Sé exactamente cómo podemos penetrar. Pero necesitaremos a alguien en Granada.

Recogió nuestras cartas y las barajó en una ordenada pila, como si el juego ya hubiera terminado y hubiéramos ganado.

—Suena arriesgado—dije—. ¿No puedes jaquear el servidor desde aquí?

—No soy un actor de televisión que finge realizar milagros en un teclado.

¿Era irritación lo que detecté en la voz normalmente paciente de nuestro experto en informática?

—En la vida real—continuó Talvir—, alguien tiene que conectar un dispositivo con el *software* que descifra la contraseña en el servidor para poder instalarse. Una vez hecho esto, todo se puede ejecutar de forma remota.

—Mi padre dijo que seguirá ayudando—insistió Celia—. Quizá este sea un trabajo para él.

Talvir buscó en su chaqueta.

—Iré yo—concluyó—. Eduardo ya ha hecho más que suficiente y, como dijiste, lo han excluido y seguramente sospechen de él. Ya tuve mi sesión con la jueza y, como no me necesitáis aquí, soy el candidato lógico.

Capítulo 32

Me desperté a la mañana siguiente decidida a trabajar seriamente en la historia que le había prometido a Todd Lassiter. Si Zahara se volvía una entidad pública, pronto podría ser una palabra familiar en España. Era obvio que debía ponerme manos a la obra si quería tener una publicación exclusiva. Y ya había escrito las dos primeras líneas: *Escondido en una mina de sal en las estribaciones de Sierra Nevada, un tesoro nacional ha sobrevivido al paso de los siglos.*

Si todo sale según lo planeado, Zahara pronto será mostrada al mundo y designada como Patrimonio de la Humanidad.

Mi móvil sonó y el nombre atrajo toda mi atención.

—Eduardo, ¿cómo estás?

—Muy bien, gracias—sonaba un poco como sin aliento—. Tengo buenas noticias, pero poco tiempo para explicaciones, así que escúchame con atención. Ayer, el inspector Fernández recibió una llamada anónima. Le dijeron dónde encontrar el cuerpo de un conocido criminal, Mauro Torres, en los bosques que rodean el Valle de los Caídos. Le sugirieron que pasara la información a la Policía de El Escorial, junto con una solicitud para enviar por fax las huellas digitales del cadáver hallado en Granada. Y que él mismo las comparara con las descubiertas en el lugar del asesinato de mi hijo. El sujeto volvió a llamar hoy para darle seguimiento al asunto con el inspector, y se le agradeció mucho su ayuda. Se supo que una de las huellas dactilares de Mauro coincidía perfectamente con la que encontraron en la hoja de un cuchillo recuperado en las márgenes de un arroyo a una milla de la casa de Celia. No había sangre, pero cuando analizaron la hoja encontraron el ADN de Carlos. Mico Rosales está exonerado y pronto saldrá en libertad.

Mauro se habría quitado los guantes y se deshizo de ellos antes de arrojar el cuchillo. ¡El cuchillo que había usado para cortar el pulgar de Carlos! Antes de que pudiera responder a Eduardo de alguna manera que no incluyera esta horrible imagen, él colgó. Le estaba muy agradecida por lo que había hecho en vista del intenso dolor y la culpa que, muy justificadamente, sentiría, y el problema en que se estaba metiendo si la Policía lo identificara como la persona que había llamado. Ojalá hubiera podido presenciar la expresión de alivio en el rostro de Mico cuando el inspector Fernández le dio una palmada en la espalda y le dijo que estaba libre. De repente, mi día se volvió brillante.

Stephan Roman llegó por la tarde, enviado por el Comité del Patrimonio Mundial. Parecía que el mundo estaba decidido a arrojar luz sobre Zahara. Esta impresión se vio reforzada cuando vimos el equipo fotográfico que el señor Roman trajo consigo y su potente flash.

—Saben que los libros y manuscritos son frágiles y que la luz puede dañarlos—les advirtió Celia.

—Por supuesto, por supuesto, señora Pérez. El flash es solo para fotografiar los túneles.

—Pero comprobará que tenemos un sistema de iluminación muy bueno—insistió.

Tuve la tentación de preguntarle si esperaba una madriguera primitiva repleta de conejos. Stephan Roman era británico y su grueso suéter y sus resistentes botas no cuadraban bien con el cálido clima primaveral. Era fácil imaginarlo andando por páramos y playas en todas las épocas del año.

Talvir había verificado las credenciales de Roman y era hora de que Celia y yo lo condujéramos a las bibliotecas. Al entrar en los túneles, el experto se detuvo para admirar los murales en las paredes y la habilidad con que se habían pintado los arcos para extenderse hasta el infinito.

—Se podría creer que son reales, que nos llevan hacia atrás en el tiempo—expresó.

Celia le hizo una breve historia de Zahara, de sus fundadores y de su diseño.

—Hasdai debe de haber sido un hombre muy inspirado para diseñar Zahara como un árbol de la vida, con sus túneles como las ramas que conducen al conocimiento—observó Roman—. Para mí es un privilegio estar aquí.

A petición de Roman, comenzamos con la Biblioteca de Ciencias Islámicas, o Maktabat Aleulum. Malik al-Bakri nos recibió en la puerta. Los ojos ligeramente entrecerrados de Malik daban una impresión de timidez, hasta que levantó la mirada y el magnetismo de su naturaleza inquisitiva atrajo a todos. Roman y él hablaban en árabe y la emoción en sus gestos denotaba una total sincronía de intereses. Roman estaba en su elemento. En lugar de tomar notas, mantuvo las manos libres hablando por un micrófono de la solapa conectado a su teléfono. Cuando Malik le entregaba un libro, el académico de la Unesco, ya con sus guantes quirúrgicos, lo examinaba detenidamente antes de dictar una descripción en inglés:

—Artesanía espiritual y secretos naturales en los detalles de las figuras geométricas, escrito en árabe, siglo IX, por Abu Nasr al-Farabi. Nacido en Turkestán, muerto en

Damasco, Al-Farabi pudo haber sido el primero en utilizar las matemáticas para describir los complejos patrones geométricos creados por los artistas islámicos. También fue el fundador del neoplatonismo árabe.

Celia intervino.

—Guardamos los tratados de Al-Farabi sobre Aristóteles en otra biblioteca. Pero este volumen estaba destinado a quedarse aquí, con los demás trabajos científicos.

Roman estuvo de acuerdo.

—Durante la Convivencia los límites entre disciplinas estaban desdibujados. No era inusual que un filósofo fuera también un consumado matemático, inventor, médico o músico, y casi todos eran poetas.

Mientras el representante del Comité de Herencia continuaba examinando la Biblioteca de Ciencias, mi cabeza daba vueltas tratando de seguir la conversación. Un libro del que Hakim estaba especialmente orgulloso era un tratado sobre plantas naturales de Ibn Al-Bautar, un botánico malagueño del siglo XVI. Cada página estaba enmarcada en un doble borde de tinta roja, y el título iluminado en azul, rojo y dorado, formando una franja con motivos vegetales en la parte superior.

—Solo conozco otras dos ediciones de este tratado— comentó Roman—. Una está en Egipto, y la otra, en la biblioteca de un monasterio en las afueras de Madrid. Se enumeran unos mil cuatrocientos remedios medicinales. Este trabajo fue extremadamente influyente en todo el mundo en su época.

Abram Capeluto nos recibió en la Biblioteca de Netsah ("eternidad", en hebreo) que guardaba libros judíos sagrados. Nos mostró el orgullo de su colección: una Biblia hebrea con páginas iluminadas en oro bruñido.

—Esta Biblia proporciona una fuerte evidencia de la Convivencia—le informó a Román—. Es un ejemplo de cómo judíos medievales, musulmanes y cristianos no solo coexistieron, sino que colaboraron. El texto está inscrito en hebreo por una sola mano, los motivos florales y dorados son de diseño cristiano y los patrones geométricos en las páginas posteriores están directamente influenciados por la estética islámica. En fin, es un libro mudéjar.

Roman, acunando tiernamente la Biblia, era la imagen de un padre abrumado.

—Pensar que se quemaron miles de libros y manuscritos como estos. ¡Qué terrible pérdida!

Volvió su mirada, algo incisiva, hacia Celia.

—¿Tiene usted idea del valor de estos manuscritos, señora Pérez? El año pasado, el Museo Metropolitano de Arte compró una Biblia similar en una subasta por más de tres millones de dólares.

Ella sonrió con complicidad.

—Eran valiosísimos incluso antes de que Sotheby y otras casas de subastas existieran para vender sus productos, señor Roman.

A continuación, Abram mostró un libro sobre astrología, escrito en latín por Abraham Ibn Ezra y titulado *De Nativitativus*. Roman volvió a dictar en la grabadora de su teléfono.

—Ibn Ezra fue el apóstol de la ciencia hispanoárabe entre los judíos europeos. Las xilografías de esta edición son exquisitas, al igual que las letras góticas. Solo hay otra copia conocida en la Biblioteca...—se detuvo abruptamente y se miró los zapatos—. ¡Agua!—exclamó, horrorizado.

El agua burbujeaba a través de una rejilla en el suelo de hormigón, y comenzó a subir hacia nuestros tobillos. Celia se inclinó y, con un dedo, comprobó la profundidad.

—¡Qué es esto, por Dios! ¡Es imposible! Nunca hemos tenido filtraciones, ni siquiera durante la temporada de lluvias. El manantial subterráneo más cercano está a casi una milla de distancia. No lo entiendo.

Fuera de la Biblioteca de Netsah, el agua corría por el suelo del túnel en un flujo constante; procedía del monasterio. No era profundo, tal vez una pulgada o dos, pero si el flujo continuaba al mismo ritmo, iría a anegar todo. Celia corría buscando el origen.

—¡No puedo creerlo!—exclamó Stephan—. ¿No deberíamos llamar a los servicios de emergencia?

—No llegarán a tiempo.

—Dejadme ayudar a mover los libros de los estantes inferiores a un lugar seguro—pidió.

—¡Si sube rápido, asegúrese de salir de aquí!—le urgí, antes de correr tras Celia.

Tan pronto como llegué al túnel primitivo que conducía al monasterio, encendí la linterna de mi móvil y disminuí el ritmo, consciente de que podía caerme en la superficie resbaladiza y fangosa que se convertía en líquido bajo mis pies.

La puerta de metal que protegía la entrada a las celdas inferiores estaba cerrada y junto a ella brotaba agua de una manguera verde oscura de siete centímetros de diámetro que colgaba de la pared. Celia ya estaba allí.

—Nadie responde al timbre. Vayamos a la puerta principal.

Volvimos sobre nuestros pasos y trepamos por la escalera hacia la casa de Celia, salimos corriendo como locas hasta el camino, hacia donde estaba aparcado el todoterreno. En cinco minutos estábamos en el monasterio, pero nos pareció una eternidad. Ya me imaginaba el agua inundando los túneles, destruyendo todo a su paso.

—¡Es una emergencia!—gritó Celia a la monja que estaba en la puerta de Charterhouse cuando preguntó sobre el motivo de nuestra visita.

Corrimos por el patio exterior, pasamos la iglesia y nos dirigimos hacia la puerta que ocultaba la escalera que habíamos bajado el día del funeral de Carlos. Celia abrió la puerta de un tirón y ahí la vimos: la parte superior de una manguera que bajaba directamente por la pared contigua a las escaleras. Juntas la agarramos y tiramos hacia arriba, sin éxito. Celia lo soltó abruptamente.

—¡Sigámosla hasta la fuente del agua!

Parecía una gorda serpiente verde que iba reptando bajo los setos que rodeaban un edificio bajo de ladrillos. Una de las ventanas estaba unos centímetros abierta, lo suficiente para permitir que la manguera pasara a la cocina. ¡Estaba conectada al fregadero! Pero la puerta estaba cerrada.

Corrimos y llamamos a la puerta principal. Sin respuesta. La misma monja que nos había recibido apareció alarmada. Celia corrió hacia ella.

—¡El agua de la cocina está inundando los túneles! ¡Tenemos que entrar!

—¿Qué túneles?

—¡Por favor, abra la puerta de la cocina y nosotros haremos el resto!

La hermana revisó un anillo de llaves que llevaba en la cintura y nos dejó entrar a la cocina. Nunca, antes o después, el chirrido de un grifo que gira sonó tan dulce.

Capítulo 33

Un grupo sombrío de bibliotecarios se congregó en los bancos del área común para votar sobre la propuesta de Stephan Roman de trasladar los tesoros de Zahara a un lugar más seguro. El experto había quedado terriblemente alterado por lo que acababa de suceder.

—Imaginaos lo que hubiera pasado si nadie hubiera estado aquí. ¿Y si se produce otra inundación?

Stephan había actuado por su cuenta, contactando con la Universidad de Granada y solicitando a la Facultad de Biblioteconomía un almacenamiento temporal.

—La Unesco tardará cerca de un año en construir o remodelar un hogar permanente para los libros y reconocer oficialmente a Zahara como patrimonio de la humanidad. Mientras tanto, podemos recaudar fondos por medio de una entrada pública a los túneles para que sea, digamos, más fácil de acceder—agregó.

La idea causó un poco de risa.

—Quizá deberíamos agregar una montaña rusa y un puesto de algodón de azúcar para que vengan los estadounidenses—sugirió Reinaldo Luz—. No se ofenda, señor Roman,

—No me ofendo, soy británico—aseguró nuestro distinguido visitante al custodio de la Biblioteca de Babel.

—¿Para qué preservar el refugio original si no quedarán libros aquí para que la gente los vea?—preguntó

Suneetha bint Hasan, la siempre seria bibliotecaria de Filosofía.

Roman juntó las palmas como un suplicante, esperando recibir una respuesta de un poder superior.

—Quizá podamos reutilizar las bibliotecas clandestinas para mostrar a los autores, sus logros y datos biográficos. Podríamos encargar retratos y esculturas, agregar murales que describan cómo los científicos, los filósofos y los poetas de las tres religiones abrahámicas se confraternizaron y colaboraron durante la Convivencia.

La siguiente pregunta vino de Malik al-Bakr, quien había simpatizado con Roman en la Biblioteca de Ciencias Islámicas y sus tesoros.

—Trasladar nuestros libros y manuscritos será una empresa delicada. ¿Cuándo propone que empecemos?

Roman sonrió ante esta primera señal de aceptación.

—Si la comunidad está de acuerdo, puedo hacer gestiones para que los suministros de embalaje se entreguen mañana.

Reb Hakim levantó una mano en señal de advertencia.

—Tengamos en cuenta que el intento de inundar Zahara vino de alguien que quiere asustarnos para que traslademos la colección.

Abram Capeluto, guardián de los Libros Sagrados Hebreos, asintió enérgicamente.

—A juzgar por lo que nos dijo Alienor, la Sociedad Cisneros está metida en todas partes. Sería un juego de niños para ellos secuestrar algunos camiones.

Un murmullo de preocupación circuló por la sala y Roman esperó a que se silenciara antes de reanudar su discurso.

—Todos vuestros miedos están justificados. Por eso la Unesco aprobó mi solicitud de utilizar fondos de emergencia para cubrir la seguridad durante la transferencia. Dos oficiales de la Guardia Civil fuera de servicio en los que podemos confiar viajarán con cada vehículo.

—Con guardia o sin guardia, una cosa que sabemos con certeza es que nuestro adversario es despiadado.

Me alivió ver que el orador era Talvir Singh, de pie en la puerta, regresando sano y salvo de su sigilosa misión en Granada.

—¿Sabe la Sociedad que Zahara ha sido nominada como Patrimonio de la Humanidad?—pregunté.

—Sí, lo saben—respondió nuestro experto en tecnología informática—. Acabo de ver suficientes correos electrónicos y mensajes de texto, y puedo aseguraros que es así.

Capeluto se pasó los dedos por la barba plateada, parecían gnomos desenredando sus pensamientos.

—Estás jugando con fuego, Talvir. Si la Sociedad se da cuenta de tus maniobras, fácilmente podría darte un tesoro de desinformación.

Talvir se acercó y se sentó entre Celia y yo antes de contestar el comentario de Abram.

—Es cierto, amigo. Pero todo el mundo sabe que la desinformación es un arma de doble filo.

Stephan parecía incómodo y Celia le susurró algo al oído a Talvir para callarlo. Luego, mirando los rostros expectantes a su alrededor, formuló la pregunta:

—¿Estamos dispuestos a votar sobre la nominación del Comité como Patrimonio de la Humanidad? ¿Y de su propuesta de trasladar los libros a la Universidad de Granada?

—Apoyo la propuesta—dijo Suneetha.

La aprobación fue unánime, aunque un poco a regañadientes. Como habría dicho la abuela Nona en ladino, "mejor coger uno ahora que esperar dos más tarde".

Celia añadió otro voto a la propuesta en nombre de Pilar.

La reunión estaba llegando a su fin cuando Saleema al-Garnati hizo una entrada sorpresiva. Sus ojos habitualmente animados se veían hundidos por el cansancio y su rostro no era tan redondo como recordaba. Celia se puso de pie de un salto y corrió a abrazar a su amiga. Otros la siguieron y alguien inició una ronda de aplausos. Cuando pudo ser escuchada por encima del estruendo, Saleema hizo un anuncio:

—La jueza Rubio ha ordenado que se retiren todos los cargos en mi contra. Y ayer, según Luis Alcábez, se dictaron órdenes de búsqueda y detención contra el doctor Rodrigo Amado en relación al asesinato de Carlos Martín.

—¡Por fin algo de justicia!—gritó Malik.

—No hasta que encontremos todos los libros que robaron de mi biblioteca—insistió Saleema.

Mientras todos hablaban a la vez, felicitaban a Saleema y le informaban de que la jueza había ordenado la devolución de los libros, Talvir me indicó que quería hablarme. Lo seguí a la sala de control, donde los dispositivos me eran ahora tan familiares como el equipo de la fábrica de seda que Celia me había enseñado a usar. Pensé que, al fin, yo era más hábil mecánicamente de lo que pensaba. Debí haberme reído, porque Talvir preguntó:

—¿Qué es tan gracioso?

—Mis autoimpuestas limitaciones.

—¿Y no sería mucho peor sufrir de un exceso de autoconfianza?—preguntó, sacando su portátil de su funda.

—Si la Sociedad no fuera tan descarada como para mantener su servidor en una instalación abierta al público, nunca habría podido piratear su servidor VPN. Gracias a Eduardo, ahora tenemos acceso completo a sus comunicaciones, con la excepción de su grupo de wasap, que Eduardo está vigilando. Los idiotas se olvidaron de borrar su identificación.

—¿Entonces? ¿Qué están planeando?

—He estado leyendo los correos del doctor Amado. Eché un vistazo a este, enviado ayer.

Mientras leía las palabras en la pantalla, las escuchaba dichas con la falsa sinceridad típica del médico:

> *Queridos y fieles camaradas:*
>
> *Pronto mostraremos a nuestros compatriotas lo que significa la verdadera dedicación al destino final de España. Nuestro mensaje llegará a los hogares, oficinas y salones de los poderosos. Nuestro alcance se extenderá mucho más allá de Andalucía. Así que debemos dar lo mejor de nosotros. Nos apoyamos en aquellos que tienen el coraje de reconquistar nuestra patria y reclamar nuestra herencia a los invasores musulmanes y judíos. Este evento tendrá repercusiones en todo el mundo y se inscribirá en los libros de historia. ¡No dejéis de uniros a nosotros cuando llegue la llamada!*
>
> *En solidaridad,*
>
> *Dr. Rodrigo Amado*

—Justo lo que el mundo necesita, otro déspota que atrae a la chusma que agita la bandera del engañoso patriotismo—murmuró Talvir—. Encontré media docena de mensajes que básicamente decían lo mismo. Tuvo cuidado de no mencionar la hora o el lugar de la acción. Eso se transmitirá al grupo de wasap, en el último momento, dándonos poca o ninguna información de antemano.

—Bravo. No estamos mejor que antes. ¿Cuántas personas crees que han recibido estos correos?

—Los mandan con copia oculta, por lo que no hay forma de saberlo. Podrían ser cientos, aunque dudo que sean miles.

—Aun así, muchos más ellos que nosotros. ¿Crees que planean atacar los camiones?—pregunté.

—Que lo intenten—se burló Talvir—. Nunca se atreverían a atacar abiertamente a la Guardia Civil. Mientras los vehículos tengan escolta, estaremos bien.

—Entonces, ¿cuál es el evento por el que el doctor Amado está tan emocionado?

Talvir movía el cursor, desplazándose a través de los correos electrónicos sustraídos.

—Buena pregunta. Si encuentro más pistas, te lo haré saber.

—A estas alturas, el doctor Amado sabe que la jueza lo ha puesto en búsqueda Eso lo obliga a mantenerse fuera de la vista del público.

—O para dar un último golpe—sugirió Talvir—. Debemos estar alerta.

Al día siguiente, Mico apareció sin previo aviso. Había perdido algo de peso y se negó a hablar sobre su experiencia en la cárcel, aparte de decir que quería besar a la jueza por haberlo liberado. Era el mismo amigo cariñoso, más que dispuesto a compartir conmigo el cuarto de huéspedes de la casa de Celia. Evidentemente, mis veladas referencias a mis *vijitas*, cuando estuvimos en Madrid, no lo habían disuadido.

—¿Este Mico no es un poco viejuno para ti?—bromeó mi prima.

—Humm..., ¡esa pera todavía tiene bastante jugo!

Me sorprendí a mí misma con esa respuesta. Pero lo cierto era que con la tarea urgente que nos esperaba, Mico y yo teníamos poco tiempo para pensar en eso.

Durante esa semana trabajamos día y noche con los bibliotecarios para preparar los libros de acuerdo con las estrictas especificaciones de Stephan Roman. Cada tomo o manuscrito era envuelto en papel de seda primero y luego en plástico para que quedara plano en la caja. Colocábamos los volúmenes más grandes y pesados en la parte inferior y rellenábamos los huecos con periódico para un transporte seguro. Trabajábamos con un sentido de urgencia, agradecidos de que el agua no los hubiera dañado. Pero nadie silbaba mientras se dedicaba a la faena. A medida que los estantes se vaciaban, el estado de ánimo general se hacía más melancólico.

Cuando llegaron las furgonetas, las voluminosas cajas nos parecían ataúdes, y furgonetas, coches fúnebres que los transportaban en su último viaje.

Caminamos en grupo a través de los túneles, asegurándonos de que no quedara aquí ningún cargamento precioso. Después de eso, solo nos faltaba despedirnos. Justo antes de que se alejaran los camiones de la Unesco, bajo la vigilancia armada, como nos habían prometido. Stephan, que había estado actuando como un animador para mantener nuestros espíritus en alto, pronunció un breve discurso.

"Pueden pasar décadas para que la conexión con la antigüedad, la esperanza compartida y la sabiduría que vosotros encarnáis permeen vuestro nuevo hogar. Pero tengo todas las razones para creer que así será. Las generaciones venideras se beneficiarán de teneros al alcance".

No estoy segura de que el experto fuera consciente de que se había dirigido a los libros, en lugar de a nosotros.

Capítulo 34

Eran las ocho en punto, ya estaba anocheciendo. Unas pocas nubes cruzaban el cielo de un azul cobalto. Se encendieron las luces de la calle frente al edificio de la Biblioteca de Ciencias de la Universidad de Granada y la plaza comenzaba a llenarse de estudiantes y público en general. Fue reconfortante ver entre ellos a dos guardias de seguridad privados. Todos nosotros también estábamos presentes en la inauguración de la exposición, llamada "Convivencia", organizada apresuradamente por Stephan Roman y sus ayudantes tras la llegada de los libros de Zahara.

Como era un evento especial, algunas ropas de etiqueta, como esmóquines y vestidos largos, se destacaban entre los vaqueros y camisetas, más predominantes. Un pañuelo ocasional se agitaba entre la multitud. Yo deseé que hubiera más. Pasaría un tiempo antes de que se corriera la voz de que todos eran bienvenidos al evento.

Mico y yo no nos habíamos visto en tres semanas. Él, ocupado en su profesión; yo, escribiendo en la casa de Celia sin que, al fin, nada me interrumpiera. Le había enviado la primera parte de mi historia a Todd esa mañana y estaba segura de que no lo decepcionaría. Bueno, tal vez un poco, dependiendo de sus expectativas. En el mejor de los casos, me pediría una serie de artículos. Esto me daría la oportunidad de llenar los huecos que quedaban en mi investigación sobre la Sociedad Cisneros.

Esta noche Mico apareció con pantalones negros y camisa blanca, debajo de la cual se había puesto una camisa azul oscuro. Me recibió con fingido horror por mis tacones y vestido flamenco que me había prestado Celia. Si mi madre estaba mirando desde el cielo, mucho mejor. Cuando noté que escondía algo detrás de su espalda, Mico se alejó bailando antes de ofrecerme un ramo de rosas con una tarjeta:

—Por la continuación de nuestra amistad y la miríada de posibilidades para el futuro. Mañana certificaremos tu solicitud de ciudadanía. Es decir, si todavía la quieres...

—¡Por Dios, claro que sí! ¿De qué otra manera puedo estar al tanto de tu vida?

Nos unimos a la línea que serpenteaba a lo largo de una serie de cordones de terciopelo hacia la entrada de la exhibición. La mayoría de los bibliotecarios ya estaban adentro y habían trabajado febrilmente para que todo esto saliera como estaba planeado. Las puertas se abrieron y mientras la fila avanzaba poco a poco, escuché voces cantando desde algún lugar detrás de nosotros. Sonaba como un grupo de fanáticos después de un emocionante partido de fútbol. La conmoción se hizo más fuerte y Mico y yo nos dimos la vuelta. Una tropa de jóvenes en formación cerrada marcha hacia nosotros, portando antorchas encendidas sobre sus cabezas. Las palabras que gritaron llegaron claramente ahora:

—¡No nos reemplazaréis!

Los manifestantes no estaban cerca, y no pude constatar si llevaban las insignias de la Sociedad Cisneros; pero el corazón me dio un brinco al ver tantas camisas de camuflaje verde. A medida que se acercaban, sus cuerpos y rostros se volvían sorprendentemente menos distintos; me recordaron a las tropas nazis que se veían desfilando en los antiguos noticieros. Se detuvieron paralelos a nuestro grupo. Fue entonces cuando me di cuenta de que traían carretillas cubiertas con una lona pesada. Mico apretó mi mano.

—¿Qué tienen debajo de esas lonas?

Por un terrible instante, imaginé ametralladoras barriendo a la multitud de simpatizantes. Segundos después, la pregunta de Mico fue respondida por los manifestantes de las antorchas, al quitar las cubiertas en un movimiento sincronizado. Las carretillas llevaban los libros cuidadosamente empaquetados, pero con el lomo visible, así como los periódicos arrugados que rellenaban los espacios.

Una chispa era todo lo que se necesitaría. Busqué a los guardias de seguridad con la mirada. Parecían haber entrado junto con la multitud.

El doctor Amado sostenía un libro sobre su cabeza, arengando a sus secuaces con voz aguda y nasal:

—¡Ha llegado el momento de prender fuego a estos malditos coranes y mostrarle al mundo que España no va a ser intimidada!—señaló a un adolescente apenas más alto que el trípode que sostenía la cámara—. ¡Y tú, mantén la mano firme! ¡Que los musulmanes de todo el mundo aprendan de estas imágenes! ¡Hay que darles una lección!

Mico ya había llamado al 112, pero todo sucedía demasiado rápido. Circulaban murmullos de rabia, pero nadie parecía dispuesto a actuar.

—¡Mico, tenemos que hacer algo!—le dije, respirando hondo y plantando los talones, pronta para reaccionar.

Mico me agarró por la cintura y no me soltó.

—Pueden estar armados. Esperemos a la Policía.

—¡Basta!

Una mujer, nada joven—recuerdo sus botas de cuero hasta los tobillos— salió de la fila y corrió con sorprendente rapidez y se enfrentó a Amado.

—Ya hemos sufrido bastante con los fascistas como tú. Perdí a dos de mis hijos por tu fanatismo. ¡No vas a volver a arrastrar a mi país!—Le escupió en la cara y se colocó desafiante frente a uno de las carretillas.

Otras personas de la multitud la secundaron, Mico y yo entre ellos. Pronto las cinco carretillas estaban rodeadas de extraños que se habían tomado de los brazos formando una cadena humana para proteger libros de los que, en la mayoría de los casos, nunca había oído hablar, y mucho menos leído.

Nuestros adversarios se quedaron petrificados, mientras Amado continuaba gritando órdenes, chillando como un mono.

—¡No os quedéis ahí parados! ¡Defended vuestros puestos, vuestra misión! ¡¿Qué sois, un montón de cobardes?!

Con el rostro morado de rabia y la boca distorsionada, parecía que el doctor Amado iba a tener un ictus en cualquier segundo. Continuó arengando a sus seguidores, que lo ignoraron hasta que el sonido de las sirenas de la policía los sacudió de su parálisis, muchos huyendo de la escena. Amado, completamente frustrado, agarró una antorcha encendida y corrió hacia la mujer que había instigado la rebelión La apartó bruscamente de un empujón y trató de meter una antorcha en una de las carretas. Ella gritó y alertó a los hombres que estaban a su lado, que en poco tiempo le arrebataron la antorcha al médico, lo arrojaron al suelo y lo inmovilizaron. A estas alturas, ya se habían formado dos bandos y el altercado estalló en una tremenda pelea. Pasó por mi cabeza la idea de alguien sacando un arma. Las imágenes televisivas de los disturbios de Charlottesville en Virginia en 2017 se sucedían en mi mente mientras veía a un joven con una esvástica tatuada en el brazo golpear en la cara a un hombre bien mayor.

Llegó la Policía de Granada blandiendo sus porras. Llevaban chaquetas antibalas y cascos y no escatimaron fuerza para dominar a unos pocos neonazis, tan acelerados estaban que tal vez no tomaron conciencia de a quién se estaban resistiendo.

La policía esposó al doctor Amado y se lo llevó junto con una docena de su grupo.

Busqué al inspector Fernández y en su lugar encontré a Stephan Roman informando a alguien cuyo distintivo decía "Inspector González."

—Estos fanáticos quieren enemistarse con los musulmanes de España y del mundo entero quemando sus libros más sagrados en público—informó Roman al policía—. Su objetivo es provocar una guerra santa que nadie ganará, excepto los políticos fascistas que están tratando de asustar al público para, una vez más, colocar en el poder a un hombre fuerte.

González suspiró.

—Por lo que he visto, la gente tiene poco interés en apoyar a locos como este. Si los encerramos, otros vendrán a ocupar su lugar. Mientras tanto, España paga el precio.

Saleema al-Garnati salió corriendo del edificio donde se encontraba la Biblioteca de Ciencias.

—¿Dónde están los coranes? ¿Están a salvo?

—Tranquila—dijo Stephan—. El personal de la universidad y los estudiantes los están llevando al edificio ahora mismo.

Los ojos de Saleema brillaron.

— Menos mal que no estaba aquí cuando esa bestia trató de quemarlos. Podría haberlo matado.

—Ese es exactamente el tipo de reacción que él desea—dije.

Ella asintió con tristeza.

—Lo sé. Y su estrategia habría funcionado. Por lo menos, habría provocado disturbios en otros países, como sucedió con el caso de Charlie Hebdo y sus caricaturas blasfemas del Profeta, bendito sea su nombre.

Saleema fue a ayudar a recuperar sus libros y Mico y yo nos dirigimos a la exposición, que continuó según lo previsto.

La inauguración fue un evento único que celebraba el "descubrimiento" de los libros. La exposición principal sería presentada en su totalidad el próximo año. Mientras tanto, se había elegido un objeto destacado para ocupar la vitrina del centro del vestíbulo. Debajo de un cristal se mostraban, abiertos, un par de tomos gruesos, uno escrito en árabe y el otro, en hebreo. Una descripción impresa estaba montada en un caballete junto a ellos:

> *Las asambleas de Al Hariri,* una Maqamat escrita en árabe por Al Hariri de Basra (1054-1122), contiene cincuenta anécdotas de comentarios sociales y morales humorísticos destinados a entretener y educar. Compuesto en Saj ', una forma de prosa rimada intercalada con verso que alguna vez memorizaron los eruditos, el libro está ilustrado con miniaturas que retratan la vida musulmana del siglo XIII. Cien años más tarde, Judah Alharizi escribió *El libro de Tahkemoni* (*El libro de la sabiduría* o el *heroico*) a menudo referido como la joya del Maqāmat hebreo, siguiendo las hazañas de Hever el Kenita, un

bribón pícaro que en un momento es un maestro y un mendigo o aventurero, al siguiente. En el texto, Al Hariri rinde homenaje a su predecesor árabe: "Atiendan todos los que defienden los muros de la Sabiduría. Dondequiera que haya verdad en todo lo que los hombres han dicho o cantado, ¿habéis visto, oído, leído o saboreado palabras más dulces que las del maestro de la prosa rimada, el ismaelita, esa fuente de deleite, acertijo correcto, contador de cuentos que nunca falla, Al-Hariri?"

Estos dos exquisitos manuscritos en el género de las Maqamat estuvieron protegidos durante siglos en las bibliotecas subterráneas de Zahara y ahora se han unido para su exposición pública. Juntos proporcionan evidencia tangible de las colaboraciones multiculturales intensamente creativas que marcan el período de la historia medieval española conocido como la Convivencia.

La charla de los invitados que circulaban reverberaba en las paredes y los altos techos. Algunos observaban las fotografías de las paredes, la única forma de ver estos frágiles libros que tal vez nunca vean la luz del día. Otros, absortos, examinaban un modelo a escala, una construcción fantasiosa en la que los rudimentarios túneles de hormigón y las bibliotecas reforzadas de Zahara se transformaban en pasillos y salones prístinos más apropiados de un hotel de lujo. Yo esperaba que se consultara a los valientes bibliotecarios de Zahara antes de diseñar los planos para construir el nuevo hogar de los libros.

Celia se acercó con su padre a remolque.

—Escuché lo que pasó aquí—comentó Eduardo—. Gracias a Dios que todos están a salvo.

Verlos a los dos reunidos me dio la esperanza de otras reconciliaciones de mayor alcance en el futuro.

Al otro lado del vestíbulo, vi al inspector Fernández. Miré a mi alrededor en busca de Mico y lo vi acorralado en la mesa de refrigerios por alguien que supuse ser un cliente. Estaba de camino a rescatarlo, cuando un destello de luz proveniente de una puerta próxima al ascensor me llamó la atención. Me acerqué a investigar.

—Abraham Abulafia, ¿puedes creer esto?—exclamó una voz incorpórea.

Eran dos y en cuestión de segundos tomaron forma física ante mis ojos incrédulos. Reconocí a ambos hombres por los retratos que había visto en los libros guardados en la Biblioteca de Reb Hakim: Ibn al-Arabī, el místico sufí, y Abraham Abulafia, famoso por su pasión por los atributos mágicos del alfabeto hebreo.

—¿Necesitáis ayuda?—pregunté y, de inmediato, me sentí como una tonta. Una risa muy particular sonó dentro de mi cabeza, como un diapasón. La entrada de Al-Arabī en mi psique podría haber sido aterradora si su tono divertido no hubiera sido tan contagioso. Me hizo reír de mí misma por mi tan prosaica pregunta. También era consciente de que, para quien me estuviera viendo, yo estaba hablándole a una puerta.

Me dirigí al rellano de la escalera que estaba detrás de la puerta. Los visitantes me siguieron.

Para entonces, mi sorpresa se había vuelto una intensa curiosidad y la sensación de que por fin podría conocer el origen de mis *vijitas lokas*.

Tienes razón, Alienor. La voz de Abulafia parecía más profunda que la de Al-Arabī, aunque resonaba solo dentro de mi cráneo. Abrí la boca para responder y luego la cerré, enviando un pensamiento en su lugar. *¿Por qué me has elegido a mí?*

El famoso rabino vaciló y supuse que buscaba una forma de simplificar su explicación. *¿Recuerdas cuando eras pequeña y tu madre se te apareció en una visión?*

Sí. ¿La enviaste tú?

No. Tu don es suyo y nadie puede darlo ni quitarlo. Fue tu receptividad lo que notamos. Cuando descubrimos la conexión de la familia Crespo con Zahara, se presentaron ciertas posibilidades. Fue mi amigo Ibn al-Arabī quien sugirió que mejoráramos tus visiones, tus vijitas, como las llamas, para ayudarte en tu camino. Tú hiciste el resto.

Después de todo este tiempo, habéis decidido mostraros. ¿Por qué ahora?

Los pasos anunciaron que alguien bajaba las escaleras. En efecto, apareció uno de los guardias de seguridad, descendiendo ágilmente a pesar de su fornida constitución. ¿Dónde estaba este cuando tanto lo necesitábamos, durante el loco asalto de Amado? Me apoyé contra la pared de la escalera tan casualmente como pude.

—Odio las multitudes, necesitaba un poco de tranquilidad.

Me lanzó una mirada escrutadora y salió al vestíbulo.

Es uno de ellos. Esta vez fue Al-Arabī. *Ten cuidado.*

Seguí al voluminoso guardia hasta el vestíbulo. Se dirigía directamente a la vitrina que guardaba las Maqāmat y llevaba una pistola en la cadera que no estaba vacía. Había más guardias de seguridad de servicio que antes del incidente con el doctor Amado y su pandilla, pero no tenían motivos para sospechar de uno de los suyos. ¿Me harían caso si yo si gritara? Todo lo que verían sería a una loca persiguiendo a uno de sus compañeros.

Por el rabillo del ojo vi a Eduardo Martín hablando con Stephan Roman. Por segunda vez esa noche, me quité los tacones. Corrí y agarré al padre de Celia por el brazo, señalando en dirección al falso guardia.

—¡Lo conozco!—dijo Eduardo en voz alta. El intruso cambió de rumbo y corrió hacia la salida. Eduardo lo persiguió y cuando yo salí, ya lo había derribado. El hombre se debatía contra Eduardo y en cierto momento logró sacar su arma. Sin pensarlo dos veces, corrí y, con un puntapié bien certero, la hice saltar de su mano. Siguieron luchando hasta que el hombre, ya con los ojos desorbitados, debió darse por vencido. Eduardo lo tenía inmovilizado.

—¡Que locura! ¡Podría haberte matado!—el inspector Fernández había recuperado el revólver, visiblemente alarmado ante mi imprudencia.

Stephan Roman resolvió, con toda sensatez, dar por terminada la celebración.

—Vamos a necesitar mayor seguridad—comentó.

¿Y ahora te das cuenta? Pensé para mis adentros. Mico había recuperado mis zapatos.

—¡No puedo dejarte sola ni un segundo!.

—Espero que nunca lo hagas.

No podía decir cuál de nosotros estaba más avergonzado. No me importaba, siempre y cuando el beso que compartimos durara bastante tiempo.

Jariya me estaba llamando. Aún sosteniendo a Mico, acepté la *vijita.*

***

Estoy meciendo a mi bebé en el porche de una casa con vistas a los campos sembrados con semillas de nuestra antigua casa. Como había dicho Razin, aquí en Nueva Órgiva también regamos con agua de las acequias. El sonido

351

del agua corriendo me recordaba al de los canales de riego de las colinas de La Alpujarra, que tanto nos deleitaba de niños.

He llamado a mi bebé Razin Siddiqui, usando el apellido de mi esposo con la esperanza de que esto lo traiga aquí a Marruecos algún día. Y quizá uno de nuestros descendientes, en un futuro, regrese a España y la familia Siddiqui recupere su tierra ancestral.

***

Tomé a Mico del brazo y caminamos desde la universidad hasta su piso en la Cuesta de la Victoria. Estaba distante y, en el camino, le hablé sobre mis *vijitas*. Cuando le conté sobre las palabras mágicas que mi madre usaba para detener las visiones, se rio.

—Sabía que eras una mujer especial, pero no sabía hasta qué punto...

Esa noche nos abrazamos en la cama, y eso fue más que suficiente. Por la mañana, cuando le dije que tenía trabajo atrasado, Mico despejó un espacio en su oficina para mí.

—Necesito enviar al menos la mitad de la historia a Todd esta tarde. Y, por favor, recuérdame que debo llamar a mi padre en nueve horas, cuando se despierte en Seattle.

—Feliz de complacerla, *madame*, siempre y cuando prometas hablarle de mí.

Dos días después hicimos una visita al monasterio. La priora nos recibió en la puerta principal con una bendición. Mico llevaba un paquete pesado y nos encontramos con Pilar en el albergue de visitantes. Al ver su feliz reencuentro, me sentí relegada a la periferia de los intensos recuerdos que compartían. Estuve tentada de dar la vuelta y dejarlos solos. Luego pensé en la expulsión de Luzia de la familia y en cómo, gracias a mí, ella y Ja'far ahora serían incluidos en nuestro árbol genealógico. No fue fácil, pero reprimí mis celos y encontré espacio en mi corazón para estar feliz de que su hija y Mico hubieran redescubierto su vínculo.

Cuando ella y Mico ya se habían puesto al día en cuanto a sus vidas, Pilar señaló el paquete.

—¿Será lo que sospecho?

Con cuidado, desenvolvió el antiguo tomo y leyó en voz alta el título de la cubierta de madera: *El libro de Zahara*. Las letras brillaban con una suave luz propia.

—Cuenta la leyenda que el libro contiene un portal que conduce a otros mundos—dijo Pilar con reverencia—. ¿Crees que debería abrirlo?

Agradecimientos

Esta novela está dedicada a Samia Panni, cuyo intrépido amor por "el revoltijo" que es la humanidad guio su vida y su genio musical y me inspiró para escribirla. La escritura es en principio un esfuerzo solitario interrumpido por períodos de intenso contacto humano, ya sea con un editor, una fuente de investigación o un amigo que generosamente dona tiempo y experiencia. Esta es mi oportunidad de expresar mi permanente gratitud a las autoras Jane Isenberg y Jeanne Matthews, miembros de mi grupo de escritores, cuya devoción por la excelencia de su propio trabajo solo se compara con sus incansables esfuerzos por mejorar el mío.

Debo un enorme ¡*Gracias!* a mi editora, Moreen. Littrell, quien no me dio un respiro en la recta final; a mi agente, Jo Ann Deck, con quien trabajar es un inmenso placer; a Lucía Galán, por su contribución a mantener vivo el espíritu de la Convivencia en España; y a Celia Yllanes y su padre, Antonio Yllanes Rueda, quienes me brindaron hospitalidad y me relataron sus valiosas experiencias personales con tanta honestidad y franqueza.

He tenido la suerte de contar con amigos escritores que han compartido su experiencia y su aliento: Patricia Martínez de Vicente, Rita Wirkala, Pete MacDonald, Bhaswati Ghosh, Sweta Vikram y Michael J. Hickey.

Extiendo mi gratitud a Adelaide Books por tener fe en esta novela, y a los lectores Ivan Ickovits, Daria Price, Sura Charlier, Mahabba Ahmed, Paul Doepfner, Edward Baker (profesor emérito de la Universidad de Florida), Anthony Geist (profesor de español y literatura comparada de la Universidad de Washington), Luzia Grob Dos Santos-—

quien me permitió robar su nombre de pila para mi protagonista—, Christine Melia y Barrie Bycroft, cuya compañía mientras exploraba La Alpujarra siempre apreciaré, y Shane Williams, por todo el estímulo visual.

Un gran abrazo para mi esposo, Gary Gorland, cuya implacable honestidad y amoroso apoyo me mantienen en movimiento, y a mi querido hermano Rick Smith, quien me ayudó a llegar al corazón y meollo del tema.

Un agradecimiento especial al autor, historiador y embajador cultural Stephan Roman, cuyo aliento sostuvo mi viaje a través de la oscuridad de la duda que amenaza el alma de todo escritor. Me emocioné cuando consintió en aparecer como un personaje en este libro.

Y mi más profundo agradecimiento a Rita Sturam Wirkala por su acertada traducción y amorosa atención a cada detalle para que este libro sea accesible y comprensible para los lectores hispanohablantes de todo el mundo. Asimismo, un agradecimiento especial a Lupe Rodríguez Santizo por proporcionar los toques finales a esta traducción.

Acerca de la autora

De niña, Joyce Yarrow solía quedarse dormida con los ritmos afrocubanos de sus vecinos percutiendo en los buzones del Bronx. A los diecisiete años, mientras viajaba en
autobús por el Lower East Side de Manhattan, escribía poemas que pronto serían publicados por una revista literaria
de Brooklyn. Joyce continuó escribiendo mientras exploraba nuevos territorios, tanto geográficos como de otros
modos de vida. Memorables son un año de formación en
una granja en West Virginia, y sus años como integrante
de un grupo vocal de música internacional, *Abráce*.

Joyce es autora de cinco novelas: *Sandstorm,* una
aventura juvenil; dos de la serie de misterio Jo Epstein
ambientadas en la ciudad de Nueva York, en Rusia y en el
Caribe (*Ask the Dead* y *Russian Reckoning*). Es asimismo
coautora, con el periodista indio Arindam Roy de la novela
Rivers Run Back, una saga familiar llena de suspenso situada en la India y Estados Unidos. Su última novela,
Zahara and the Lost Books of Light es su primera traducida
al español.

Fue nominada al Premio Pushcart y sus cuentos y
ensayos también han sido ampliamente publicados. Es
miembro del Sindicato de Autores y de la organización Sisters in Crime.

En la creación de *Zahara y los libros de la luz,* Joyce
se inspiró en una canción en ladino del siglo XVI. Es asimismo un tributo a *Fahrenheit 451*, de Ray Bradbury.

Printed by BoD™in Norderstedt, Germany